U0400557

田沁鑫的戏剧本

TIAN QINXIN'S DRAMA SCRIPT

田沁鑫　著

图书在版编目（CIP）数据

田沁鑫的戏剧本 / 田沁鑫 著 . —北京：北京大学出版社，2010.3
ISBN 978–7–301–07474–9

I. 田…　II. 田…　III. 话剧－剧本－作品集－中国－当代　IV. I234

中国版本图书馆 CIP 数据核字（2010）第 038231 号

书　　名：**田沁鑫的戏剧本**
著作责任者：田沁鑫　著
责任编辑：丁　超
标准书号：ISBN 978-7-301-07474-9/J·0095
出版发行：北京大学出版社
地　　址：北京市海淀区成府路 205 号　100871
网　　址：http://www.pup.cn
电　　话：邮购部 62752015　发行部 62750672
编辑部 62750112　出版部 62754962
电子邮箱：pw@pup.pku.edu.cn
封面设计：点石坊
版面设计：赵云峰
印 制 者：三河市国新印装有限公司
经 销 者：新华书店
720mm × 1020mm　16 开本　19.75 印张　300 千字
2010 年 3 月第 1 版　2018 年 5 月第 3 次印刷
定　　价：32.00 元

明

（舞台工作本）

原　　著　莎士比亚　《李尔王》
文学策划　罗大军
编　　剧　当年明月
改　　编　田沁鑫
导　　演　田沁鑫
制 作 人　李　东

艺术顾问　马未都
历史顾问　毛佩琦
戏剧顾问　沈　林
台词顾问　何云伟

视觉美术设计　夏小万
视觉灯光设计　萧丽河
视觉造型设计　陈　卉
舞美设计　刘科栋
灯光设计　谭　华
服装设计　赵　艳
造型设计　李红英
音响设计　周　涛
作　　曲　张　巍
化　　妆　贾　珂
道　　具　王　璞

郝　平　饰老　皇
陈明昊　饰三皇子
吴国华　饰大皇子
章　劼　饰二皇子
田　雨　饰太　监
丁　俨　饰锦衣卫
李　浩　饰和　尚
陆泽天　饰大将军

李建鹏　饰军　师
商子见　饰锦衣卫
刘　喆　饰锦衣卫
孙晓鹏　饰太　监
吴　彼　饰太　监

一

【纱幕，光暗，众演员着皇服，纷纷上台，在纱幕后随意的走动

【两检场人上，给众人端茶，交流

【众人坐到椅子上

【纱幕起，光亮，众人起坐，并排走到台前

众　人：楼上的，

【众人，整齐的给观众鞠躬

手机调成震动的，

【众人，鞠躬

您还没来得及吃晚饭的，

【众人，鞠躬

家住四环以外的，

【众人，鞠躬

自己买票看戏的，

【众人，鞠躬

听我们说这么半天还不烦的。

【众人，鞠躬

皇　帝：有这样的一个传说：

众　人：这说的是我们大明朝的事儿啊。

皇　帝：在这个神秘的世界上，有一条神秘的道路。

众　人：它不是黑，不是白，也不是半黑半白，

它不是对，也不是错，也不是半对半错，

它不是高傲，也不是卑贱，

它不是成功，也不是失败，

它不是辉煌，也不是没落。

《明》剧的舞台视觉美术设计是现代美术家夏小万，他是三维装置艺术家。当时我看了夏老师一个画展，在今日美术馆，我看见了通过30层玻璃构成的透视山水。每层画点儿，由近至远，层层叠加，立体可感，我发现中国山水是可以“看”的。“看”山水，解决了平面山水画的想象空间，把这个构想展现出来，这是对中国山水画挺好的帮助和发展。如果现在7岁孩子要看到夏先生的“玻璃山水”，可能就喜欢中国山水了。

它不是前进，也不是后退，

它不是强大，也不是弱小。

它不是真理，也不是谬误。

它不存在，却又无处不在。

皇　帝：找到此路者，即可君临天下，即可无往不胜。

皇　帝：我是皇帝。

众　人：对，看出来了，都是皇帝。

皇　帝：怎么这么多皇帝？

众　人：大明总共有十六位皇帝。

皇　帝：不认识。我只知道我是大明皇帝。

众　人：这什么是皇帝呢？

皇　帝：皇帝，就是朕、

众　人：寡人、天子、龙、头头、老板，老大、拍板兼盖章的，一言九鼎的，

皇　帝：总而言之，是说话算数的。

众　人：我是皇帝，是大明帝国的皇帝。这个国家的所有臣民，必须听从我的派遣和指使，我主掌着他们的一切，生与死、欢乐与痛苦、高兴与悲哀。

皇　帝：全都掌握在我的手中，这是一种乐趣，这是一种责任，这是一种权力。

三皇子：我喜欢这种乐趣，喜欢这种责任，喜欢这种权力。

大将军：我拥有强大的军队，

众　人：纵横天下的蒙古帝国，已经被我赶到沙漠上吃沙子了。

大皇子：我拥有无数的国民，

众　人：虽然几次报上来的人口普查也就几千万，可是我清楚，那是因为我按人头征税，许多刁民躲着不出头，没事偷着乐。没关系，我从来不缺那点儿银子。

皇　帝：不缺银子，谁说的?! 还是缺。

众　人：我拥有这世界上最庞大的船队，上千条船。最大者，长四十四丈四尺，阔一十八丈。

皇　帝：大明，近至倭国，远到非洲，无人可比，无人能敌！

众　人：我可以慷慨的将我们这个民族先进的科学技术，文化艺术，传播到世界的各个角落，不收你们一分知识产权费。让这个世界上所有的人，都能体验到大明的光辉！这就是我的帝国，从我砍掉最后一个竞争者脑袋的时候，我就获得了这一切，直至今天。

我们灯光设计是萧丽河女士，残运会一完她就投入了这个戏创作，她能把夏老师的画打亮，那很难打，打不好会反光，所以几个艺术家共同努力。让夏老师高兴的是，他原来是三维装置，舞台放大后还可以有成为行为艺术的可能，因为有“皇帝”了，有国家话剧院演员穿着明朝皇帝服装。在夏小万先生的大型“玻璃山水”画之间穿梭游走。因为明朝有16个皇帝，从朱元璋到崇祯，这16个皇帝生前都大部分没见过面，可是看戏的观众见着了。这是戏剧的魅力。可惜，这16个“皇帝”有两个演员，一个不能演一个受伤，16个“皇帝”没凑齐。有点儿“迷信”色彩了。服装是夏老师爱人陈卉做的，全面按照皇帝像走的，色彩都不一样，16个皇帝游走在装置画里面。行为和装置在一块了。

【众人，换装，纷纷将皇服脱下，穿在造像上

三皇子：今天，一切都将变化。今天，我要做一个决定。

皇　帝：因为有一个敌人，站在我的面前。

三皇子：他向我挑衅，他向我叫嚣。我打过无数仗，杀过许多人，但凡跟我作对的，都已经不在了。

皇　帝：但现在，面对这个敌人，我无能为力，我战胜不了它。它的名字叫做：衰老。

【三皇子，从台右下，换装皇帝：所以，在我死去之前，我必须把所有的一切，传给另一个人，他将延续我的意志，他将延续我的生命，他将延续大明的光荣！

太　监：皇上，早晨三点半了，该上朝了。

皇　帝：咦，这你们怎么不搭茬啊？一干重活就撂给我一个人啊！

【两人，搬椅子上

皇　帝：干这行真辛苦，每天早晨都得早起，跟上早自习似的。人家那早自习都有个头儿，皇上这早自习得上一辈子。谁让你搬走的？！上朝！

众　人：上朝……

【音乐起

众　人：（分说）皇上，我大明，明长城，固若金汤。
我朝谷物饮食，较之前朝有较大提高。
今有倭寇在我东南沿海出没。
东起山海关，途径
蹄膀的做法最为推陈出新。
我大明沿海居民很乐意与倭寇通商做生意，
居庸关、娘子关，上谷关。
选料考究，只取前腿，老鸡汤炖之，
严重破坏我大明关税法，
独树一帜，超越秦汉。

长此以往，我财政收入有所下滑。

超过前朝的东坡肘子。

皇　帝：太乱了，

众　人：实在是太乱了。

皇　帝：再上一次。

太　监：上朝……

【音乐起

皇　帝：行了行了，还不如刚才呢！

太　监：退朝！

【锦衣卫、太监，走上前

锦衣卫：你是谁啊？这上朝退朝的瞎嚷嚷。

太　监：你是谁啊？

锦衣卫：我是锦衣卫都指挥使。

太　监：指挥什么？

锦衣卫：指挥使……你怎么这么贫啊？你是谁啊？

太　监：我是东厂提督……

锦衣卫：太监。

皇　帝：说什么呢？有意思吗？

太　监：没意思。

皇　帝：那就说点正经事。

太　监：皇上，您说的正事是传位的事吧？

皇　帝：算你猜着了。

太　监：既然要传位，传给您那仨儿子不就成了？您还决什么定，废什么话啊？

皇　帝：我是有仨儿子，都让你说了。

太　监：那您就把您的江山齐嗤咔嚓分成三份，一人一份不就完了。您还从这古书里找什么经验啊？

皇　帝：这是外国书。

太　监：皇上，人那叫外国剧本。

皇　帝：King Lear，李尔王。你呀，就是吃了没文化的亏啊。

莎士比亚的《李尔王》本身提供了一种宫廷阴谋的可能性，如果按《李尔王》的走向，西方的父亲由于子女孝道问题，而产生的情绪化反映，亲手葬送掉了家庭甚至国家，造成了他三个女儿的死亡。莎士比亚讲述了一个老人的成长，其实老人成长也是一个心灵成长的课题。我们讲述了一个明朝的中国老皇帝要传位、三个皇子争夺皇位的故事。

太　监：谁说我没文化，我还知道这剧本里有仨闺女，有一个叫奥斯特洛夫斯基。

皇　帝：什么司机啊，是考狄利亚。

太　监：烤个地瓜？御膳房，烤个地瓜。

皇　帝：别捣乱，你就知道吃。这仨闺女对父亲的爱，还都挺麻……

太　监：麻辣火锅，御膳房，麻辣火锅。

皇　帝：你没完啦。

二皇子：爸爸该我们了吧？！

大皇子：这都等老半天了。

皇　帝：呦，我这宝贝儿子，等不及了。来吧，根据麻辣火锅……咳，根据李尔王的剧本演演戏中戏，说一说对父亲的爱吧。

大皇子：我是老大，我先来。爸爸，我是爱您的，我是最爱您的。

太　监：你演的是大闺女。

【太监，给大皇子带花

大皇子：别挡着我演戏！我现在就是大闺女。这种爱，是无法用语言来表达的；爸爸，我是爱您的。这种爱，超过世间一切珍贵稀有的东西；爸爸，我爱死你了。爸爸，这种爱是无法用衡量来算计的。

二皇子：大姐，你简直和我想的是一模一样啊！

二皇子：爸爸，他刚才所说的，正是我对您爱的表现的一小部分。不过就他那点东西，还不足以表达我对您，他老人家全部的爱，我想说的是，我厌弃世界上一切可以感知的快乐，唯有爱您，他老人家，才是我的无上的幸福啊。爸爸！

皇　帝：谁都不许吐。老三呢？老三说两句。

三皇子：父亲，我只能给您一半的爱，因为我要嫁人，我要把另外一半的爱分给我的丈夫。这外国闺女真够实诚的，不怕挨打啊？

二皇子：杖责。

三皇子：有你什么事？（对二皇子）

就算这一半的爱我也不会说，因为真爱是在心里，

说出来就假了。鉴于我大姐二姐演得太假。

大皇子：谁说的？

二皇子：你才假呢。

三皇子：鉴于剧本写得太实诚，我无话可说。

皇　帝：杖责！

【锦衣卫，上前

二皇子：找打！

大皇子：活该！

二皇子：就是剧本这么写的，你也不能这么演！

三皇子：轻点啊！

锦衣卫：我还没打呢！

三皇子：轻点啊。

锦衣卫：知道了。

【锦衣卫，打三皇子。众人敲扇子

大皇子：挨打了吧，知道我大明什么规矩吗？

二皇子：什么规矩啊？

大皇子：是孝顺！

二皇子：这什么是孝顺呢？

大皇子：就是顺着——摩挲。

三皇子：停，我错了。

皇　帝：嗯，孝顺才是我大明的家法、传统。

三皇子：爸爸，打疼了，给揉揉。

皇　帝：起来吧！

皇　帝：这剧本谁写的？

太　监：莎士比亚，皇上。

皇　帝：几品官啊？

太　监：乡长都没干过，皇上。

皇　帝：乡长都没干过，就敢写剧本？把人抓来！

太　监：干嘛啊？

皇　帝：赏他碗饭吃，再给他个县令当当，让他增加点实践经验。

太　监：皇上，您真大方！人家在大不列颠及北爱尔兰联合王国，皇上。

皇　帝：那是哪儿？

太　监：远着呢。

皇　帝：写信……我说呢，这么远啊，我说他不了解我大明的规矩。

大、二皇子：是，爸爸。

皇　帝：你们这儿真真假假的，我也看不出个所以然来。知道我大明什么规矩吗？

大、二皇子：孝顺，爸爸。

皇　帝：大明，（太窄了。）地大物博，幅员辽阔，高山峻岭，江河湖海沟，谁都想要好地段。（你别跟着我，你起来。）市区分了，郊区给谁呀？平原分了，山地给谁呀？有江有河有湖的地儿分了，内陆给谁呀？

仨皇子：给谁啊？

皇　帝：还有那大片大片的沙漠和原始森林都给谁呀？分还是合，这是个问题。就知道瞎翻译外国剧本，这英国人乡长都没干过，一点实践经验没有。可还是得分啊，给谁啊？！

二皇子：给谁也不能给他。（指三皇子）

皇　帝：不给他我也不给你。

大皇子：那就是我的，哈哈。

皇　帝：你也别惦记。

太　监：皇上，您还有个私生子呢。

众　人：爸爸……

皇　帝：别捣乱。可还是得分啊？

太　监：皇上，那叫传。

皇　帝：可还是得传啊，毕竟我在这个位置上已经坐了整整二十多年了。

大皇子：说了半天终于说正事了，是二十一年。

二皇子：是二十一年七个月。

三皇子：是二十一年七个月零十天。

皇　帝：还是老三记得清楚啊。

二皇子：爸爸，别把事情说的那么明白，

大皇子：说这么明白我们弄死他。

二皇子：直接弄死。

皇　帝：噢……那么多年弹指一挥间，太快了，实在是太快了。

二皇子：这么多年每一天都是度日如牛，太慢了。

大、二皇子：实在是太慢了。

三皇子：爸爸，就您这身体，至少还能在位二十年。

二皇子：吓我一跳，我还以为是40年呢。

大皇子：你不识数啊，他明明伸的是五个手指头。

二皇子：我们不能再等了。

大皇子：再等我头发就白了。

二人合：我们必须逼他退位。

皇　帝：你们说什么？

俩皇子：没什么，我们说您耳背。

皇　帝：什么耳背啊，你们都给我站好了。这就是我那仨儿子，都是人才。老大，心眼特别坏，还特别爱修佛！老大我没说错吧。

大皇子：阿弥陀佛，生死疲劳，从贪欲起，少欲无为，方可身心自在。

皇　帝：老二，脑子特别笨，还特别爱琢磨事。

这次《明》的创作非常艰苦。当剧本拿到演员这儿，演员不适应还是有些书面语的感觉。当年明月说："我写着觉得特别牛了，但是当有人念出来的时候就变得特别傻。戏剧是要通过语言来传递出来，这需要另一层功夫。我这次做导演做的也辛苦，但一边苦一边又特精神。剧本是一个28岁的大男孩儿写的(当年明月)，里面充满了权势和阴谋，和帝王将相之术。我其实并不擅长表达这种思想，有时候我会觉得，怎么演得那么累。而且它的结构方式也是一环一环走，有的时候"多"了，一定要在现场看演员们做出来，否则我没法依据剧本去删减。

二皇子：道德经云，道可道，非常道，我要成仙得道。

皇　帝：很有追求，老三……

三皇子：我爱读书，子曰：为政以德，譬如北辰，居其所，而众星拱之，男女授受不亲，礼也。我读孙子兵法，不战趋人之兵，善之善者也。我念三十六计，走为上也。当我书越读越多的时候，身体越来越壮的时候，我爸爸就会把皇位传给我。

二皇子：做梦。

三皇子：所以我不跟他们争。

皇　帝：这就是我们家老三，最爱读书，居然一点心眼都不长。就这三块料啊，我还得挑一个皇位继承人，真是惨绝人寰，六月飞雪，何处申冤啊。我无处申冤啊！我到处申冤啊！

二皇子：老头，那边去。

大皇子：老头，那边去。

皇　帝：究竟哪边去？

大、二皇子：上边去。

皇　帝：看着了吗？这是盼着我死呢。你不跟着我啦？

太　监：来了，皇上。

大皇子：他老人家不能再赖在这儿了。

二皇子：是啊，大哥，你快等不及了吧？

大皇子：谁等不及了？你等不及了吧？

二皇子：对，我是等不及了。

大皇子：等不及你抢去！

【大、二皇子，抢椅子

三皇子：我等得及！爸爸一定会把皇位传给我的，到时候我就会成为永垂明史的一代伟人。

大皇子：没准！

二皇子：八成！

皇　帝：这么多年我终于无需再等待，我要召集他们。

大、二皇子：这么多年了，我们不能再等了，我们必须立即行动。

皇　帝：告诉他们最终的答案，三天之后。

两皇子：逼他退位，刻不容缓，三天之后！

【两个皇子抢椅子，椅子掉地，三皇子接住

皇　帝：这么多年来，你辛苦了。我告诉你的秘密，你从未外泄过。

太　监：谢谢皇上信任。

皇　帝：你想知道他们仨人里，我传位给谁吗？

【三皇子把扇子扔到皇帝面前

太　监：我想知……

三皇子：爸爸，这个字念什么呀？

皇　帝："滚"！

三皇子：滚滚长江东逝水……

太　监：……知道，皇上。

皇　帝：记住这个名字。

【皇帝向太监耳语，大皇子偷听

三皇子：滚……滚长江东逝水……

【大皇子，走。皇帝太监继续耳语

皇　帝：记住了吗？

太　监：没听清皇上。

皇　帝：杖责！

太　监：听清楚了。

皇　帝：听清楚了就下去吧。我相信你的忠诚，相信你的守口如瓶。退朝。

太　监：退朝！

【皇帝、太监，下

二皇子：今天已经过去了，还剩三天了。

大皇子：你不识数啊？还有两天。

二皇子：啊？这么快？那这两天怎么安排？

大皇子：今天先练练。

二皇子：明天行动。

大皇子：这事若要成功，我们必须争取咱爸爸身边的俩个人。一个是锦衣卫都指挥使，一个是东厂提督太监。

二皇子：你们俩，出来。

锦衣卫：我，是锦衣卫都指挥使。

太　监：我是东厂提督太监。我们部门是由大明永乐成祖朱棣皇帝亲自设置的。我们单位在东安门，就是王府井北大街的东厂胡同。我们权力很大……

【太监，被众锦衣卫抓

锦衣卫：锦衣卫的主要职责是抓捕犯人，可审讯定罪。同时掌管廷杖，负责惩处违反皇帝意志的大臣。并负有收集军事情报、策反敌军高级将领的职责。

太　监：没完了你。

锦衣卫：起来吧。

太　监：说说我们部门的事。

太监众：我们管辖广泛，可听审案件，可查阅六部机密文件，可监视文武百官，包括……

太　监：好好说话

太监众：锦衣卫。

锦衣卫：兄弟单位！

【锦衣卫、太监，二人握手

太　监：兄弟单位。

众　人：我们兄弟单位。

太　监：行了，散了吧！

锦衣卫：下班了。

太　监：下班时间，该创收了。本人独家经营逼宫，谋逆，篡位等业务，价格公道。

大皇子：小点声！那个锦衣卫表情一贯严肃，

二皇子：而且来历不明。

锦衣卫：我锦衣卫……

三皇子：锦衣卫只领工资，从不受贿。

锦衣卫：朋友！

三皇子：我这朋友，做人一贯刚正不阿。

锦衣卫：一贯无懈可击。

二人合：一贯坚不可摧。

二皇子：您真是太正直了，那您二位聊聊。

三皇子：聊聊。

大皇子：你开价多少？

太　监：我这人不贪，就是最近置了个大宅子，钱花猛着了，我正按揭呢，您给多少我都不嫌多。

二皇子：就是他了！

大皇子：给你一个见钱眼开的机会。

太　监：您二位眼光是真准啊，只要你们买通我，就可以顺利逼宫，你爸爸就会乖乖让位。

二皇子：要是他敢拖拖拉拉……

太　监：怎么着？

大皇子：那我们就杀了他！

太　监：你们给多少？

大皇子：二两银子。

太　监：皇上，他们要杀了您。

皇　帝：什么？

二皇子：我真是找不出什么词来形容这种人。

太　监：风流倜傥。

大皇子：畜牲。

太　监：玉树临风。皇上，他们要杀了您。

皇　帝：什么？

三皇子：杀你啊，爸爸。

皇　帝：连自己亲爸爸都敢杀，你没听错吧？

三皇子：再说一遍。

二皇子：要是他敢拖拖拉拉。

大皇子：我们就杀了他。

皇　帝：什么？

三皇子：大点声，再说一遍。

二皇子：要是他敢拖拖拉拉。

大皇子：我们就杀了他。

皇　帝：说什么？

二皇子：你有完没完。

大皇子：护驾！

皇　帝：护驾！

【皇帝，跑圆场

皇　帝：连自己亲爸爸都敢杀，真不是东西。怎么没人管我啊。

三皇子：看见了吗，关键时刻一个都用不上！护驾！

众　人：护驾。

【音乐起，众人跑

【衣架推至左区

其实我一直挺喜欢内心比较复杂、人物关系比较复杂的戏。但我的审美方式是很中国的，往往比较简洁、写意、这两者之间会有一些冲突。导演和演员一样，也有一个成熟的过程，我以前做的一些戏，比较注重审美，有时候会为画面牺牲掉一些内容，原来我的审美可能会是障碍，有时候戏做的闷闷地，好像形成一种凝重的气势，说好了是气势，说不好了是费劲。随着年龄的增长，更希望能有一种开放式的内容和形式，这样我的复杂性就能搁进来。还挺松弛和开心的。

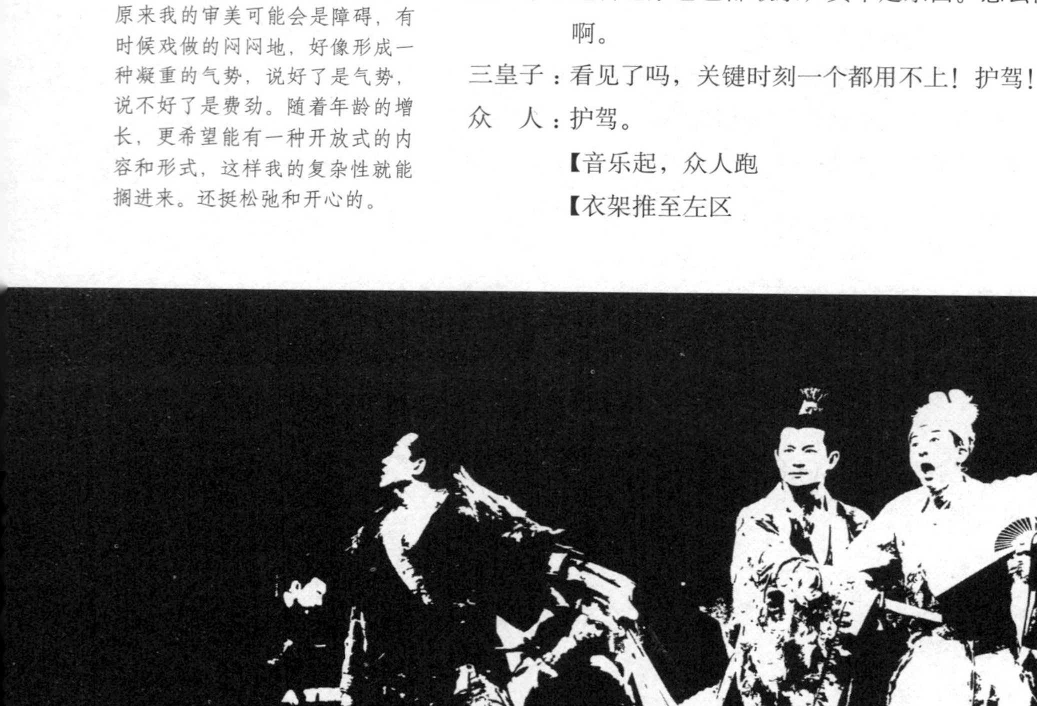

三皇子：一把没搂住，我看见我爸爸一晃而过？
大皇子：爸爸，我们借您肉身练练。
皇　帝：你们刚说什么大侄子呢？
二皇子：我们借您肉身练练。
皇　帝：连自己亲爸爸都敢……那就练吧。
大皇子：人生最痛苦的事情不是忍，是等。
二皇子：爸，你就逼我吧。
皇　帝：护驾……护驾……护驾……
三皇子：爸爸，您在这儿呢啊。
皇　帝：三儿！
三皇子：大哥二哥，你们这儿护驾呢啊。
二皇子：这是护驾吗？你眼睛瞎啦？
三皇子：大哥，二哥，我简直不敢相信我的耳朵！你们不会对一个肉身，也如此的丧心病狂吧？！
二皇子：我们先练练。
三皇子：哦，那就练练吧。
皇　帝：老三，别让他们练，练完了就成真的了。
三皇子：他确实占据皇位很多年，但他毕竟，且始终是我们的父亲。松手。
二皇子：我们等不及了，我们只能杀了他！
【三皇子，晕倒
大皇子：阿弥陀佛，诚如此言。
三皇子：言个屁，你们是人，还是畜牲？用完了吗？用完了撒手。
皇　帝：谢谢啊。
三皇子：该他词了。
太　监：真是厚颜无耻、利令智昏、丧心病狂、死不要脸的畜牲。
二皇子：哎，你骂谁呢？我们是畜牲，你是什么啊？
太　监：我是狗，区别在于，畜牲养大了会咬人，狗会对着主人摇尾巴。

三皇子：我今儿听你说话怎么这么舒服啊。

太　监：讨厌他们俩。

三皇子：去，离我们远点，再远点，再远点。爸爸，刚才我把面子给您丢尽了，现在给您找回来。大哥二哥，看看你们喜形于色的样子，还一点都不遮拦！（太窄了。）是不是有点蠢啊，这怎么能当政治家呢？！

【二皇子、大皇子，打三皇子。三皇子挡

三皇子：一代伟人。你们出生的时候，爸爸是多欣喜，可你们看看他现在？！

【音乐起，三个皇子一起拉二胡

三皇子：你们一出生，他就乐，你成长，他高兴。你拆墙，他替你补，你欠债，他替你还，你出事，他去捞你，这样的好爸爸，他把一切的一切，一切的一切，都给了你们，你们还要杀他吗？

太　监：本家赏钱一百二十吊！

皇　帝：我还没死呢。

大皇子：老头，你到底要把皇位传给谁？！快说。

皇　帝：传谁也不传你。

太　监：你们这仨同辈畜牲。你们是现在拔刀出来互砍，还是等我走了再说，

【大皇子，拿着扇子作刀状，比向太监

太　监：要动手，最好在皇上开口之前。不动手，就等着他老人家告诉你们答案吧，希望你们能有好的表现。我走了。

【太监，走，三皇子也要走

三皇子：此地不易久留。

【三皇子被老大、老二拦住

三皇子：旋转门！

大皇子：老三，他已经把你算在畜牲堆里了。你是……
二皇子：加入，还是单干？
三皇子：我要是不答应呢？
大皇子：那就先杀了你，再杀他。
二皇子：或者，先杀了他，再杀你。
三皇子：谁干谁举手！
【众人举手
皇　帝：一台的反贼啊！
三皇子：爸爸，我是这么想的，与其让他们杀了你，还不如让你退位，这样你能保住你的老命，我还能保住我的小命。就这么定了。把手放下。
二皇子：鉴于我们如此无耻，如此卑劣，如此翻脸不认人。
大皇子：咱们签个合同，立个字据吧。
三皇子：哎？事成之后，谁当王？
大皇子：当然是三弟你了。
二皇子：你是少有的，天才的政治家啊。
三皇子：这话鬼都不信，人能信吗？别忽悠我了。搬把椅子！
【三位皇子，开扇子
三皇子：把你们无耻的欲望，和让人作呕的野心……爸爸，你在这儿看戏呢？这风大！您坐后边去吧！
【三位皇子，开扇子
三皇子：把你们无耻的欲望，和让人作呕的野心……爸爸你躲开，你在这我们怎么签啊！
【三位皇子，开扇子
三皇子：把你们无耻的欲望，和让人作呕的野心，写在这张纸上，签上你们的名字。
三人合：这，就是我们的约定。
二皇子：等等，从小老师就告诉过我，打小报告的人，是没有好下场的。
三皇子：二哥说的对！

我在这个戏里想换一个演法。恢复原来属于中国的演剧形态。恢复、寻找和再演化是不易的，是个工程。可能这次做的还是半成品，但我挺无憾的。我感谢演员能做这样的表演尝试，这么困难，却特别爽。因为我做得极端。

大皇子：阿弥陀佛，面对残酷，爸爸，我们只能如此。

三皇子：爸爸，他们是让你退位，不是要杀你！在这个残酷的世界面前，我还不够勇敢。

【三个人，按手印

皇　帝：最狠毒不过仨小兔崽子心啊！别忘了一式三份啊！

三人合：唉！

【皇帝，下

大皇子：第三天到了，该逼宫了。

二皇子：你知道进去该怎么说吧。

三皇子：都是聪明人，进去之后我就说，老头，您该退位了！大哥二哥，我不是有点蠢啊？

大皇子：聪明绝顶。

二皇子：绝顶聪明。

三皇子：明白了。

【三人，转向台右皇帝区域

大皇子：父亲，我们有一件事情要向您禀报。

皇　帝：很巧，我也有件事情要告诉你们。

二皇子：这件事我们商议好了，由老三向您禀报。

皇　帝：老三，你说吧。

三皇子：父亲……父亲……父亲。

【三皇子，上前附耳

二皇子：打大小报告的人是没有好下场的。

皇　帝：老二你怎么了？

二皇子：没什么，爸爸，我是说老三有要事向您禀报。

皇　帝：老三，那你说吧！

三皇子：父亲，您该……去后宫了吧？

皇　帝：老大，你怎么了？

大皇子：爸爸，我没怎么！

三皇子：父亲，您该……吃冰西瓜了吧？

皇　帝：老二，你又怎么了？

二皇子：我没……说话啊！

三皇子：二哥，我忘了跟咱爸说什么了。

二皇子：你装是吧！就是刚才那件事啊！

三皇子：大哥，我忘了跟咱爸说什么了。

大皇子：就是刚才那几个字啊！

三皇子：爸爸，我忘了，我想上茅房。大哥二哥他们知道，他们不告诉我。

二皇子：我记得！

【二皇子，欲拔刀

三皇子：想起来了，把你们无耻的欲望，和让人作呕的野心……

大、二皇子：吁……

三皇子：爸爸，我无话可说，我该挨打了！

【锦衣卫，上

三皇子：回去。

大、二皇子：这没你事！

三皇子：让我大哥二哥打我！

大、二皇子：你去死！

【大、二皇子走到皇帝身旁，欲拔刀

众　人：苏门答腊国家代表团，国王亲自带队，总计人数三百四十余人，划船来的……

【众人大声议论

大皇子：还挺难下手的。

二皇子：人还挺多。

【大皇子、二皇子，捂皇帝耳朵

太　监：你们老捂他耳朵干吗？他本来就耳背。

大皇子：您吃冰西瓜了吗？

【皇帝没反应

二皇子：还真是！

【大皇子、二皇子，拔刀

皇　帝：什么声音？

二皇子：谁说他耳背了？

皇　帝：该听不见的我都听得见。

三皇子：父亲！

皇　帝：老三你别说话，还是我说吧！朕自登基以来，所至之处，蛮夷低首归顺，叛逆望风披靡，闻我之名者，必顺服之，逆我之命者，必剪除之！治必平，九州臣服、宇内归心，战必胜，四海横行，天下一统！

【大将军，上

大将军：唯愿我大明千秋传续，万代彪炳！皇上！

【三位皇子，坐在地上

【皇帝，到大将军面前

皇　帝：忘了告诉你们了，我的老朋友大将军来看我了。

大将军：我，大将军是也。有关明朝大将军的历史我就……

皇　帝：行了，行了。你就不用一一赘述了。

大将军：皇上，我的兵马正在城外候旨待命。

皇　帝：那就让他们进来吧。

大将军：他们正在洗澡吃饭，随后进城。

皇　帝：哦。自从上次你出征，我们已经有五年没见了吧。

大将军：是。

皇　帝：你的肚子越来越大了。

大将军：您的身体还是这么好，宫殿还是这么大，椅子还是这么窄，您的儿子，还是这么操蛋。

三皇子：爸爸，其实刚才我想跟您说，您太帅了。

皇　帝：是嘛。老二，你不是还有话要跟我说吗？

二皇子：……忘了。

皇　帝：老大，你呢？

大皇子：我也忘了。

皇　帝：老三？老三早就忘了。既然你们都忘了，那我说吧。朕决定今天退位！怎么一点都不惊讶啊？

皇　帝：这都什么造型啊？这么松的防备都杀不了我，怎么执掌我大明的朝纲啊？都起来吧。（对大将军）没让你起来。

朕决定，锻炼队伍。从今天起，我的活你们干。你们要把大明政务，一人一份挑起来，一个月后，我根据你们的工作成绩再决定，我是不是该退位。

二皇子：一会儿退一会儿不退，老东西，快修炼成妖精了！

大皇子：自愧不如，有点服！

皇　帝：看来你们是听明白了，明白了就下去吧。大将军过来喝茶，老子为你们辛苦一辈子，也该歇歇了。

【众人，两边落座

【大皇子，二皇子抓住三皇子

三皇子：手轻点，有这么大仇吗？

皇　帝：刚才你们不是说有事找我吗？

大、二皇子：没事了！爸爸。

皇　帝：他们不知道，（转向太监）那你知道吗？

【太监目呆

太　监：这老头真阴险，真会玩阴谋，那仨小兔崽子也不是什么好东西，二两银子就想买通我，银子，我说银子呢？

【大皇子，扔扇子

太　监：哇，金条！我说你们仨啊！从今天起，你们就是敌人了。为了那皇位你们就折腾吧，仨人里他只会……

众　人：选一个。

太　监：说的对，我歇会儿！

大皇子：站住。

太　监：歇不成。

大皇子：刚才那话是我爸爸告诉你的？

三皇子：有事你问我，让他歇会！你也歇会！我不是自各儿找事吗？爸，你说你这么大岁数了，还玩这种把戏，是不是有点蠢啊？

皇　帝：就你聪明！

三皇子：传位的事你跟他说什么了，你告诉我吧！

皇　帝：你不是等得及吗？你问他啊。

【皇帝，示意老三大皇子在旁偷听

三皇子：大哥！请坐。

大皇子：谢谢啊。

三皇子：（对太监）传位的事我爸爸都跟你说什么了？不是传给他们俩？是传给我吧？

二皇子：明白了，难怪你刚才不说话呢？原来你早就知道。说，谁告诉你的？

三皇子：别捣乱，他还没告诉我呢！

二皇子：是你告诉他的？

太　监：我，我告诉谁了？

大皇子：问你呢！是不是你告诉他的？

太　监：我告诉他了！（指大皇子）

【《春燕》音乐起

【众人，打作一团，舞台上一片混乱

二皇子：你告诉他了？大哥，他告诉你什么了？

大皇子：他告诉我什么了？

大皇子：别内讧，别内讧。我大明干不成事，就是因为内讧，事还没干呢，就先内讧，不群策群力，不风雨同舟，不达成共识，不和平共处，不那什么什么，所以，必须内讧。

大皇子：对，内讧！

二皇子：必须内讧。

太　监：你爸爸说了，他很喜欢你们中间的一个，不是你们两个中间的一个。皇上，君子不立于危墙之下。

大皇子：对了，你怎么知道父皇今天要传位的，谁告诉你的！

三皇子：到底谁告诉谁了？谁说他要传位的？！他不是没说吗！

皇　帝：我要交大印了。

众大臣：您要交给谁呀？

皇　帝：我不会说的。

众　人：讨厌！

三皇子：乱七八糟，瞧把我大哥给累的，真够蠢的。不就是传位的事吗？

大哥，喝口水。

大皇子：我不喝。

三皇子：喝口水。

大皇子：谢谢啊。

三皇子：好茶……可惜了。

三皇子：关于传位的事，谁也没有告诉我。我爸爸没告诉我，太监也没有告诉我。可我是怎么知道的呢？我忘了，接着瞧戏吧！

【谋士上，与三皇子相互施礼

谋　士：兄弟留步，让我夸夸你。你很聪明，但是你爸爸更聪明。他无非是想挑拨你们兄弟之间的关系。

大皇子：你谁啊？

谋　士：认识这么多年了，你不知道我是谁，我是你的谋士。（对三皇子）这场没你，你可以下去了。

三皇子：早说啊。

【三皇子，下

谋　士：谋士这个职业啊，包括拍黑砖，打闷棍、指东道西，神神叨叨……

大皇子：你就够神叨的，拉我一把。

谋　士：咱们今说说先解决谁？

大皇子：哎！

谋　士：先解决谁？

大皇子：哎！

谋　士：你老哎什么哎？你站这边来。

大皇子：哎。

谋　士：你先解决谁？

大皇子：行了，什么先解决谁？他们都是我的亲弟弟！

谋　士：十五年前我就认识你了。装！每一次你挤眉弄眼，打嗝放屁，不说实话的时候我都看得出来。

大皇子：你是说我虚伪。

谋　士：您还真能忘你脸上贴金。

大皇子：到那边去！先解决谁？

谋　士：对啊，先解决谁？

大皇子：是啊，先解决谁呢？他们都是我的亲弟弟！解决谁？

谋　士：谁？

大皇子：你说？

谋　士：你说？

大皇子：那就老二吧。

谋　士：老二。

二皇子：唉。

谋　士：你看这人，脸上写着两个字。

众　人：坏人。

谋　士：别人都看出来了，你说这人得多笨呢？杀他有用吗？

大皇子：那你说杀谁？

谋　士：你们往那看！

【谋士，指三皇子

【三皇子，坐在长案

【大皇子、谋士、二皇子，坐到三皇子身边

三皇子：我太鹤立鸡群了，我太曲高和寡了，我太木秀于林，风必摧之了。我就要被人算计了。

谋　士：他很聪明。

三皇子：我太聪明了，所以他们孤立我。

谋　士：他爱读论语，扯心得，他是这方面的专家。

大皇子：我们是不扯，要扯也成专家了。

三皇子：《论语》是我的专业，你别挑事。

二皇子：咱不在一时空。

大皇子：你听不见我们说话，你演你的去。

三皇子：来人！换地！

【音乐起

【换景

三皇子：我很自负，我很聪明。

大皇子：他很愚蠢，他很自卑。

三皇子：我很坚强，我无所畏惧！

大皇子：他很软弱，他外强中干。

三皇子：我是这个国家未来的希望，指望和巴望。

谋　士：可惜，你离君临天下的那条道路，还差得很远。

三皇子：咱不是不一时空吗，你听不见我说话，你们演你们的去。

【大、二皇子，与谋士，背对三皇子

二皇子：那你说怎么办呢？！可咱爸爸就喜欢这小子！

谋　士：所以你们必须干掉他。

【音乐起

【女人出现在台右，端坐在椅子上，三皇子与她并排而坐

三皇子：我真讨厌他们俩，两个无耻又毫无道德的败类兄长，我厌恶这个纷争不断的朝廷，和这个满眼污秽的世界。

女　人：哇，从来没听你这么说过话！你好见识啊！

三皇子：是吗？你喜欢吗？

女　人：我感到惊喜！

三皇子：没什么，我只是多读了几本书而已！不过，我又必须假装团结他们。跟他们一块蹚混水，和稀泥，为了我伟大的抱负和未来的理想。你热爱我未来的抱负和理想吗？！

女　人：我热爱。

三皇子：你相信我吗？

女　人：我相信。

三皇子：那我告诉你了，我可就告诉你一人。我要把安定的生活，带给这个国家的每一个人，我要把伟大的儒学，传播到这个国度的每个角落，我要让这个国家在我手中，变得强大而富饶。

我要找出一条正确的治国之道，我要成为一个伟大的皇帝，我要让大明，变成一个不朽的传奇，我要

当时我跟当年明月说，女人是色彩，没有女人不会那么好看，当年明月那时候没有谈恋爱，谈了也失败，说就不会写女人的戏，他想半天也不会写。后来，就成现在这样，清一色男人戏。里面唯一的女人是男演员扮演的。那段三皇子谈爱情的戏，当年明月写的很大男孩儿，观众会感觉到里面的纯洁，会感动。

让一千年后的子民们，每天游手好闲，衣来伸手，饭来张口。不用上班！不用加班！不用干活！不用挣钱！没有训斥，没有责骂，没有争吵，没有矛盾！没有孤独！没有恐惧！没有悲伤！这就是我的理想！我那无比光辉的理想！

【三皇子，操纵女人拍手

女　人：哦，我明白了，所以你只能和那两个无耻的家伙结成同盟，不得不去说那些你不想说的话，做那些你不想做的事。

三皇子：每个白天，当我面对他们的时候，我都不说人话，每个夜晚，当我回到这里时，没人对我说话，只有你！只有你听着我的每一句话语，只有你知道，我的理想，是多么光辉！你看，月亮。

【三皇子，操纵女人，指向月亮

女　人：别着急，下一次月圆的时候，你的爸爸就会把皇位传给你，你将亲眼目睹你的光荣。

大皇子：我相信，一个月后，爸爸就会把皇位传给老三。那个时候，我们将亲眼看到自己悲惨的下场！

二皇子：我们不能再等了。

谋　士：明天，为了履行同盟协议，二皇子要请三皇子到府上做客。

二皇子：对。

谋　士：我重复一遍，是二皇子你，要请三皇子到你府上做客。

二皇子：对。

谋　士：三皇子进了你的门，你就不要让他再出去了。

二皇子：对。

谋　士：三皇子是个呆子，但不是傻子，他不会一个人来。

二皇子：对。

谋　士：对什么对！二皇子，你整天修道炼丹，府上只有几

个道士，可没有兵啊！

二皇子：对。

大皇子：别对了，难道你要去跟他死磕？

二皇子：对。

谋　士：二皇子没有兵，但是大皇子，你有。到那天，（对大皇子）你的人，将在二皇子的府上等待，等待你发出的信号。

大皇子：什么信号？

【谋士，二皇子，双簧

二皇子：当客人上门的时候，我会展现我的敬意，我会斟满我的美酒，我会面容堆笑。然后，缓缓地，缓缓地举起我的酒杯，重重地砸到地上！

啊！

大皇子：啊！啊什么啊！有意思吗？！

谋　士：这叫摔杯为号！

【三人，齐坐舞台前区

【三皇子，与女人，坐其身后看戏

二皇子：坐好了。没读过《三国演义》吗？“埋伏刀斧手，五十人于帐内，待那刘备前来，看我眼色行事，以摔杯为号。”

三皇子：然后呢？

二皇子：（对三皇子）这没你事！

谋　士：然后一齐杀出，将他斩为肉酱。

二皇子：剁成肉馅。

大皇子：包饺子。

二皇子：我擀皮儿。

大皇子：我捏馅。

二皇子：放点姜加点葱。

大皇子：放点盐再放点蒜

二皇子：加点虾仁和鸡蛋。

大皇子：我喜欢吃香菜！

二皇子：我也是。

谋　士：说什么呢，说正事呢！当饺子馅和好的时候。

大、二皇子：嗨……

谋　士：当那清脆的声音响起的时候，

大、二皇子：就是爸爸那个答案永远湮没的时候。

【鼓声

谋　士：都听明白了？

二皇子：对！

谋　士：听明白了就去准备吧。

二皇子：对。

【二皇子、谋士，下

【大皇子转两圈，来到台右三皇子区域

大皇子：老三！老三！老三……

三皇子：大哥，你为什么如此深情地喊我？

大皇子：你都明白了吧？

三皇子：大哥，快起来，地上凉。

大皇子：兄弟……

三皇子：你把他们刚才合伙算计我的事都告诉我了？

大皇子：对。

三皇子：阴谋！

大皇子：大阴谋！

三皇子：你为什么要告诉我呢？

大皇子：我……

三皇子：没想清楚？出去。都三更了，还让不让人睡觉了！

大皇子：想好了，开门！老三！

三皇子：谁啊？

大皇子：我。

【三皇子，踢门

三皇子：大哥，大哥请进。

大皇子：好大的脚。

三皇子：小心……

大皇子：有门砍。

三皇子：有门框。

大皇子：二两银子，拿去喝酒！

三皇子：大哥！

大皇子：老三，你明白我的一片苦心吗？

三皇子：这么重要的事，不能让我的女人听见！

【三皇子吹灯，三岔口

【起鼓点

大皇子：黑了！

三皇子：大哥！

大皇子：三弟，我告诉了你阴谋的每一个细节，我让你通晓了人性的丑恶。

大皇子：三弟！？

三皇子：大哥？

【三皇子、大皇子，边说话边往中线的椅子摸

大皇子：又二两银子。

三皇子：大哥，打着你了吧？

大皇子：没关系。

三皇子：你为什么不和他们一起合谋，来杀我？难道你已经在无耻的斗争中，领悟了佛法的真谛，成为了斗战胜佛孙悟空，拯救我于水火之中？

【三皇子摸着椅子坐下

大皇子：西游记？

三皇子：西游记，成书于明朝嘉靖年间，作者，金瓶梅。

大皇子：行了，这书我大明人妇孺皆知。

三皇子：二哥，你参与一下，我歇会儿。

【二皇子，从舞台左区椅子上起身

大皇子：老二，这十几年在炼丹炉里拔啦来拔啦去，扒拉出来的只有贪欲，在他那本道德经上，没写着仁义道德，在每一页纸上，就一个字——。

【大皇子，抓住三皇子衣服

三皇子：抓错人了。

【大皇子，抓住二皇子

二皇子：——贪！我力不从心，没那么善良。你老抓着我干嘛啊，我没法演了，撒手。

大皇子：这不是黑嘛。

二皇子：我坏得掉渣，坏得无怨无悔，坏得任劳任怨，坏得不堪回首。

【二皇子，与三皇子碰上

三皇子：谁啊？

二皇子：我是你二哥！

三皇子：那你上那边摸去！

二皇子：又黑又危险，我歇会！

【三皇子，把灯点亮

三皇子：亮！大哥！

大皇子：三弟，你跟老二不同，你才是我最亲爱的弟弟。

三皇子：那他呢？

大皇子：你是我无法舍弃的人。

三皇子：那他呢？

大皇子：让他去死吧，我要帮助的是你。

三皇子：撒手。

【三皇子，走

大皇子：你干嘛去，观众在这边！

三皇子：我这句话重要，动作大点。

【三皇子，跑上台前

三皇子：我要是不答应呢？

【老大拔刀

大皇子：那你就会有两个敌人。

【三皇子，打老大

三皇子：怎么还有这么无耻的人啊？我真是投错胎了。过来帮个忙！

【众人上前，打大皇子

三皇子：你的无耻超出了我的想象，超越了我的承受能力。你千万别说你是我哥，我怎么出门啊，出门还得把脸先撂家里，多麻烦啊。撒手。

谁干谁举手！

大皇子：你为什么打我！？

三皇子：谁打你了？别装了。

大皇子：那你刚才干嘛呢？

三皇子：我只是想想！

谁干谁举手！

大皇子：摔杯为号，这事就这么定了！

【大皇子，回座位

【音乐起

三皇子：给点音乐！我怎么一遇到事就举手。在这个残酷的世界面前，我还不够勇敢。那可是我二哥啊！我是不是很懦弱？问你呢！无语就是默认。我是不是很懦弱？无语就是默认！谁干谁举手。

大皇子：你为什么打我！？

三皇子：别装了。摔杯为号，就这么定了！

大皇子：好。（对谋士）他答应了！

谋　士：你决定了？

【三皇子挥手示意，音乐停

三皇子：是的，我想来想去，这是最好的方法。

大皇子：在盛大的酒宴召开的时候。

【众人，举杯敬酒

众　人：举杯邀明月

今朝有酒今朝醉

把酒问青天

莫使金樽空对月……

【三皇子，搬椅子到台中

三皇子：我将进入我二哥的府邸。

大皇子：我的士兵将埋伏在那里。

【二皇子，搬椅子至老三旁边，坐下

二皇子：我将缓缓地，举起我的酒杯。

三皇子：我将聆听那个声音。

大皇子：摔杯为号

二皇子：摔杯为号！

三皇子：摔杯为号！

【众人，举杯敬酒

众　人：举杯邀明月

今朝有酒今朝醉

把酒问青天

莫使金樽空对月……

二皇子：我将看到那个继承人的覆灭。

三皇子：我将看到那个卫道士的飞升。

【大皇子，搬椅子到二人身边，坐下

大皇子：我将看到这两个蠢货一同灭亡!

二皇子：杀了他!

三皇子：杀了他!

大皇子：杀了他们两个，一个都不能少!

二皇子：然后，我高高地举起了我的酒杯。

三皇子：他把缓缓地举起了他的酒杯，白色的桔汁儿从酒杯里溅出。

【三人，站到椅子上

二皇子：我把它举得很高，我的手在抖。

仨皇子：我们都在抖。

三皇子：我很紧张。

仨皇子：我们都很紧张。

大皇子：然后，我即将听到那个清脆的声音。

二皇子：然后，我把酒杯交给了你。

【二皇子，把就被交给三皇子，

【三皇子，接过酒杯，喝酒

三皇子：太意外了，事情不会这样发展吧?！再来一次。

【三皇子，把酒杯还给二皇子

二皇子：我把酒杯交给了你(交给三皇子)。

三皇子：再来一次。

二皇子：我把酒杯交给了你(交给三皇子)。

大皇子：再来一次!

【三皇子，结果酒杯，一饮而尽

三皇子：二哥，你太有才了。

二皇子：客气客气

三皇子：刚刚你把酒杯交给我的时候，我在你眼中看到了一丝只有手足才有的仁爱的光芒，我一猜你就不会摔。请接受我的敬意。

二皇子：饺子就酒！

二三皇子：越喝越有。

【两人，干杯

【仨皇子站台口吵架

大皇子：老二你过来！这事我都安排好了，你出什么幺蛾子？

二皇子：什么叫出什么幺蛾子啊？不就是没摔杯子吗？摔了我就没命了。

大皇子：我要的就是你的命。

二皇子：我就是不摔，我气死你。

三皇子：二哥你忒聪明！你这么做就对了。

大皇子：你这别起哄！

二皇子：还行还行。

三皇子：当我接过那杯酒的那一刻，你的眼神里闪烁了一丝手足才有的善良的光芒。二哥，我一猜就知道你不会摔。

大皇子：你别来这套。

二皇子：（对三皇子）把他嘴堵上。你是真傻啊？！我原来还以为你是装的呢？（对大皇子）就冲你这么凶，我就不摔了！所以当我举起酒杯的时候，我决定改变动手顺序，我要先难后易。

大皇子：孙子我没算计过你！这么说我现在就有了你们俩敌人了。

二皇子：聪明，现在是我们俩对付你。

大皇子：谋士，给我出主意！

谋　士：老大，我在茅房呢。

大皇子：那我也喝会儿茶去！

【大皇子，下

二皇子：这么无耻的人怎么能当大哥？

三皇子：我终于找到了一个可以信赖的兄长！

二皇子：客气客气，解决他，我们必须依靠父亲的力量！不久之前，我们曾签过一份密约。父亲……

三皇子：二哥，这上面有你不觉得你这么做有点蠢吗？

二皇子：由你呈献给父皇。

你才蠢呢。一会儿进去了，你就和爸爸说有一个无耻的人逼迫我们签订了这份密约。

三皇子：说瞎话。

二皇子：正是。

【二人转身，来到右区皇帝区域

三皇子：父亲，我向您说一个瞎话。

二皇子：真话！

三皇子：说一个真话。在不久之前，有三个无耻的人签署了一份密约。

二皇子：爸爸，是一个无耻的人，诱骗我们签署了一份密约。密约的内容是……

三皇子：逼您退位。

二皇子：滚！（对老三）

爸爸，请您务必相信我只是被诱骗的无辜者，鉴于他们如此卑鄙，我将这份密约交给您。

皇　帝：你说的那个诱骗你的人，是他吗？

【大皇子，起身

大皇子：我打着盹跟你们说，不迟到是个好品德，准备充分也是个好品德。

郝平（老皇帝的扮演者）
表演技术感很好，会控制，细腻，能够控制他表演的度和分寸与观众之间的碰撞，是能够有控制的整合台词和表情的演员。

皇　帝：他比你们俩早到了仨钟头。说了很多话，发了很多誓，难能可贵的是，还掉了很多泪。

二皇子：他还会掉泪？

【二皇子，哭泣状

皇　帝：老二，你笑什么？

二皇子：我这是笑吗？我这是哭呢。

皇　帝：老大，你别跟个胖子似的在那儿笑，跪下。

【三人，依次跪在皇帝面前

【音乐起

皇　帝：小时候，你们蹬梯爬高，拆鸟窝摔鸟蛋，我原谅你们。成人后，你们钩心斗角，相互猜忌，我原谅你们。现如今，你们竟敢把手伸到我的头上！我的头，是大明皇上的头，要这个头就是谋权篡位。也是你爸爸的头，你们要这个头就是弑父。

三皇子：父亲，我是为了保住您这条老命，和我这条小命，才签了这份合约。是他们要杀您，只有我拦着！

二皇子：爸爸，我错了，我改。

太　监：这事能改吗？

皇　帝：太他娘的不像话了。鉴于你们如此忠诚，如此良善，你们就藩去吧。

【音乐起

三皇子：就藩，明朝制度，除继承人外，其他皇子成年后不得留在京城。

二皇子：藩王一旦出京，未经皇帝许可，若擅自进京，

大皇子：即为谋反叛乱，可诛杀。

【三人，起身离开

【三皇子，拿像框走到皇帝面前

三皇子：父亲，我就藩去了，请您允许我带上一张您的画像，我好向您早请示晚汇报。

太　监：本家赏钱一百二十吊。

北方的演员，像演三皇子的明昊，他更直接、感性，他所有的技巧是为了配合他感性的认识来服务的。两个南北演员的表演方式和表演习惯不同。郝平是上海话剧艺术中心的，南北方演员在表演认识能技术上是有异同和差距的。

皇　帝：我还没死呢。就这么三块料啊，我何处申冤啊……

三皇子：父亲，您少吃冰西瓜，多吃大白菜。

二皇子：人生有很多次机会，但是最关键的往往只有一次，你抓住了，我错过了。错过了，就不会再来。（我缺乏行动力，缺乏落实能力，我还不够用功。）我恨不得大嘴巴抽我自己，……先下手为强，这么简单的道理，我居然就没想到呢！

大皇子：简单得跟"一"似的，我都已经做完了！

【二皇子，挥拳对大皇子

你想打我？

二皇子：人之将死，其言也善，爸，你就瞪着俩眼在这世界上瞎踅摸去吧。我不去就藩，我去炼丹。

【二皇子，踉跄着下

皇　帝：那个胖子，你也滚。我现在不想看见你们中间任何一个。

太　监：你还像个胖子似的坐在那干嘛？滚！

大皇子：我就是个胖子，所以我不会滚。这么多年了，爸爸，你现在才发现我是个胖子，我太伤心了。鉴于我如此伤心，我争取了一个你身边的朋友，此时此刻，他会站到我的身边。

【大将军，走向大皇子

太　监：皇上，大将军他背叛了您。

皇　帝：我的友情啊，我的心脏啊……

【皇帝，晕倒

【大皇子，扶皇帝坐到椅子上

大皇子：老头，您坐着。我不会杀了你的，您引退就好。

大将军：来人……

大皇子：您老人家既然不爱批奏折，那就由我来批。您老人家说宫里憋屈，那就出去转转。再您走之前，我们还要签订一份协议。然后，我就要去修建我的宫殿了，我是一个即做婊子，又要立牌坊的，实诚人！

皇　帝：我的爱情啊？

太　监：皇上，您是不是气糊涂了，友情都没有了，爱情它算个屁啊。

皇　帝：利益，驱动人心的魔力啊，在充足的利益面前，友情可以抛弃，忠诚可以唾弃，爱情……

太　监：它算个屁啊。那咱现在怎么办啊？

皇　帝：李尔王的剧本是怎么写的？

太　监：被儿女逼的绕世界跑。

皇　帝：这剧本谁写的？

太　监：莎士比亚，皇上。

皇　帝：几品官啊？

太　监：乡长都没干过。皇上，您不跑了？

【皇上，和太监，跑

【谋士上

大皇子：（对大将军）谢谢你！

大将军：我是个收钱就办事的实在人。

【大将军下

谋　士：要想成为这个帝国真正的统治者，从今天起，你要改做一个善人。

大皇子：何谓善人？

谋　士：做好事不留名，做坏事要擦屁股，此即善人也。

【台左，长案放倒，二皇子坐中间，众人拿扇子扇风

二皇子：你要杀我吗？

谋　士：把他的宅子点了。

二皇子：真热啊，我今天才知道什么叫十恶不赦，什么叫不讲感情，

大皇子：这话应该我问你吧。

二皇子：什么叫不徇私情。

大皇子：不讲客套。

二皇子：毕竟我们是亲戚啊。

大皇子：所以烧的是你的宅子啊。

二皇子：大哥，一会烧完了，替兄弟看看，能不能炼出金丹。

大皇子：好，我就替你扒拉扒拉。

谋　士：大皇子殿下，善人呐。

众　人：对！

大皇子：兄弟啊！

【二皇子，唱童谣

二皇子：打花巴掌嘚，正月正，老太太爱逛莲花灯。打花巴掌嘚，二月二，老太太爱吃冰糖棍儿。

大皇子：添把柴。

众　人：烧完了。

二皇子：打花巴掌嘚，三月三，老太太爱吃糖锅沾，爸……

【皇帝、太监，跑上

皇　帝：老二啊，北上做藩王为生，守城抵抗为死啊。

太　监：行了皇上，你培养的是君，不是儿子。

二皇子：爸我恨你恨到阴曹地府。

太　监：走吧皇上，人都烧成炭了！

大皇子：有阴风。扒拉扒拉，收了吧。

【皇帝，被太监拉走

【二皇子，披黑纱，下

【舞台另一边

大皇子：老三。

三皇子：轮到我了？

大皇子：你二哥已经化成金丹了，爸爸也亲自就藩去了。你想怎么个死法？

三皇子：我不想死，我想生。

大皇子：那你给我一个放生你的理由。

三皇子：没有理由。

大皇子：那你只有一死。上！

【众人，上前欲抓三皇子

三皇子：等等。

大皇子：听他说。

三皇子：扶我一把。

众　人：自己起来。

三皇子：我有点害怕。不不不，我只有一点害怕。不，我一点都不害怕。

大皇子：有点怂。

三皇子：你不敢杀我，你没有皇帝的命令，你不敢杀我。

大皇子：啧，都哆嗦了。

我希望能够恢复属于中国舞台剧的某种娱乐精神，中国表演到底是什么？我们可以琢磨琢磨——跳出跳进，装扮，随便的“破烂式”的表演方式，属于我们观看者角度的一种视觉、听觉上的舒服。上一天班挺累的，看一个戏挺高兴的。所谓寓教于乐，教也不好，教就是我自己想不出来的事情，乐是一种精神快慰。若教没教太好，乐人也不纯粹，你说多别扭，我虽然想寓教于乐但只做了一半，也不太成功，但是想干这事。

三皇子：我会给你唱歌。再说我比我二哥聪明，我二哥肯定没给我大哥唱歌。咱俩关系多好啊。

大皇子：换演法了？

三皇子：看出来了？

我从小陪你读书，我还替你挨打！大不了我跟你同归于尽，玉石俱焚。

【三皇子，手中扇子飞出，被大皇子接住

【大皇子，把扇子还给三皇子

大皇子：好，那咱就接着来。

三皇子：出去出去，都几更了，还让不让人睡觉了？

【三皇子，把女人按到桌下

三皇子：危险，危险，危险……

大皇子：我是没有皇帝的命令，可是我有很多手下，我今天就是来要你的命。我刚刚逼死了你的二哥，也就是我的弟弟。我现在来逼你，要赖皮。你很软弱，你没法反抗，你不敢反抗。

三皇子：快出来支个招。父亲……

【皇帝、太监，拿镜框上

皇　帝：还有我事儿呢？

三皇子：爸爸，这样的情况怎么办？

皇　帝：我是画像，我怎么说话？

三皇子：你出来我进去！

【三皇子，与皇帝换位置

皇　帝：真够笨的，简单的跟一似的！老大你起来，你说“有种你杀了我？！”

大皇子：有种你杀了我？！

【皇帝，一刀捅死大皇子

皇　帝：来吧！

【皇帝，与三皇子换回位置

三皇子：死了？

皇　帝：一！

三皇子：简单的跟一似的，说话！！

大皇子：你很软弱，你没法反抗，你不敢反抗。

三皇子：爸爸他没按词说？我怎么办？怎么办？说话，说话。

【大皇子，拿走三皇子的扇子

皇　帝：扇子！扇子！你的扇子呢？

三皇子：扇子，扇子在我手里呢！完了，被缴械了？！

皇　帝：这就是智商50和51的区别，这戏没法演了！

【皇帝，与太监下

大皇子：美人，过去吧！

【大皇子，把女人带走

三皇子：你把她给我放下！

【三皇子，被众人拦住

大皇子：把他的宅子点了。

【三皇子，数次被打倒，趴在地上

【音乐起

大皇子：老三，这不是在做梦吧。这就是残酷的现实生活。

皇　帝：老三，挨打了吧，打你那是待见你，听说过不挨抽就成才的吗？没有，还是得抽！你读过那么多书，在书里见过一千个坏人，一千件坏事，可你没有真正面对过啊。你以为当坏人容易啊？那是件多么多么难的事呐！好好学吧。

大皇子：做坏人的确很难，你可以坏得人神共愤，祸国殃民，但是要坏的遗臭万年，那就难了。

太　监：其实也没他说的那么难。只要你摒弃一切人性，一切羞耻心，一切道德，一切伦理，做一个认真的、细致的、负责的、有进取心的坏人，这才是坏人的最高境界。

二皇子：这是一个极其美妙的世界，你做每件坏事的时候，

我现在喜欢更开放的戏剧方式，不喜欢拘谨的束缚。这次的戏，表演跳出跳进，演员可以在舞台上喝茶，谁要演的时候就站出来演，有时候会跳出角色以演员的身份说话。中国人演戏，特别讲究流动性，比如说捡场，观众都知道是怎么回事儿。中国人看戏是高度假定性的，他不会那么当真。演员也不那么当真地演，是知道观众爱看什么就拿什么给他看的投机性表演，在舞台上演员必须耳聪目明。我是在试着恢复这一套。

都要把它当成好事去做，（众人搬椅子）这才是坏人中的极品——纯粹的坏人。

皇　帝：对喽，我们家老大就是这种人，一个坏人，一个纯粹的他娘的坏人。老二，就是因为坏的不够纯粹，所以才提前下课休息的。

二皇子：没错，爸爸。

【众人，换景

三皇子：父亲，我想不明白，难道你说的这条治国之道是条坏道？

皇　帝：这孩子还是没明白朕的意思，

太　监：打得跟烂酸梨似的，我还挺心疼，没用啊。

皇　帝：接着抽。

太　监：接着抽。

三皇子：知道了，我的身份没有意义，我的人生没有意义，我的理想没有意义，我所坚信、依靠、信任的一切的一切，都没有意义。

【和尚，上场

和　尚：出生入死，生之徒，十有三；死之徒，十有三；人之生，动之于死地，亦十有三。知者不惑？你的智慧在哪里？仁者不忧？你的道德在哪里？勇者不惧？你的勇气在哪里？

三皇子：我的女人，我的天下，我的理想，什么以德服人，什么无往不胜，什么君临天下我看到的只是无耻懦弱虚伪，无信义无捷径。

和　尚：在这个神秘世界上，有一条神秘的道路，找到此路者，即可君临天下，即可无往不胜。

三皇子：不失其所者久，死而不亡者寿。我活着还有什么意义？父亲……

皇　帝：跳下去，直接摔死，摔死的是你那懦弱萎缩失败的灵魂，当然这事跟你没什么关系，直接摔死。

"啪！"（对太监）他以为跳下去就可以逃避一切，怎么还是没明白朕的意思。

太　监：直接摔死，"啪！"

和　尚：（对皇帝）老头，没完了，我这救人呢。

（对三皇子）我在这儿溜溜等了您十五年七个月零十五天了。

三皇子：你是谁啊？

谋　士：姚广孝……

和　尚：洒家江苏吴县人，十四岁出家为僧。我要好好介绍前史，（对谋士）来，熟人，搭把手。

【谋士，上前

和　尚：十五年前的一天。

二人合：我们相识。

谋　士：我十二岁中秀才。

和　尚：我七岁知诗经。

谋　士：我十八岁中举人。

和　尚：我十一岁明道德经，十五岁知阴阳。

谋　士：那时我曾一度相信，我是这世上举世无双的天才。

和　尚：我所读之书过目不忘，自认天下大事，尽在掌控之中。

谋　士：我们一同参加了科举，我金榜题名。

和　尚：我名落孙山。

谋　士：我进入了朝廷，成了大皇子的亲信谋士。

和　尚：我收拾包袱，找到他，求他帮忙。他却说……

谋　士：天才，一个不世出的天才，绝不会是我的朋友。滚！

和　尚：我滚了，去了很多地方，他们都对我说……

众　人：滚！

和　尚：我七岁知诗经，我十一岁明道德经，十五岁知阴阳。我所读之书过目不忘，你们不用我你们事有眼无珠，天妒贤才。

【谋士，不停地打和尚

和　尚：看见没有，都打成这样了，我都没去死。为什么？因为我有一个远大的理想，我要等待一个比我还惨的人，一个纯粹的惨人。一个超越前朝，的一代伟人。我要送他一份大礼，一顶白帽子。

【惊雷、闪电

【和尚，跪在条案上，给三皇子磕头

三皇子：皇子为王，王上加白，那念皇。你是让我忤逆谋反，谋权篡位吗？

和　尚：我要给你天下。

【众人，推塑像行走在雨间

众　人：君子喻于义，小人喻于利。

和　尚：要相信君子的行径，蔑视那些祸害人民的小人。

众　人：为政以德，譬如北辰，居其所，而众星共之。

和　尚：要相信治理国家的大道，是以德服人。

众　人：知者不惑，仁者不忧，勇者不惧。

和　尚：要相信智慧、仁德、勇气，和力量。

众　人：格物而后至知，至知而后诚意，诚意而后正心，正心而后修身，修身而后齐家，齐家而后治国，治国而后平天下！

【众人，放下手中塑像，奔跑

谋　士：建文元年，燕王朱棣一梦过后，突然疯癫。

众　人：疯癫表现为闹市中大喊大叫。

三皇子：起兵谋反！

众　人：正值六月，盛夏如火，他披着大棉被在火炉前烤火，且口中大呼……

三皇子：寒甚！寒甚！

谋　士：建文帝闻言，大叫……

大皇子：癫矣，癫矣。

众　人：建文帝元年，燕王朱棣起兵谋反；正德五年，宁夏藩王，安化王谋反；正德十四年，洪都藩王，宁王谋反。

公元1399年，公元1510年，公元1519年。总体而言，都在造反。

大皇子：老三你真的疯了吗？

三皇子：不登极乐，即入地狱，不枉此生。起兵，谋反。

【音乐起

【众人，作骑马状，分列左右两个阵营

大皇子：这个人真的疯了吗？

谋　士：八成，没准，我不知道。

和　尚：十五年，七个月，零十五天。我日以继夜，夜以继日地劝你，在这个世界上，有一些很有水平的人物，他们能够预见事物将来的发展，比如诸葛亮，住一破草房里，天天喝茶吹牛，居然算计出天下要三分。

三皇子：他算他的，没人去找他玩命。我不一样啊，我要是失败了，就再也见不到我爸爸了！

三皇子：大哥，你现在有多少兵？

大皇子：精兵七十余万。

三皇子：咱们有多少兵？

和　尚：精兵十万。

三皇子：十万，那还干他娘个屁啊！

【三皇子，欲走，被和尚拦住

和　尚：当你无处容身，四处游荡的时候，你就会明白了一个真理。

一个人如果没有土地，就没有收入，皇上，把他弄回来。没有收入就没有食物，没有食物，你就去吃观音土，吃到最后，就会肚胀而死。

三皇子：我的女人，我的痛苦，我的天下。

老大，你还有多少兵？

谋　士：长了。

大将军：精兵 130 万。

三皇子：咱们有多少兵？

和　尚：走了三万，还剩七万。

三皇子：那还干个屁啊。

【三皇子，转身欲走，被皇帝拦住

和　尚：所以我们要玩一个游戏，这个游戏的名字叫造反。

皇　帝：造反就是做生意，这生意要是做成了，你就可以收别人的钱，收别人的税，想收多少就收多少！朕做的是大生意，明白了吗？

三皇子：明白了，爸爸，这生意能回本吗？

皇　帝：说不准。没准儿还会掉脑袋。

三皇子：那还干个屁啊！

大皇子：这人疯了吗？

谋　士：你怎么又问一遍。

老大，你现在有多少兵？

大皇子：这个人真的疯了吗？（我已经下令，全国藩王必须立刻削减属下军队，这只是第一步，接下来，会送交人质、收回领地，直到你坐以待毙。）

三皇子：少说废话，说你还有多少兵！

大将军：又长了，精兵 170 万！

三皇子：咱们有多少兵？

和　尚：自己看。

三皇子：一，二……

皇　帝：别看我，我是画像。

太　监：我是框子。

三皇子：就剩俩人了。那还干他娘个屁啊！

和　尚：你想当皇帝吗？

三皇子：想。

和　尚：当皇帝是权力，造反是义务。你只想享受权力，不想履行义务。你真是一实斤实两的孙子。

三皇子：我不是孙子，我是儿子。

三皇子：去，给我找些闲人来。

和　尚：没有闲人，只有乞丐。

【众人，披乞丐服，伸手讨饭状

三皇子：乞丐好啊，乞丐就是我的精兵，我战无不胜的精兵。

不登极乐，即如地域，不枉此生。

起兵，京城，砸他家窗户。

【众人，一跃至台中聚拢

【音乐起

三皇子：兵法……

众　人：不可胜者，守也，可胜者，攻也！守则不足，攻则有余，善于守望者，藏于地之下，善于攻击者，动于天之上！夫兵形像水，水之刑。

【众人，与台前排成一排，动作

【皇帝，太监，披乞丐服上

皇　帝：你虽然疯了，可是你学会练兵了。

三皇子：我做梦了，我梦见杀人了，梦见流血了。

爸爸，你这干什么呢？不是说没有被逼的绕世界乱跑的吗？

我这儿锻炼身体呢。

你头发怎么白了？

这不是等了一个多月没找着接班人，急的嘛。

小子，是不是做恶梦了？

我做造反梦了。那就赶紧准备去吧，要不就来不及了。

老三，等一切齐备的时候，就是你震惊天下的时候。

【众人，推塑像跑

众　人：夫兵形像水，水之刑，避高而趋下，兵之型，

三皇子：血流成河，白骨如山。大地哭嚎，苍山悲泣。人头，像是一张张纸片，飘忽落地。不像人头，人头多重啊，像小纸片，纸片多轻啊，飘飘忽忽，霹雳曝露，劈劈啪啪，归了堆齐，完事了。我要抒情，看黄河之水天上来！我要呻吟，雷电雷电，你怒吼吧！我是屈原，思美人兮八荒走。我是陶渊明，桃花源记，归去来兮。想起来杜甫、李白，太传统了。我想起了辛弃疾，想起了戚继光，想起了岳飞，他妈，岳母刺字。

三皇子：大哥，过来。我告诉你一件事，我是装疯。

大皇子：你不是疯了，你是真疯了。

【换景，城门

三皇子：我在城门边上都已经转悠两年多了。

和　尚：三年了。

三皇子：把城门给我打开。我要回去拿几件换洗衣服，我搁大衣的大柜子，我还要换鞋，我有好多鞋，我打仗

打得就剩这一双鞋了。我还得给我爸换个框子，你看这框子多寒碜，把城门打开。

和　尚：开城门。

大将军：打开？你得打进来！我教给你兵法，我让你了解了战争。现在，我守进城的门，你干不过我。你拿框子？拿棺材吧你！你是造反明白吗？你罪该万死，死了还没地方埋！

三皇子：算了，走吧。

和　尚：哪去？！

三皇子：我回去做我的藩王，你当你的和尚，散戏。别挡着我。

和　尚：你不能回去当你的藩王，我也不能回去做我的和尚，自打起兵造反的那天开始，我们就是反贼，乱臣贼子，人人可以诛杀之，凌迟……

三皇子：我不想听你说话，我想听我爸爸说话。在我高兴的时候，我想不起来我爸爸。在我痛苦的时候，我就会想我爸爸；我胜利的时候，我想不起我爸爸，我失败的时候，我就会想起我爸爸。爸爸，请您说话。

【音乐起

【皇帝，太监，拿框子上

皇　帝：老三呐，为了那些你曾经得到而又失去的，为了那些你拥有而又错过的，你那无比坚守的意志和灵魂，懦弱、畏缩、逃避，这不是你的全部。你那光辉的理想，终会实现。拿板砖拍他。

【皇帝，递给三皇子一块砖头

大皇帝：几个月了？就盖这么一栋烂楼让老子登基？！你们祸害谁呢？谁盖的？撤查！拆了重盖！不许浪费老子我一块砖头。

三皇子：大哥，你看那。

【三皇子，在背后拍大皇子一板砖，随即把砖头扔

给大将军

三皇子：（对大将军）你敢拍我大哥！有什么事你冲我来啊！

大皇子：（对大将军）你！

大将军：我？

大皇子：天黑了。

皇　帝：坚持下去。不经历黑暗，是看不到光明的。

三皇子：天又黑又冷，去，把我的马鞍子烧了，给士兵烤火取暖。

和　尚：用一堆火，换取一群誓死效忠的人，值得。

三皇子：别翻译了，睡觉。

和　尚："月儿明，风儿静，树叶遮窗棂……"

【大皇子，与大将军争吵

大皇子：你为什么拍我？

大将军：你哪只眼看见我拍你了？

大皇子：我两只眼睛都看见了！

大将军：我……

大皇子：我告诉你，古往今来，但凡刺杀大人物，都要用高级玩意。荆轲刺秦，还用把徐夫人的匕首。就算杀个老百姓，也得用把菜刀吧。你居然用板儿砖拍我？你也太看不起人！！

三皇子：都几点了还让不让人睡觉？！

大将军：不是我拍的！

大皇子：我不管是你拍的，还是你拍的，今天这就是你拍了！

大将军：我就拍你了！

【大将军，用砖头拍大皇子

大皇子：我说是他拍的吧。

【大皇子，晕倒

【大将军，上前

大将军：老子不干了！老子受不了这气！老三，你是我的敌人，你不要说你需要我的帮助。

三皇子：你说什么？

大将军：老三，你是我的敌人，你不要说你需要我的帮助。

三皇子：我需要你的帮助。

大将军：你说什么？一直以来我只忠诚一个人，一个最强大的人。

三皇子：我跟你整整对峙了两年多了，只剩下你一个人，难道还不能证明我的实力吗？

大将军：认同你的实力？你敢不敢杀掉一个你身边最亲近的人，来证明你的实力和勇气？

和　尚：我愿意为他去死。

【和尚，剖腹自杀

三皇子：他说的不是你。

【三皇子，扶和尚

和　尚：（拔出刀子）一个洞。

三皇子：朋友！

大将军：锦衣卫，出战！

【锦衣卫，出现在城头

三皇子：我这朋友，做人一贯刚正不阿。

锦衣卫：一贯无懈可击。

二人合：一贯坚不可摧，朋友！

【三皇子刺一剑，锦衣卫倒

【音乐起

【和尚，给锦衣卫披黑纱，下

【大将军，下

三皇子：一直以来，你都是我的朋友。

锦衣卫：十年前，我流落街头，我遇见了你，

三皇子：一直以来，你都在尽全力的帮助我。

锦衣卫：你把我带回家，你让我成为锦衣卫。

三皇子：你是我最好的朋友。

锦衣卫：你暗中提拔我，让我当上了锦衣卫指挥。

三皇子：无论到何时，你都会忠诚于我。

锦衣卫：所以我回报，无论到何时，我都会忠诚于你。

三皇子：我知道，当我绝望的时候，别人都离开我的时候，你始终站在我身边帮助我。

锦衣卫：你曾经对沿街乞讨的我说，即使是一个像我这样衣衫褴褛、无人问津的人，也可以有尊严和权力。

三皇子：这世界上，我不可能找到一个比你更真诚的朋友了！

锦衣卫：你将来还会有很多朋友，但是皇位只有一个，做一个英明的君主，开创一个强大的帝国。我将为你打开最后一扇门。

三皇子：朋友。

锦衣卫：朋友。

【三皇子、锦衣卫，拥抱

【锦衣卫，下

大将军：开……城门！

三皇子：什么开城门，那是我家门。

【大皇子，慌张跑上

大皇子：城门大开，祖宗啊！列祖列宗，我兵败如山。我的三百七十万的士兵啊！不群策群力，所以我只能坐以待毙。老三你回来了？你，你不能相信他，别跑，我用他的时候就不相信他，你们为什么不内讧？内讧啊。别跑，爸爸你回来了？

皇　帝：老大你还没死呢？

大皇子：没呢。

皇　帝：老三接驾。

太　监：接驾……

三皇子：接驾！

【皇帝，背太监上

皇　帝：这剧本谁写的？

太　监：莎士比亚，皇上。

皇　帝：几品官啊？

太　监：乡长都没当过。皇上

皇　帝：乡长都没当过，就敢逼得老子绕世界跑了两年多啊？

太　监：三年了。

皇　帝：我也该回宫进膳了。

三皇子：父亲。

【大皇子，三皇子，跪地

皇　帝：老三，你还好吧。

三皇子：父亲，孩儿想您，您身体好吗？

皇　帝：爸爸老了，疲倦了，没劲啦。

三皇子：爸爸，这您待不住，您先去后宫吧，一会我去看你。

大皇子：爸爸，您别走。

皇　帝：我去看看你……（指太监）你媳妇。

三皇子：大将军，护驾。

大将军：护驾。

【皇帝、太监、大将军，下

大皇子：你要杀我吗？

三皇子：谁说要杀你。

大皇子：我可以离开这儿。

三皇子：我二哥已经离开了。

大皇子：可是我当年并没有杀你。

三皇子：所以今天我回来了。

【音乐起

三皇子：我跟我大哥关系多好啊，我给他唱歌，我二哥肯定没有给我大哥唱歌。歌怎么唱来着？

【和尚，大将军，推皇帝塑像上

大皇子：添把柴，我要烧舍利子。

三皇子：打花巴掌嘚……

大皇子：老三，你走得太快了，我没追上你。

【二皇子，拿黑纱上，给大皇子披上，与老大并排而坐

【三皇子，对塑像行礼，和尚给三皇子披黄袍

三皇子：我怎么一点也不高兴啊。今天以前，我一直都梦想着这一刻，我所有的愿望都能实现。我杀死了我大哥，我应该感到痛快。我得到了天下，我应该感到宽慰。我的女人回来了，我应该感到宽慰。我没有，我发现，痛苦、愤怒、悲伤都是那么懦弱。

【三皇子，给大皇子、二皇子施礼

【大皇子、二皇子还礼，并相互行礼，手拉手下

和　尚：你现在要去杀你的父亲吗？

三皇子：是的。

和　尚：你害怕吗？

三皇子：是的，我的老师。

和　尚：那就去吧。无所顾忌，才能无所畏惧。

【皇帝、太监，上

皇　帝：说的好，可你只说对了一半，无所畏惧，才能无所顾忌。

【三皇子、将军、和尚，跪拜

三皇子：父亲，请将皇位传给我。

太　监：你爸爸要是不传呢？

三皇子：父亲，请将皇位传给我。

皇　帝：你打算怎样处置我呢？

三皇子：您虽然不是皇帝，但还是我的父亲，所以，您想住

这就住这，想流窜就流窜，您随便。

皇　帝：朕决定……上把椅子。

【音乐起

【众人，起身

【两人，搬上一把椅子

大将军：我是谁的人？皇帝？大皇子？二皇子？还是你？我是一个忠诚的人，我只忠诚于一个最强大的人。

三皇子：这一切都是您安排的。

皇　帝：是我安排的。

三皇子：我走到今天都是您安排的？

皇　帝：来吧，根据李尔王剧本演演戏中戏的结尾，说一说对父亲的爱吧。

众　人：看戏看戏。

三皇子：您操纵了一切！

皇　帝：我操纵了一切！

太　监：嘭！

大皇子：什么意思？

太　监：你演的是大闺女，开始吧。

大皇子：我已经死了。

三皇子：兄弟相残，你置之不理。

皇　帝：老二呢？

二皇子：我和大姐简直是一模一样。

三皇子：亲生骨肉，你见死不救。

皇　帝：我就是不救。老三，说话。

三皇子：我无话可说。

皇　帝：杖责！

【锦衣卫上

三皇子：朋友……

和　尚：江山近在咫尺，胜利就在眼前，我要给你天下。

【和尚冲到皇帝面前，被谋士杀死

皇　帝：老三啊！我的孩子啊……谁干的，这是谁干的？这不是我安排的呀，哀号吧哀号吧，我要用我的眼泪和哭声震撼苍穹。我的孩子，像泥土一样死去了！为什么一条狗一匹马一只耗子都有它的生命，你却没有一丝呼吸？我可怜的孩子啊！我的心脏啊！

【皇帝，捂住胸口，昏死倒地

太　监：皇上！

【太监，拿起扇子念

太　监：两位朋友帮皇上主持大政，培养这已经受伤的国本。

【大将军，谋士，拿起椅子

大将军：不日间我就要登程上道，我已经听见皇上的召唤。

谋　士：不幸的重担不能不肩负，后人只有抚陈迹而叹息。

【二人，争抢椅子

谋　士：你等不及了吧？

大将军：谁等不及了？你等不及了吧？

谋　士：对，我是等不及了

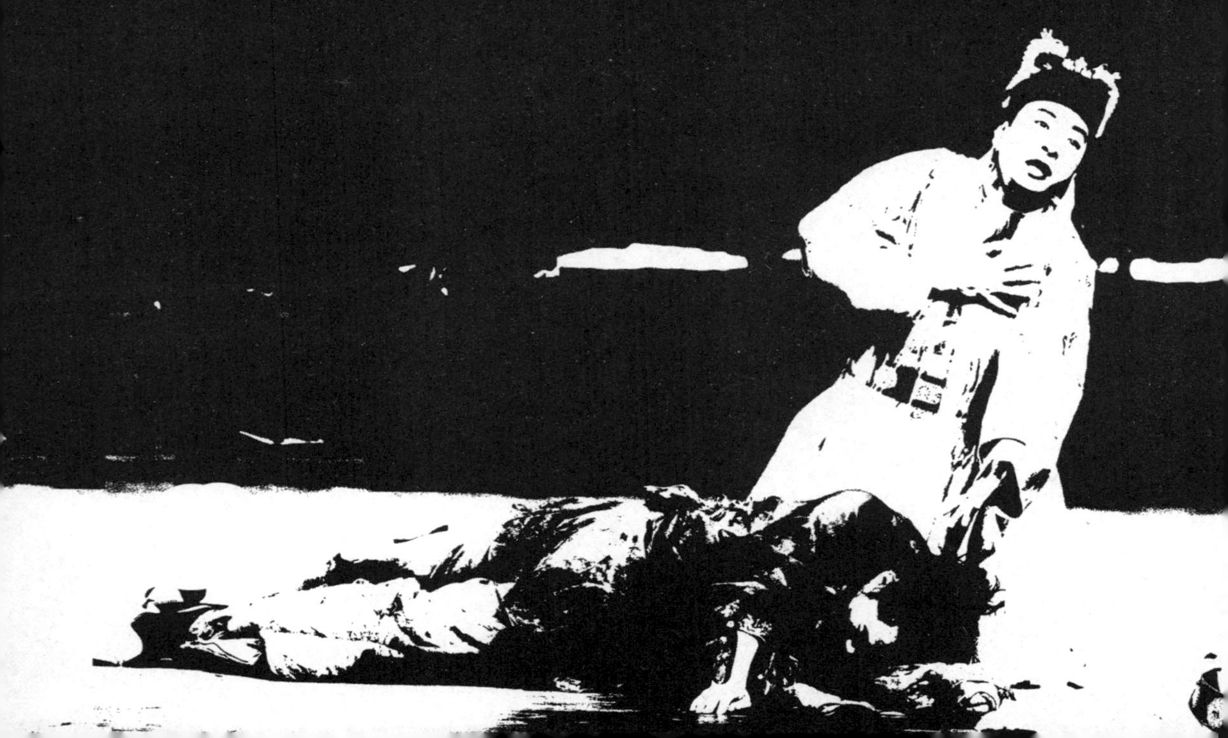

大将军：等不及，你抢去啊！

【众人，起身

皇　帝：把椅子给我放下，这剧本谁写的？

太　监：莎士比亚，皇上。

皇　帝：把人抓来。

太　监：干嘛啊？

皇　帝：直接弄死。

太　监：人家在北爱尔兰及联合王国呢。

皇　帝：那是哪儿啊？

太　监：那是哪儿啊？

三皇子：远着呢。

皇　帝：那是他们家的事，咱得说说咱自己的事，得说说咱们大明的事。

大皇子：咱大明的事就是这么磨叽，人家莎师傅的剧本第一幕就分江山了。

二皇子：分江山那是英国的事，咱大明讲分权。

三皇子：谁说的？大明不分江山也不分权，大明讲的是大一统集权。

皇　帝：分还是合，这还是个问题啊。

三皇子：爸爸，我给您换了个新框子。

【三皇子，拿上来一个崭新的相框

【众人，着皇服，回到场上

皇　帝：看见了吧？他杀戮，却又慈悲，狠毒，却又宽容，他冷酷，却又悲悯，他现实，却又充满理想。

二皇子：这是一个诱人的游戏，得到了权力，似乎就可以得到一切，但很多人并不明白，这也是一个十分危险的游戏。

大皇子：在这个游戏里，你没有休息的机会，一旦参加进来，就必须玩下去，直到你失败或是死亡。

太　监：内无私心，外领天下！无法舍弃，必须舍弃！为了天下的延续！这就是最光辉的人性。

皇　帝：这就是我的大明，

众　人：这就是我们的大明。

三皇子：上朝。

众　人：上朝……

16 个皇帝隐没在山水画里，渐渐看不到影子。这是说，没有人可以千秋万代地当皇帝，但江山一直都在那里。这个戏的开头和结尾都在说中庸："有这样一条道路，它既不是黑也不是白，既不是对，也不是错，也不是半对半错，它不是高傲，也不是卑贱！"这话翻译成毛主席的话就是"人间正道是沧桑"。

【音乐起

【下层叠山水景片

皇帝们：皇少长习兵，长驱内向，奄有四海。躬行节俭，水旱朝告夕振，无有壅蔽。知人善任，表里洞达，雄武之略，同符高祖。六师屡出，漠北尘清。威德遐被，四方宾服，大明天下，受命而入贡者，殆三十国！

众　人：幅员之广，远迈汉唐，成功骏烈，卓乎盛矣！

皇　帝：幅员之广，远迈汉唐，成功骏烈，卓乎盛矣！

皇　帝：民族，国度，精神，几千年来，从未夭折，从不屈服！

三皇子：称颂他，这是我的职责。从不需要想起，永远不会忘记。

皇帝们：吾所以有大患者，为吾有身，及吾无身，吾有何患，顾贵以身为天下，若可寄天下，爱以身为天下，若可托天下。

【众皇帝，走入山水间

三皇子：父亲，这是我最后的疑问。

我如何才能成为一个英明的皇帝，我如何才能管理、掌控、引领这个庞大的帝国，我如何才能让我的名字流芳千古，万世传诵？我如何才能传扬这个伟大国度的不朽精神？

皇　帝：抱紧他，向前走。

【一片山水层峦

【剧终

Rec

中国国家话剧院出品

中国国家话剧院–北京由甲申文化艺术中心联合制作

出品人–赵有亮–白栂------艺术总监–杨宗镜------监制–王晓鹰------制作人–李东

原著–张爱玲------编剧–罗大军------导演–田沁鑫

演出时间–2007年12月至2008年2月

演出地点–北京·上海·杭州·南京·广州·深圳·成都·重庆·西安等

剧本改编由“皇冠文化集团”授权

红玫瑰与白玫瑰

（舞台工作本）

原　　著　张爱玲
编　　剧　罗大军
改　　编　田沁鑫
导　　演　田沁鑫
制 作 人　李　东

舞美设计　刘科栋
灯光设计　谭　华
作　　曲　胡小鸥
服装设计　苏子航
造型设计　申　淼

辛柏青　饰佟振保
高　虎　饰佟振保
秦海璐　饰红玫瑰
王诗濛　饰红玫瑰
胡靖钒　饰白玫瑰
赵熳妍　饰白玫瑰
赵寰宇　饰王士洪
蔺达诺　饰小裁缝

【舞台上两间公寓灯亮

【画外：收音机响起苏州评弹

【画外：留声机响起老爵士

【画外：收音机响起越剧

【画外：留声机响起爵士

【女人们走到前区

孟烟鹂：我买了几尺碧纱，对折一下，在中间缝上一道直线……

烟鹂乙：左肩上打个结，把右肩露出来……

王娇蕊：用鲜辣潮湿的绿色做旗袍，再露出粉红色的衬裙。

娇蕊乙：看久了会得色盲症的。

孟烟鹂：我乳房太小，怕滑下来。

烟鹂乙：带子绑紧就成。

王娇蕊：西洋女人的腰身，通常是要裁缝，用钢条和鲸鱼骨束出来的。

王娇蕊：我是天生的细腰，我不用。

孟烟鹂：补袜子，我用指甲油的……

烟鹂乙：妈从来就说我，针线活不好……

王娇蕊：我喜欢旗袍，洋装，还有短衫。

娇蕊乙：用宝蓝丝绒做短衫，会很漂亮。

【孟烟鹂——佟振保妻

【王娇蕊——王士洪妻

王娇蕊：停电了，士洪。

孟烟鹂：我的裁缝到了。

【小裁缝——男，年轻

一条长长的玻璃走廊串起两间公寓房，一间住两个红玫瑰，一间住两个白玫瑰。两个房间里，红白玫瑰的故事同时上演，但一个是现在时，一个是过去时。辛柏青和高虎演的佟振保在这两个时空来回穿梭，像一对孪生兄弟，他们在真我和本我之间搏斗，时而勾肩搭背时而和颜悦色。这是一出带喜剧色彩的悲剧。红玫瑰和白玫瑰也是两个演员扮演。3个角色，6个演员，戏立了起来。

【裁缝，推门进入左区

小裁缝：佟太太……好。

烟鹂乙：裁缝先生，好。

小裁缝：佟太太，您要做，什么式样的旗袍？

【王士洪，推餐车走出

【王士洪（王娇蕊先生）

小裁缝：您想做什么式样的旗袍？

孟烟鹂：什么式样？就捡你做得最多的式样吧。

小裁缝：佟太太，您真聪明，做的最多的式样就是最流行的式样。

孟烟鹂：你说什么？

小裁缝：做得最多的式样，就是最流行的式样……

孟烟鹂：不是，不是这句，是上一句……

小裁缝：您要做什么式样的旗袍……

孟烟鹂：不是，不是这句……

小裁缝：哦，佟太太，我是说，您真聪明……

【孟烟鹂停顿着，美滋滋地

孟烟鹂：……是吗？

……还，从来没人，说我聪明呢。

王娇蕊：我喜欢对面的房客，他好像不爱讲话。

王士洪：对于不会说话的人，眼神就是一种语言。对面姓孙的房客老是向你瞟来瞟去，他再看你，我就把他赶走了。

二人合：别发疯了。

王士洪：要去南洋了，要紧的是你。

王娇蕊：嫁个不爱的人，会有好日子过。

王娇蕊：白色的天，水阴阴地，梧桐叶子，黄翠透明，就在玻璃窗外。我真想知道对街那排公寓房子里，都发生了什么？在阴天里，它显得安静、落寞。像是没人住的样子。

王士洪：里面住了很多人，和我们这栋公寓一样。

王娇蕊：我们这所公寓房子，就是站在窗前换衣服，也没人看得见。

孟烟鹂：我脸红了！他让我脸红。为什么我们不敢向彼此的私生活里，偷看一眼呢？被看者没有多大损失，看的人也会得到片刻愉悦。

孟烟鹂：我是一个可爱的女人，白，稀薄，温热，像是冬天里自己嘴里呵出来的一口气。可我丈夫振保看不出。他不要我，然后，我就飘散了。

孟烟鹂：我的眼泪唾到你脸上了，你是好人，你同情了我……

我不嫌烦，我想无歇无休……

小裁缝：佟太太，您真年轻，真聪明，真漂亮，像您这么端庄的女人，我见的真少。

孟烟鹂：……你说话真好听。……我的眼泪，又唾到你脸上了。

王士洪：下雨了，别在窗户前面站着，会着凉的。

二人合：你不是说你的同学快到了嘛。

王士洪：他是作怀不乱的柳下惠，他叫佟振保。

【佟振保——孟烟鹂的丈夫，王娇蕊的情人

【振保乙——王娇蕊的情人，孟烟鹂的丈夫

振保乙：下雨天，我第一次到王士洪家，看见王娇蕊，她坐在王士洪大腿上，手上点着烟。烟雾一缕，她神情温暖、迷离，我掉进去了，那一刻，我爱上了她。

佟振保：不是那一刻，是以后。

振保乙：反正是爱上了。

佟振保：那一天，也下着雨。

振保乙：我回公寓取大衣，大衣不在衣架上，我向客厅走去。

佟振保：门开了个缝……

振保乙：门虚掩着。她把我的大衣挂在客厅里，

佟振保：她就站在大衣面前，手里夹着半根烟……

振保乙：那是我的烟，她贪婪的……

二人合：闻着。她爱上我了。

佟振保：今天下雨。

振保乙：天凉了，下着雨……

佟振保：我回家取大衣。

振保乙：我成家了。

佟振保：大衣不在衣架上……

振保乙：这是我太太，

佟振保：我站在过道……

振保乙：这是我情人。

佟振保：我心里一跳，我向客厅走去。

振保乙：真多愁善感，

佟振保：心怦怦的……

振保乙：真值得纪念！

佟振保：有一种异样的……

二人合：命里注定的感觉。

王娇蕊：我听见门响……

孟烟鹂：我听见门响……

王娇蕊：你同学来了。

孟烟鹂：我丈夫回来了。

【中央甬道

【佟振保，向振保乙

佟振保：你等等，我先进去。

【佟振保，推门

烟鹂乙：你没有敲门。

佟振保：我回自己家，敲什么门？

烟鹂乙：怎么这个时候回来？

佟振保：拿件大衣。

烟鹂乙：大衣挂在过道里。

佟振保：这么大的雨，你受累了。

小裁缝：不……累，我也是刚来。

甲振保：哦？

烟鹂乙：在家吃饭吗？

佟振保：雨下了已经不止一个钟头了。小裁缝的包袱，一点都不见湿。

孟烟鹂：裁缝的包袱，一点也没湿，振保一定看出来了。

烟鹂乙：旗袍做肥了一点，量了尺寸回去好改。

佟振保：裁缝脚上也没穿套鞋。

小裁缝：我给她丈夫一看，头已经晕了。我赶忙从包袱里拿尺子，继续给烟鹂量尺寸。

孟烟鹂：不要再动那包袱，你的包袱根本就没湿，我丈夫已经看出来了！

烟鹂乙：你的大衣挂在过道里。

佟振保：烟鹂向我作了个奇怪的手势。但实际上是为了拦住那裁缝。

烟鹂乙：这里肥了一点。

小裁缝：你真是个愚蠢的女人，你为什么拦住我，你丈夫会看出来的。

【中央甬道

【振保乙愤怒着，冲进门

振保乙：你来了一个多小时，你的包袱一点也没见湿。还敢从包袱里拿你的破尺子，我太太拦了你一下，你脸上居然敢泛出厌嫌的神态，你个蠢驴加流氓！

小裁缝：侬，侬，侬过来。

佟振保：侬有种，侬过来！

小裁缝：侬过来！

佟振保：侬，侬过来！

振保乙：一记耳光，拍死侬！

佟振保：什么也没发生……

【佟振保，对振保乙

佟振保：你过那边去吧。

【中央甬道

振保乙：你干嘛拦着我，我现在没心情了。

她怎么能同这样一个人？！

佟振保：做那个事！

振保乙：你痛苦了吧，痛苦了还不让我拍死伊！

佟振保：你怎么知道她做那个事了？

振保乙：当一个男的和一个女的发生完关系，那个男人再碰那个女的身体时，她那眼神情完全不一样，极其明显，傻瓜都看得出来了。这对奸夫淫妇。

佟振保：而且是一对没有经验的奸夫淫妇。你看那裁缝的小脸蜡黄，真让人恶心！

振保乙：我对烟鹂不错呀！虽然我不爱她。可我也没什么对不起她的呀。

佟振保：对，我不爱她，我对她一点感觉都没有，其实我真的，并不在乎她在外面找男人。

振保乙：关键是找什么样的男人。

佟振保：其实男人也不怕被戴绿帽子，

振保乙：关键是这帽子怎么戴。

佟振保：我本来就有点嫌弃他，他还给我戴绿帽子。

振保乙：还跟这么个瘪三裁缝。
佟振保：她还不点燃我。
振保乙：她太不行了！
佟振保：所以才找了一个更不行的。
振保乙：安慰自己。
佟振保：你老跟着我，干嘛？过那边去。
振保乙：先把这边儿的事，处理完。你怎么了？
佟振保：不行，我恶心……
振保乙：那我来。

【振保乙进入左区
振保乙：这么大雨，你受累了。
小裁缝：不……累，我也是刚来。
振保乙：哦。
孟烟鹂：旗袍做肥了一点，量了尺寸回去好改。
孟烟鹂：在家吃饭吗？
振保乙：不，晚饭也不用等我，我不定什么时候回来。
振保乙：回头小师傅走的时候，借他把伞，我看他还不知道外面的雨下得有多大。
佟振保：他怎么会知道，他来的时候还大太阳呢！
小裁缝：谢谢佟先生，不用……
振保乙：不客气，别忘了还就行。

【左区
【孟烟鹂，烟鹂乙，与小裁缝，坐下看右区

【中央甬道
【佟振保，站在甬道里
【振保乙，走向甬道另一侧，隔甬道与娇蕊乙对视
振保乙：你脸色不好。

我觉得24岁的张爱玲挺幽默的。她的字里行间嘲笑佟振保，把他第一次嫖妓的经历，写得直接清楚。现在把张爱玲"神话"了，其实年轻的张爱玲的作品是当时一个年轻作家写的上海社会中市井缩影的那点儿事。说她苍凉，也没看出来苍凉到哪儿去，我觉得就是一个悟性挺高的天才吃着零食写出的一点市井嘲讽。
交叉布局，这部小说的结构比较像"数学"。我受张爱玲的启发，她的结构很欧美化。(小说里)佟振保上来就自报家门，中间做各种穿插。张爱玲很自由，我想跟她一块自由。
我个人觉得颠覆张爱玲没什么必要，起码人家的文字就值得学习，对吧？去颠覆她，除非你跟她势均力敌。现在呢，照着她的作品走，就产生了新结构的可能。
(《红玫瑰与白玫瑰》导演阐述)

佟振保：脸色？我没脸了。

振保乙：想法子让自己振作，这世上总有什么东西让我渴望，比如说女人，我热爱女人。

佟振保：你还敢相信女人吗？

振保乙：为什么不信啊，我还天真着呢，我经常会想起女人。比如我在法国的初恋……

佟振保：NO，英国。

振保乙：对，我在英国的初恋，还有王娇蕊，我刚才回家的路上，还想她呢。

佟振保：和烟鹂结婚之前，她是我热烘烘的情人。

振保乙：和烟鹂结婚之前，她是我热烘烘的情人。

佟振保：可是我已经不天真了，我成家了，有个七岁的女儿。而且刚才孩子她妈还跟别人干那事，我还心知肚明！我受惊吓了，我不信女人了！

振保乙：下雨天，我第一次到王士洪家，看见王娇蕊。

佟振保：没完了啊？

振保乙：她坐在王士洪大腿上，手上点着烟。那一刻，我爱上了她。

佟振保：不是那一刻，是以后。

振保乙：反正是爱上她了。

佟振保：我受了惊吓，

振保乙：真多愁善感，

佟振保：心怦怦的……

振保乙：真值得纪念！有一种奇异的命里注定的感觉。

佟振保：真让人恶心！

【右区

王娇蕊：窗户外头，一切都在惊慌急走，雷电一闪一亮，我看见了佟振保。

振保乙：对不起，门虚掩着，我就进来了。

王士洪：娇蕊，没摔着吧？

王士洪：振保！老同学。

王娇蕊：佟振保比这扇门本身的重量还要重上很多倍，他朝我撞过来，他把我撞晕了。

佟振保：宝贝儿，摔疼了吗？

王娇蕊：疼！

佟振保：记住啊，这是咱们第一次的见面。表现好一点。能站起来吗？

王娇蕊：能。

王娇蕊：你好！

振保乙：你好！

王士洪：正盼着你来呢，我马上要去南洋了，很长时间不在上海。我不放心我太太，她年轻、漂亮，是个南洋姑娘。中国话说不好，中国字也写不来，傻乎乎的，我很爱她。原来那个姓孙的房客老是向她瞟眼睛，我用了两个月的时间终于把他赶走了。你现在能来真是太好了。

振保乙：她手面上的一小块皮肤，握到我的手，有一种紧缩的感觉。

佟振保：千万别爱上王娇蕊，她是有夫之妇!

振保乙：她面容姣好，油光水滑。

佟振保：她的丈夫，是我的老同学，老朋友。

振保乙：身体轮廓，一条一条，一寸一寸，都是活的。

佟振保：我佟振保是个作怀不乱的柳下惠。

王士洪：你是什么时候，勾引上我太太的？是我去南洋之后吗？

佟振保：是你去南洋之前。

王娇蕊：是我先爱上振保的。

王士洪：怪我眼睛没长好，把太太介绍给你，还提供良好场所。我对你很失望。

振保乙：我很感激你，老同学。你是我的爱神，你让我认识了娇蕊。

佟振保：我在你家，睡你老婆，用你的床，其实，我的心并不踏实。

佟振保：抱应。我知道朋友妻不可戏，可我当时也管不了这么多。那时候，我还年轻着呢。

振保乙：我还天真着呢。

佟振保：我不想负责任。我当时，现在，都不想负责任

【左区、甬道、右区

孟烟鹂：雨越下越大……

佟振保：越下越大，天黑着脸……

王娇蕊：窗外，一切都在惊慌急走……

烟鹂乙：我真想知道对街那排公寓房子里，发生了什么？

佟振保：奸情、淫秽。

振保乙：还有……爱情!

小裁缝：什么也没发生。

王士洪：里面住了很多人，和我们这栋公寓没什么两样。

王娇蕊：一切都在惊慌急走……

孟烟鹂：雷电一闪一亮。
王娇蕊：我看见了佟振保。
孟烟鹂：裁缝先生……

【佟振保，振保乙，推门进左区
孟烟鹂：回来啦。
佟振保：外面一直在下雨，烦死人了。
孟烟鹂：脚都湿了，烧点热水洗洗脚。
佟振保：不用了。
孟烟鹂：着凉了吧！
振保乙：觉得脏吗？
振保乙：我觉得小裁缝还在……
佟振保：赶走！
孟烟鹂：喝口白兰地，暖暖肚子。
佟振保：你能不能不在我背后说话。
孟烟鹂：我就想帮你做点事。
佟振保：把沙发罩换了。
孟烟鹂：刚换的。
振保乙：再换。
孟烟鹂：我想帮你做点事。
佟振保：再换。
孟烟鹂：急酒伤身。
二人合：你能不能不在我背后说话。
孟烟鹂：我想帮你做点事。
佟振保：关灯，睡觉。
孟烟鹂：你也早点……
【灯暗
孟烟鹂：睡吧。

【佟振保坐起

佟振保：我太太王烟鹂。

振保乙：什么王烟鹂。是王娇蕊，孟烟鹂。

佟振保：我太太孟烟鹂，大学毕业，身家清白，面目姣好。初次见面的时候，她站在玻璃门边上，低着个头。她穿着……她穿着什么来着？

振保乙：你穿着什么来着？

孟烟鹂：我穿着灰地橙红条子的绸衫。

佟振保：对，给我的第一印象就是笼统的白。

振保乙：人家穿的是橙红条子的绸衫。

佟振保：反正就是白。

孟烟鹂：那年我22岁，还有两个月大学毕业，我家里给我说了一门亲。他叫佟振保，从英国留学回来。我们见了几次面，还看过电影。

振保乙：她见了我不抬头，见我的朋友不抬头。

佟振保：连看电影都不抬头。

孟烟鹂：其实我也很想按照近代的规矩，走在他前面，让他帮我加大衣。看电影的时候高高兴兴的，和他说笑。可是我还是不自然，我很笨。

振保乙：不是笨，是相当的笨，相当的迟钝。

佟振保：对，相当的迟钝。这是孟烟鹂最大的缺点。

振保乙：可当时我觉得年轻女孩羞缩点，也不讨嫌。她虽然淡薄，但脸宽柔美。

孟烟鹂：我在学校是个好学生。兢兢业业，从来不和同学多来往。我诚恳的查生字，背表格。黑板上有字必抄。

佟振保：后来我才知道，因为程度差，所以她不得不拣了一个比较马虎的学校去读书。

孟烟鹂：从订婚到结婚，相隔的日子太短了。可那是我一生中最好的一段。我觉得挺惋惜的。

佟振保：我对烟鹂有很多不满的地方，比如说她不喜欢运

胡靖钒的表演，有文艺味道，她的单眼皮、气质有一点张爱玲年轻时候的感觉。有很多人想演“白玫瑰”这个角色，但最终还是定胡靖钒，因为她像“那个时代的人”。

动。

振保乙：尤其是户外运动。

佟振保：连夫妻间最好的户内运动也不喜欢。我是忠实地尽了丈夫应尽的责任的，可我就是对她提不起兴趣。

孟烟鹂：起初他说我挺可爱的。

振保乙：她的不发达的乳，握在手里像熟睡的鸟。

佟振保：后来鸟睡醒了，飞走了。她连这一点少女美也失去了。一切渐渐习惯了之后，她变成了一个很乏味的妇女。

佟振保：什么味？

振保乙：她换香水了？

佟振保：她为什么换香水？

振保乙：她是给“拍死伊”换的。

佟振保：这种香味，你不适合。

孟烟鹂：振保，还没睡啊？

振保乙：你干嘛招她。

孟烟鹂：热杯牛奶安安神。

佟振保：关灯……

振保乙：睡觉。

孟烟鹂：我想为你做点事……

【右区

二人合：来了，宝贝儿。

振保乙：换香水了？

佟振保：真香！

王娇蕊：原先的用完了，为你又换了一瓶新的。

佟振保：真可爱。

王娇蕊：我是个可亲的女人。

【振保乙亲王娇蕊

佟振保：轻浮，人家可能不喜欢这种低劣的表达。

王娇蕊：您在说俏皮话吗，佟先生？

振保乙：看见你不俏皮也俏皮了。

王娇蕊：那你给我讲讲故事，陪我说说话吧。

振保乙：还是你把你的事，说点给我听吧。

王娇蕊：那我说一句，

佟振保：我说一句。

王娇蕊：我，是一个有点古怪的女孩儿。九岁的时候，我想选择音乐或美术做我的终身职业。可就在那年，我看了一部描写穷困画家的电影，那个画家死的真凄凉，我哭了一场，决定做一个钢琴家，在富丽堂皇的音乐厅里演奏。对于色彩、音符、字眼，我很敏感。我很爱弹钢琴，我会想像那八个音符有不同的性格。

佟振保：等等，七个。

振保乙：1234567

王娇蕊：1。

佟振保：八个。

王娇蕊：要不怎么叫八音盒呢？

振保乙：其实啊，那是我们中国人的说话，洋人都叫

佟振保：music box。

王娇蕊：真的吗？你们外国人真聪明。

王士洪：我太太一向认为我们上海，就是外国。

王娇蕊：我写文章，也爱用色彩浓厚，音符铿锵的字眼。比如你的名字我就很喜欢。佟，很金属感。振保，很铿锵。

佟振保：这姑娘太可爱了……

王娇蕊：我是个可亲的女人。

王士洪：我太太一直是这么单纯的。

王娇蕊：啊…我这一句，是不是说的太长了。佟先生对不

起，你说吧。

佟振保：说什么呢？

王娇蕊：都行。

二人合：我叫佟振保。

佟振保：我从英国留学回来。

振保乙：我刚回到上海。

佟振保：我在英国人办的鸿益纺织公司做事。

振保乙：就像是站在世界之窗的窗口上。

佟振保：我回到上海的第一印象就是，传统中国人加上近代高压生活磨炼的出的坏。

振保乙：都说上海人坏。新旧文化的畸形产物，当然有着不健康的坏死部分。

佟振保：但是坏的有分寸。上海人会奉承，会趋炎附势，会浑水摸鱼。这是他们的处事艺术，他们演的还不过火。就像是好人爱听坏人的故事……

振保乙：可坏人可不爱听好人的故事一样。没有什么社会是文明的。

佟振保：没有什么人是完人。

振保乙：就像我对女人的看法

佟振保：没有一个女人是合乎理想的，但只要她美就是perfect的。

对不起，王太太。

王娇蕊：别叫我王太太。

佟振保：哦，娇蕊，我说的外国话你听懂了吗？

王娇蕊：听不懂。

振保乙：听到了吗？人家说听不懂。

王娇蕊：不过你的声音挺好听的。

佟振保：那我就换一种说法，就像我对女人的看法，没有一个女孩可以说是合乎理想的。善良、慈悲，往往长得不美。长得美的，往往刁钻、任性。可还是美的好，如果善良不美的话，就会有三分的讨人闲，就像是“白雪公主”和“水晶鞋”。美有美的地盘和道理。就像我喜欢上海人，虽然带着三分邪恶，但是她美。

振保乙：你的耳环真漂亮。

王娇蕊：为你换的。

振保乙：我还没见过像你身材这么好的女孩儿呢。

王娇蕊：大家都这么说。

振保乙：你的头脑真单纯，你的脸长得就像洋娃娃。

王娇蕊：士洪一直都说我是个傻姑娘。

振保乙：你的胸……

佟振保：等等，你在干嘛呢？

振保乙：调情啊。你跟姑娘聊天就应该说一些衣服啊，香水啊，胸……

佟振保：然后呢？

振保乙：然后关灯，睡觉。

佟振保：睡觉，跟她？

振保乙：你不想吗？拥有婴儿的头脑，成熟女人的身体，这是最具诱惑性的完美结合。难道你不想吗？

佟振保：想，但是不行，她是王士洪的老婆啊。

振保乙：又来了……

佟振保：我是王士洪的老同学、老朋友。

振保乙：我佟振保是坐怀不乱的柳下惠。

佟振保：对。

王娇蕊：士洪去南洋了。

振保乙：看见了吗，他的大衣、皮箱，都去南洋了。

佟振保：两个礼拜前我就知道了，可还是不行。

振保乙：她是有夫之妇，一个任性的有夫之妇是这世界上最自由的女人。你不用负任何责任。

佟振保：可是我要对自己负责任。

振保乙：你想这么多就不好玩了。

佟振保：现在已经不好玩了。搬家。

王娇蕊：我的心是一所公寓房子。

振保乙：那有空房间出租吗？

佟振保：轻浮，表达低劣。

振保乙：那你来。

佟振保：我住不惯公寓房子，我要住单幢的。

王娇蕊：看你有本事把它拆了重盖。

振保乙：我喜欢听她说话的声音，秘密地，像在耳根底下，痒梭梭的吹着气。

佟振保：天啊，我怎么是这么肉麻的人啊。

振保乙：我感觉到她单纯的肉的诱惑。

佟振保：那是她的身体在作怪。

振保乙：当男人想占有一个女人身体的时候，就关心到她的灵魂，骗自己说是爱上了她的灵魂。可是你有没有想过，要想得到他的灵魂，首先要占有她的身体。当有占领了她的身体之后，你还会记得她的灵魂吗？

佟振保：你这是在挖空心思，想出各种理由，证明你为什么应当同这个女人睡觉。你不觉得羞愧吗？士洪是你的老同学。

振保乙：士洪都南洋了。那你还抱那么紧干嘛？瞧把你给吓的。你何必那么认真呢？

佟振保：我认真了？

振保乙：你当然认真了。你知道她一天要给多少个男人打电话吗？

王娇蕊：悌米……

【王娇蕊进右区

王娇蕊：请孙先生听电话。

王娇蕊：悌米吗？……我今天不出去，在家里等一个男朋友。哈哈……他是谁？凭什么要告诉你？……

振保乙：交际是一种本事，你看，她学会了就不想扔了。

王娇蕊：反正我五点钟等他吃茶，专等他，你可别闯了来。

佟振保：我太认真了。这只是单纯的肉的诱惑，其实不算什么呀。

佟振保：我跟王士洪也算不上什么割头换颈的朋友。

王娇蕊：悌米，真是对不起，我有点事要办，怕你白跑一趟。

振保乙：她在勾引你。

佟振保：可我要这么就上钩了，她会觉得我不是个上等男人。

振保乙：如果你不上钩她会觉得你不是个男人。

二人合：所以，咱们首先要做男人。

王娇蕊：不要生气嘛，女人有改变主张的权利。

【振保乙，进右区，挂上电话

振保乙：再见。

振保乙：她除了王士洪不会就剩你一个的。

佟振保：她有了丈夫还和别人牵连，还和我牵连。

振保乙：所以啊……

佟振保：她是可以睡的女人。

王娇蕊：两个礼拜没见了，我以为你像糖似的化掉了。

佟振保：一个人在家不怕么？

王娇蕊：怕你吗？佟先生，我不怕同一个绅士单独在一起。

佟振保：我并不假装我是个绅士。

振保乙：都两个礼拜了，天气都由秋凉转暖了。关灯。

佟振保：睡觉。

王娇蕊：我爱上了佟振保，这对我来说还是平生第一次。

振保乙：我们坐在双层巴士的楼上，车头迎着落日。

佟振保：玻璃上一片光辉，车子轰轰然朝太阳驶去。

王娇蕊：佟振保比那扇门本身的重量还要重上很多倍，他朝我撞了过来……

振保乙：越驶越远。

佟振保：越驶越热。

王娇蕊：把我撞晕了。

振保乙：朝着快乐开过去！

王娇蕊：我爱上了佟振保，士洪。

佟振保：朝着我无耻的快乐扑过去。

佟振保：我堕落了。

【振保乙，抱王娇蕊，进入右区

佟振保：别唱了，我该回家了。

佟振保：今天，下雨。我回家取大衣，我看见小裁缝的包袱一点都没湿，我看见了奸情，淫秽，我恶心。

烟鹂乙：你快走吧，要是我丈夫看出来，我以后的日子就没法过了。

佟振保：这是我太太。

孟烟鹂：振保。振保的脸朝前望着，黄暗暗的灯光里，他的脸吓人又不可测。

佟振保：她眼睛虽然长在脸上。可眼神却从来都不集中。

【孟烟鹂走到门边

烟鹂乙：你快走吧。

【孟烟鹂，开门

孟烟鹂：吓死人了。

佟振保：你把我摔着了，你还吓着了？

孟烟鹂：你没敲门。

佟振保：回自己家敲什么门。难怪我朋友都不喜欢她，她说话从来都不得体。

孟烟鹂：在家吃饭吗？

佟振保：大半夜的吃什么饭。你怎么还在这儿啊？你瞅你的小脸，你脸都黄成这样了你还不走。你们俩倒挺像一对儿的。

孟烟鹂：烧点热水洗洗脚。

佟振保：不用。

孟烟鹂：昨天就没洗。

佟振保：关灯，睡觉。

烟鹂乙：振保啊人好，心眼好。他吃亏就吃亏在这一点，实心眼儿待人，自己吃亏。唉，你说是不是？现在这市面上是行不通的呀。连他自己的弟弟妹妹也这么忘恩负义，更不要说朋友了，有事找你的时候来找你，没有一个不是这样。我眼里看得多了，振保一趟一趟吃亏还是死心眼儿。现在这时世，好人做不得的呀。裁缝先生，你说是吗？

孟烟鹂：振保说，不下雨也要带把伞。

【孟烟鹂，佟振保，振保乙，烟鹂乙，倒地

佟振保：今天，下雨，街道湿乎乎的冷，烟鹂，她把我吓着了。我的红玫瑰，她温暖着。为什么我会在今天这么痛心的日子里，想起你。

振保乙：别想了，都是过去时了，谁让你当初放弃人家的。

佟振保：也许每个男人生命当中都有过这样的两个女人。

振保乙：至少两个。

佟振保：也许每个男人生命当中都有过这样的两个女人。

振保乙：不止两个。

张爱玲文章的内涵都在她漂亮的文字下面，当人们注意这些文字的时候就容易忘却了文字背后的这层冷峻和残酷——情场如战场！她的话。所以某些浅层的文学评论，带给我们创作上很大难度。为了不误读和不被误导，我和我的演员放弃看这些东西。我们自己去读去判断。我们想要展现给观众的也就是张爱玲作品中，平凡大众中的一人，他的情欲、爱情、生活压力，以及伴随他一生的家庭。

佟振保：一个是妻。

振保乙：一个是情人。

佟振保：一个是，“圣洁”的妻。

振保乙：一个是，热烈的情妇。

佟振保：白玫瑰。

振保乙：红玫瑰。

佟振保：娶了红玫瑰，久而久之，红的变了墙上的一抹蚊子血。

振保乙：白的，还是“床前明月光”。娶了白玫瑰，白的便是衣服上沾的一粒饭黏子。

佟振保：红的，却成了胸口上一颗朱砂痣。

王娇蕊：士洪，你回来啦。这里有封信，你去那边看吧。

王娇蕊：士洪，这样的爱对我来讲，还是平生第一次。士洪，感谢你在英国留学的时候，娶了我。其实，家里送我出来留学就是为了让我嫁个外国人。我那时就像个交际花，撒了欢的整天交际，三年一过，才想起妈妈让我嫁人这事。对不起士洪，我就胡乱抓住你。

娇蕊乙：我真想知道对街的公寓房子里发生了什么。

王士洪：奸情，淫秽。

娇蕊乙：还有爱情。

王娇蕊：我恋爱了，爱上了你的老同学。他是个有作为的人，是一等一的纺织工……程师。他有一种特殊的气派，他的眼睛闪着一抹流光，他喜欢把额前的一缕头发往后推，我甚至喜欢他西装上的皱褶，皱的都像笑纹。他很会做事，头脑很聪明，这些你是知道的。

王士洪：他叫佟振保。是我们那帮同学里出了名的柳下惠。

振保乙：那是你们封的，我从来没这么说过。

王娇蕊：我爱他！坐在屋里，每天听着电梯开上来，我的心就提了上来，放不下去。有时候，还没开到这层楼就停住了，我又像半中间，断了气。

振保乙：她心里有电梯，可见她的心还是一所公寓房子。

佟振保：那你就写“心居落成志喜”送给她。

振保乙：Perfect!

王娇蕊：今天振保送给我一副字。

振保乙：新居落成志喜。

王娇蕊：他是真爱上我了。

王士洪：你跟他说你的心是一所公寓房子来着?

王娇蕊：士洪，振保真是可爱极了。

王士洪：他还说他不想住公寓。

佟振保：我要住单幢的。

王士洪：你说……

王娇蕊：我说，看你有本事拆了重盖。

王士洪：他太会调情了。

王娇蕊：他真会调情，

王士洪：他太懂女人心思。

王娇蕊：她真懂女人心思。我爱上了他。

王士洪：娇蕊，这还是你平生第一次写这么多中国字，我担心的事情终于发生了，你真的谈恋爱了。老同学，你是出了名的柳下惠啊。

王士洪：原来你是个调情高手。情调的这么准确也是不多见的。我太太她漂亮，善良，她也很会调情，可她很纯洁，因为她真的会相信你。她是个南洋姑娘，中国话讲不好，中国字也写不来，傻乎乎的，我很爱她。原来那个姓孙的房客总是向她瞥眼睛，我用了两个月的时间终于把他赶走了，振保，你能来我真高兴。

我喜欢秦海璐的笑和大脑门，她是个单纯、活泼、热情的姑娘。第一次见到她是在国际俱乐部咖啡厅里，她背后有一株很大的南方植物。她坐在那里傻笑，样子很纯，模样显小，很居家的感觉。与我见到的以往的照片观感不同。有点儿成熟，有一点冷漠，一点骄傲，还有一点风尘，总结在一起就是有点"旧"。但是我看到她的时候，她的额头、嘴唇都很漂亮，咧嘴乐的时候很性感，其实她长得很洋气，有点像漂亮的越南姑娘。后来工作起来，觉得她是个爆发力非常好的演员。

王娇蕊：士洪，我知道我对不起你，但是我的心已经不在这了，我不能再花你的钱，住你的房子，姓你的姓，我爱上了佟振保，我要嫁给她。

王士洪：我很爱你，但是我不能原谅你偷情，我同意离婚。我回南洋了，我要把你的照片留在心里。

佟振保：你觉娇蕊，有什么两样吗？

振保乙：好像多了一点羞涩。

佟振保：怎么会多了一层羞涩呢？

振保乙：阿拉哇晓得。

王娇蕊：振保，我给士洪写信了，我要离婚，以自己的名义转嫁给你。

【画外：一片掌声

王娇蕊：谢谢侬，士洪。

孟烟鹂：占有一个男人的心，要占领他的胃，占有一个女人的心，是要通过她的阴道。张爱玲说的。

振保乙：我只想要她的身体，没想占有她的心。

佟振保：（对娇蕊）这事恐怕要咨询一下律师，弄不好会很吃亏的。

佟振保：快跑。

【振保，振保乙，娇蕊奔跑

王娇蕊：振保，我爱你！我就像是被装在玻璃试管里。试着往上顶，顶掉管子上的盖，等不及地要从现在跳到未来，现在是好的，将来也会好。

佟振保：我刚来上海，我前途渺茫，我出身寒微，我弟弟还在上学。娶了她，咱妈怎么办。

振保乙：我没想结婚啊。我只是想玩玩。我不想负责任，我过去，现在，都不想负责任。我年纪还小，我还是个孩子，我还天真着呢。

王娇蕊：我今天换了漂亮衣服，规规矩矩的中式衣裳。

佟振保：是要跟我去看电影吗？

王娇蕊：有车子就去。

振保乙：那你要脚做什么的？

王娇蕊：追你用的。

振保乙：别再往我办公室里打电话了。

佟振保：谁让你送她"心居落成至喜"的。

振保乙：那是你出的馊主意。

佟振保：我怎么知道事情会变成这样。

振保乙：她不是个交际花吗？

王娇蕊：振保，我会改的。

【佟振保与振保乙摔倒

振保乙：我生病了。

佟振保：我受惊吓了。

佟振保：我看到巍峨的大厦朝我倾倒过来。

振保乙：我一阵眩晕。

佟振保：我看那灰褐色流线型的大屋，像大的不可想象的火车。

振保乙：冲着我轰隆隆开过来，遮光避日。

佟振保：遮光避日。

王娇蕊：女人必须结婚。

【佟振保与振保乙摔倒

振保乙：我生病了。

佟振保：我受惊吓了。

佟振保：我一向认为自己是个有分寸的人，知道适可而止，可我没想到事情发展到这种地步。

振保乙：我们彼此相爱，而且应当爱下去，可是我没想过结婚啊。

佟振保：她为了我和丈夫离婚，社会不答应，毁的是我的前程。

振保乙：然而事情自顾自的向前发展，一切都极其清楚，为了我她要离婚了。

王娇蕊：我王娇蕊，年纪很轻，已经拥有了很多东西，可这些是不算数的。我就像个糊里糊涂的小孩，一朵一朵的采下很多红玫瑰，扎成一把，然后，随手一丢。可是，振保，你这朵我无法丢掉。我所有的安全，我的前途，都是你一手造成的。你把我重盖了。我爱你，我要和你安居乐业。

佟振保：你听我说，我无法跟你安居乐业，这个世界是危机四伏的。

振保乙：你跟她辩论她听不懂。

佟振保：她太沉了，压的我喘不过气来。

【王娇蕊，摔倒

王娇蕊：士洪，你怎么不扶我？

王士洪：我们已经离婚了。

王娇蕊：对不起。

振保……

佟振保：别过去。

王娇蕊：振保……

振保乙：她摔疼了。

王娇蕊：振保……

振保乙：宝贝儿，摔疼了吧？

王娇蕊：疼……

振保乙：记住啊，这是咱俩第一次见面，表现好一点。能起来吗？

王娇蕊：能。

王娇蕊：你好！

佟振保：那天要不是门虚掩着，我就不会碰上王娇蕊。我受不了了。

【振保，拿过来几个衣架

振保乙：她手面上的那一小块皮肤，握到握的手，有一种紧缩的感觉。她面容姣好，油光水滑。身体轮廓，一条一条，一寸一寸，都是活的。

佟振保：来来，别腻了，过来。

振保乙：你要干吗？

佟振保：你记得那天和娇蕊看电影，那个英国老太太吗？

振保乙：就是在英国留学的时候认识的……

佟振保：对，现在住在上海的，艾许太太。

【艾许，小艾许，站在衣架后

艾　许：Who is it?

小艾许：I don't know!

艾　许：Then she must be his lover.

小艾许：Look！

艾　许：What a bad girl！

佟振保：你听，她还说英文。

振保乙：她忘了我是从英国留学回来的。

振保乙：don't gossip behind people.

佟振保：Hello，侬好，侬好不了？

艾　许：蛮好。

王娇蕊：她们是在说我吗？

佟振保：是在说你。

振保乙：可我觉得娇蕊表现挺得体的啊。宝贝，跟她们说句英文。

王娇蕊：Nice to meet you.

艾许太太：Oh my god.

佟振保：别美了，看那边，看那眼神，社会的眼神。

振保乙：这才几个人就社会啊？

佟振保：就连外国人来了上海都入乡随俗了，用这种眼神看着我。

振保乙：怎么了？

【佟振保，站在衣架子后面，哭

振保乙：你干嘛？

佟振保：我是你的母亲。

振保乙：什么意思啊？

佟振保：我哭呢。这个世界一贯到处都是你的老母亲，眼泪旺旺的。

振保乙：好了好了。我为什么要为这些妈妈的眼泪放弃我的爱情。

振保乙：你不勇敢。哦，对不起啊妈妈。

振保乙：你不勇敢！

佟振保：这跟勇敢有什么关系。

王娇蕊：Hello,aunt.

佟振保：你觉得她和妈妈在一起合适吗？

振保乙：宝贝儿，过来吧。妈妈，您到那边待会儿。

王士洪：老太太，来休息一会儿。

佟振保：士洪，麻烦你过来一下。

佟振保：看到了吧，人家是少爷，养得起这种女人，出得起这种风头。士洪，谢谢侬，你回去吧。

佟振保：我出身寒微，靠自己的双手打拚的天下。我好不容易站在了世界之窗的窗口上。

振保乙：那又怎么样？

佟振保：难道一失足，娶了这样的女人，别人的太太，而让自己的生活成为休止符吗？我周围的同事，周围的同学，我在英国几年奠定的好名声就全都没有了。如果把她娶了，全上海都会知道我戏了朋友妻，我的“柳下惠”，我的好名声就全都破灭了。

振保乙：你虚伪。

佟振保：我只能虚伪到底。

振保乙：那你当初为什么要勾引她？

佟振保：因为她火热，她不遮拦。

振保乙：那你现在为什么要丢弃她？

佟振保：因为她火热，她不遮拦。

振保乙：宝贝儿，没摔着吧……

【佟振保，进左区，把孟烟鹂抱过来

佟振保：你看她，身家清白，面目姣好。

【佟振保，拉过王娇蕊

佟振保：你再看她。

振保乙：我不喜欢她，笼统的白。我喜欢热的，活的，女人。

佟振保：那你娶她。娶啊，她现在为了你，要和丈夫离婚，转嫁给你。

振保乙：那你说怎么办？

佟振保：把她扔了。

振保乙：啊？

佟振保：得扔。

振保乙：扔了？扔了她也会回来找我的。

佟振保：那咱们把她……

振保乙：杀了？

佟振保：理解力太差，埋了。

王娇蕊：这算不了什么的，从前也有人扬言要为我自杀，我在英国读书的时候，大清早起来没来得及洗脸便草草涂红了嘴唇跑出去看男朋友，他们也曾经说："我一夜都没睡，在你窗子底下走来走去，走了一夜。"那到底是不算数的。虽然我是个可亲的女人，可要当真使一个男人为我受罪，还是难得的事呢。

振保乙：干嘛去啊？

佟振保：结婚。

【左区

烟鹂乙：喜筵设在东兴楼

孟烟鹂：喜筵设在东兴楼。

烟鹂乙：早上我还没十分醒过来……

孟烟鹂：迷迷糊糊的已经仿佛在那里梳头……

烟鹂乙：抬起胳膊，对着镜子，有一种奇异的感觉。

孟烟鹂：我就像是被装在玻璃试管里。试着往上顶，顶掉管子上的盖，等不及地要从现在跳到未来。

烟鹂乙：现在是好的，将来也还会好的吧。

孟烟鹂：振保很爱面子，也很讲究经济，他说婚礼的样子，会办的很体面。

烟鹂乙：他在公司附近租下了新屋，他说要把妈妈接来同住，振保很能挣钱。

孟烟鹂：他告诉我，以后要把大部分的钱，花在应酬、联络上。他说家里开销要很刻苦的。

烟鹂乙：我不求他爱我，但求他像朋友似的相处。

我大学刚毕业，就要结婚了。

孟烟鹂：我还没有走向社会，就要结婚了。

烟鹂乙：我还不认识他，就要结婚了。

二人合：女人必须结婚。我把双臂伸到未来的窗子外，那边有浩浩的风，正通过我的头发，向我飞来。

佟振保：我想起在爱丁堡读书的时候，家里怎样为我寄钱，母亲怎样为我寄包裹，现在正是报答的时候。我要一贯地向前，向上。第一，我要先把职业上的地位提高。有了地位之后，我要做一点有益社会的事，譬如说，办一所贫寒子弟的工科专门学校。或是在故乡的江湾弄个模范纺织厂。

二人合：好啊!

佟振保：究竟怎样，还是有点渺茫……

孟烟鹂：别着急，慢慢干。

佟振保：我已经渺茫地感到外界的温情的反应，不止有一个老母亲，一个世界到处都是我的母亲，眼泪汪汪的，睁着眼只能看见我一个人。

二人合：振保!

【右区

佟振保：干嘛呢？我跟新娘子说话说的已经没话可说了。

振保乙：本来就没什么好说的。

佟振保：你说什么？

振保乙：没心情。

佟振保：怎么会没心情呢？这个新娘子不是你选的吗？

振保乙：那是你选的。

佟振保：我选的不就是你选的吗？

振保乙：我不喜欢她笼统的白。不喜欢她突出的胯骨，不喜欢她的乳。

佟振保：可是她身家清白。她父亲过世，家道中落之前，也是个殷实的商家……

振保乙：行了行了，我都知道，和我们佟家正好是门当户对。听说在中学的时候，也有同学哥哥之类的给她写求爱信，她从来没回过信。

佟振保：对，所以才选她结婚。

【左区

二人合：喜宴设在东兴楼。

【右区

佟振保：听见没有？喜宴都设在东兴楼了。

振保乙：我心情没有平复，没法结婚。

佟振保：你这样，对烟鹂不公平。

振保乙：我心情平复了，就对她公平了。

佟振保：怎么平复？

振保乙：刚刚埋娇蕊的时候你太武断了，她还有话没说完呢。

佟振保：她把话说完了你就结婚是吗？

振保乙：先听她把话说完。

孟烟鹂：喜筵设在……

振保乙：知道了，喜筵设在东兴楼。

佟振保：娇蕊，起来，跟他把话说完。

振保乙：姣蕊，刚刚对不起，你还有什么话就说吧。

王娇蕊：你别怕……我都改了……我决不连累你……你离了

　　　　我不行的，振保……
佟振保：宝贝，别哭了，再哭就不漂亮了。

　　　　【佟振保，堵住王娇蕊的嘴
振保乙：你干嘛堵她嘴啊，她还没说完呢。
佟振保：不能让她再说了，她再说我就该心软了。娇蕊，其实我们之间不存在谁离不了谁的问题，错就错在你对我是爱情，我对你是欲望，你已经连累我了。
振保乙：没人性。你怎么能当着女孩儿说这种话呢？多伤人啊。
佟振保：我没当她面说，这是我心里说的。
振保乙：心里说也没人性。
佟振保：那你说应该怎么说？
振保乙：娇蕊，你错了。
佟振保：对，你错了。

振保乙：你不应该不告诉我就给士洪写信，跟他离婚。你要是爱我，就要替我着想。王士洪毕竟是我的老同学，老朋友。等士洪回来，你就说是跟他闹着玩的，为了哄他早点回来，他会相信的。

佟振保：你才没人性呢，你这话更伤人你知道吗？

振保乙：我这是帮她找出路。

佟振保：你太天真了，你以为小孩儿过家家呢，你说的这些话谁信啊？人家士洪才不相信呢？本来挺美好的事，你非得把他破坏了。

振保乙：你自私，虚伪。

佟振保：好好，我自私，我虚伪。都是我的错。行了吧？走吧，结婚去。

【佟振保，振保乙，回头向娇蕊

佟振保：反正是你错了。自私。

振保乙：反正是你错了。没人性。

振保乙：等等，结婚有意思吗？

佟振保：不知道。那祭奠爱情有意思吗？

振保乙：没意思。

佟振保：那选“不知道”。

佟蕊乙：天还没黑，霓虹灯就已经亮了，在天光里看着那么的假，像戏子戴的珠宝。经过卖灯的店，无数的灯，亮做一片。吃食店的洋铁格子里，女店员俯身夹着面包，胭脂烘黄了的脸颊也像是可以吃的。

佟振保：我走在结婚的路上，汽车道上拦腰钉了一排钉，一颗颗烁亮的圆钉，四周微微凹进去，柏油道看上去乌暗。柏油道柔软着，踩在脚下有弹性。我佟振保走得挥洒自如，也不知是马路有弹性还是我的脚步有弹性。

剧组通常下午一点半排戏，演员抱着狗进排练场，最多的时候有3条狗在排练场上蹿下跳。三点半开始喝茶聊天，人手一册张爱玲，还用书包占个空座，“这是张小姐的”，我们觉得张爱玲存在，大家一块聊的时候都带着她。

孟烟鹂：天上飘着小白云，墙头露出夹竹桃，正开着花，今天我结婚。是和美的春天的下午，寂静的楼房里晒满了太阳。街头卖笛子的人在那里吹笛子，尖柔忸怩的东方的歌，像绣像小说插图里画着的梦。

【右区

娇蕊乙：别哭了，眼泪都是身外之物。

王娇蕊：我上当了。

振保乙：她摔着了

佟振保：别想了，结婚呢。

振保乙：她摔疼了。

佟振保：结婚。

娇蕊乙：你从来都不注意我的存在。你恋爱了，痛苦了，分裂了，才看见我。别总在窗户前面换衣服了，他们外国人不喜欢你这样，我早就跟你说过了。以后你要把衣服穿好，穿厚点，最好穿上盔甲，拿着长矛。不要总是想去知道真相，他们男人不喜欢。你站好了，别再摔跤了。

【娇蕊乙，扶起王娇蕊

【娇蕊乙，取盔甲，为王娇蕊穿上

【左区

佟振保：小裁缝，你闲着也是闲着，过来给我们照张相。

照相师：来来，太太准备，离近点，太太，抬头，看这儿，“咔嚓……”

没照好，拿束花吧。太太，低点，低点，低点，是花低点。准备，“咔嚓……”哎呀，还是没有照好……

佟振保：行了，就这样吧，不照了。

【右区

【王娇蕊，娇蕊乙，走进甬道

振保乙：我结婚呢，你怎么还在我眼前晃来晃去的。

娇蕊乙：我都痛苦成这样了，你还说我！

振保乙：你痛苦？我痛苦的都结婚了！

娇蕊乙：走吧。

振保乙：关灯。

佟振保：睡觉。

【二振保，与二烟鹂，动作僵硬

【佟振保，与振保乙，进入甬道

振保乙：太不行了这个。

佟振保：年轻女孩子娇羞一点也不讨嫌的。

振保乙：再试。

佟振保：对不起，门虚掩着……

振保乙：对不起，门虚掩着，我就……我想起了王娇蕊。

佟振保：我就进来了。

振保乙：我就进来了。

【二振保，推门

【二烟鹂，摔倒

二人合：撞疼了吧，宝贝儿？

【二烟鹂，哭

二人合：今天是咱俩第一次，你对我态度好点。

【二烟鹂，哭

二人合：能起来吗？

【二烟鹂，哭

【二振保，进入甬道

振保乙：我真的想娇蕊了，当初也是门虚掩着，我把她撞倒了，我问她摔疼了吗？

佟振保：她说："疼"。

振保乙：我问她能起来吗？

佟振保：她说："能"。

振保乙：然后她很快就站起来。

佟振保：她噼里啪啦就站起来了。

振保乙：我想娇蕊了。

佟振保：不能想她，你这样对烟鹂不公平。

振保乙：那怎么办？

佟振保：再试！

【二振保，推门进

佟振保：对不起，门虚掩着，我就……

振保乙：啊……

【二振保，摔倒

二烟鹂：撞疼了吗？

二振保：疼。

二烟鹂：能起来吗？

振保乙：关灯，睡觉。

【振保乙，与孟烟鹂，僵硬动作

佟振保：别老在我身后站着，去听听收音机，学学普通话。

佟振保：你念叨什么呢？哦，学普通话呢。

【烟鹂乙，拿收音机出

【右区

【王士洪，中央甬道推麻将桌出

王士洪：振保……来，搭把手。

佟振保：士洪，老同学。我虽然对不起你，可总是想和你打牌。越是对不起你，就越想和你打牌。

王士洪：我也是。心里恨你，但还是愿意和你打牌，毕竟是老同学。

佟振保：老同学，你现在还是随身带着娇蕊的照片吗?

王士洪：是啊，毕竟夫妻一场啊。不过听说她又结婚了，嫁给了姓朱的。二万。

佟振保：八筒。

小裁缝：一索。

佟振保：到你了。

振保乙：白板!

小裁缝：白板。

烟鹂乙：我爱振保，不为别的，只因为在许多人之中指定了这一个男人是我的。

王士洪：五万。

佟振保：六万。

小裁缝：西风。

佟振保：到你了。

振保乙：白板。

烟鹂乙：振保就是我的天。可是我很笨，总是做错事。

王士洪：听说你们家又换仆人了?

佟振保：不是我换的，是我太太换的。

小裁缝：这三天两头的换仆人，运气也太差了。

王士洪：运气不错了，换保姆总比换老婆好。三万。

佟振保：八筒。

小裁缝：一万。

佟振保：(对振保乙）还是白板?

振保乙：红中……

佟振保：我老婆做事不得体，连说话都不得体。她丢脸丢惯了，我经常当着仆人的面呵责她，连仆人都轻视她，她只能三天两天换仆人。

烟鹂乙：他当着人便对我呵责纠正。我当着女佣丢脸惯了，怎么能够再发号施令？我害怕看见仆人眼中对我的轻蔑，因此我没开口，就先皱眉、嘟嘴，可是这样振保又不高兴，他说我像是丫头姨太太，做小伏低惯了的。

佟振保：太闹了，不打了，不打了。

佟振保：你是谁啊？

小裁缝：我是小裁缝。

佟振保：以后常来啊。

小裁缝：谢谢。

王士洪：听说你勾引他太太了？

小裁缝：我刚认识她，还没来得及呢。

王士洪：哦，抓紧抓紧。

小裁缝：谢谢……

烟鹂乙：只有在新来的仆人面前，我可以做几天当家少奶奶，因此我愿意三天两头的换仆人。

孟烟鹂：我真高兴我能生孩子，生了个女儿，怎么搞的。生孩子的时候我很吃了些苦，可是我婆婆不喜欢，因为我生了个女儿。可是我觉得有权利发一回脾气。

振保乙：妈因为她生的不过是个女儿，也不甘心让着她，两人便怄起气来。多亏我从中调停得法，以至于还没有抓破脸。

佟振保：娶她原以为她柔顺，现在觉得是被欺骗了。

振保乙：妈也是的，就这么任性得搬回江湾了，让别人误以为我是个不孝顺的儿子。

佟振保：弄的现在我都有点恨她。

孟烟鹂：我生了个女儿叫慧英。慧英……

慧　英：爸爸。

佟振保：都这么大了……叫你呢，过去。

振保乙：起来起来，九岁了没这么矮

佟振保：才九岁，哪有这么高，下去。

佟振保：这就是我的女儿……生着黄瘦的小手小腿。

振保乙：本来没有这样的一个孩子。

佟振保：是我把她由虚空之中唤了出来。

振保乙：有一次我弟弟给她糖吃，她扯起洋装的绸裙蒙住脸，露出里面的短裤。

孟烟鹂：难为情死了。

振保乙：跟她妈一样，做事不得体。

慧　英：叔……

佟振保：说话也不得体。

慧　英：二叔……

振保乙：去，找你妈去。

慧　英：谢谢。

【慧英，进左区，哭

佟振保：侬哭侬哭，一记耳光，

振保乙：拍死侬。小鬼头。

佟振保：小赤佬。

振保乙：这就是我的婚姻生活，不对，这是你选的婚姻生活。

佟振保：我当时选的是“不知道”，

振保乙：现在知道了吧？

佟振保：知道了。

振保乙：有意思吗？

佟振保：走吧，玩去。

振保乙：你除了上班，回家，打麻将，还能玩什么啊？

佟振保：那你说玩什么？

振保乙：跟我走吧。

佟振保：干什么去？

振保乙：干点男人干的事。

佟振保：等等，一礼拜三次？

振保乙：仨礼拜一回。

佟振保：跟她好交待吗？

振保乙：你瞧她看得出来吗？她那么笨。

佟振保：对，这是她最大的缺点。

振保乙：有时候也是优点。

孟烟鹂：振保，出门别忘了带把伞。

【佟振保，振保乙，上甬道顶

【孟烟鹂，与烟鹂乙扭打起来

孟烟鹂：你笨，他明明是在照镜子，根本没看你。

烟鹂乙：我不笨。

孟烟鹂：你笨。你16岁都不会削苹果，你补袜子用指甲油，妈说在现实生活中你就是个废物。

烟鹂乙：我不是废物。

孟烟鹂：你就是个废物，振保都不爱你。

烟鹂乙：振保为什么不爱我，我日复一日的守着振保，守着这个家，我非常努力的讨他喜欢。

孟烟鹂：你越努力越紧张，越紧张越做不好。振保都去嫖妓了。

烟鹂乙：你看见了？这与我无关。我再笨也是她老婆，是她老婆，是她老婆……

当初我为什么没有答应做《红玫瑰与白玫瑰》？第一是当时没有时间，第二是我觉得压力很大。张爱玲的东西确实难改，读的时候可能会欣赏她的文字，改编的话就很难，如果不尊重她，你就可以任意胡为，如果尊重这个作家，这就是一份艰难的工作。当时想想觉得累，所以干脆不做了。现在是朋友的信任，剧院的信任，而且可能是我跟这个作品有缘分，所以，我动摇了。动摇了，就是被什么力量索引着走过去了。

孟烟鹂：你太笨了，你别连累我了。你看看你那笼统的白，你那模糊的脸。

烟鹂乙：你看看你那不发达的乳，那突出的胯骨。

孟烟鹂：都怪你，我讨厌你，振保不爱你。

孟烟鹂：你真笨。我是一个自卑且笨拙的女孩。

烟鹂乙：我是一个自卑且笨拙的女孩。

孟烟鹂：振保不爱我……

烟鹂乙：振保不爱我……

孟烟鹂：振保说我笨……

烟鹂乙：振保说我笨，可是裁缝先生夸我聪明。

孟烟鹂：你闭嘴。

烟鹂乙：他夸我漂亮，他说像我这么端庄的女人他见的真少。

孟烟鹂：你贱。

烟鹂乙：还从来没有人，像他这么夸过我呢。

孟烟鹂：不能再想他了，我爱振保，他就是我的天。

【小裁缝，敲门

烟鹂乙：裁缝先生……

孟烟鹂：你别去。

烟鹂乙：裁缝先生……

孟烟鹂：你回来。

烟鹂乙：裁缝先生……

孟烟鹂：你别开门。我爱的是振保，不为别的，就因为在这许多人当中指定了这个男人是我的。

【烟鹂乙，被捂死

【孟烟鹂，把烟鹂乙放在地上

孟烟鹂：你还是走吧，裁缝先生，我是这家里的主妇。我不记得你的模样，只记得你的肩，嶙峋的肩，握在手里那是一个男人的肩。

【小裁缝，离开

【佟振保，振保乙，从甬道顶跳下

【振保乙，追裁缝

振保乙：这才几天啊，这么容易就断了，一点感情也没有，真是龌龊。

佟振保：这女人太阴险了，她都不让我捉奸在床。

振保乙：这就是你选的老婆。

佟振保：我当时选的是不知道。

振保乙：你是不知道什么是结婚，可老婆你是知道的。你还说她脸宽柔美、身家清白来着。

佟振保：对，可现在我不知道了。

振保乙：气死我了，我要回家打老婆。

佟振保：打老婆不行的。

振保乙：谁规定不能打老婆。

佟振保：男人打老婆很没面子的。

振保乙：我在家打老婆跟谁要面子啊。

佟振保：我早就想打她了。

【佟振保，推门进左区

【孟烟鹂，起身，露出一截白肚子

佟振保：你放下。

【振保乙，把烟鹂乙拎起，到右区

振保乙：别睡了，快起来。

孟烟鹂：你要用马桶吗?

佟振保：不用，我在外面用过了。

孟烟鹂：那就好。

佟振保：你，别老在这坐着。去，从家里的银器里挑两个银瓶，我送人用。

孟烟鹂：银瓶……

佟振保：快去。

【右区

【振保乙，打烟鹂乙

振保乙：慢了吧。

【左区

佟振保：再到抽屉里找条绳子，要找长绳子。

孟烟鹂：绳子……

【右区

振保乙：短了吧。

【振保乙，打烟鹂乙

【左区

佟振保：绳子短了，包来包去的，包不成样子。

佟振保：再到厨顶上把报纸拿下来。

孟烟鹂：报纸……

佟振保：你看着点，别把报纸戳破了！

【右区

振保乙：破了吧？

【振保乙，打烟鹂乙

【左区

佟振保：我让你吃完饭就给我弟弟打个电话，你打了吗？

【右区

振保乙：忘了吧。

【振保乙，打烟鹂乙

【左区

佟振保：现在打。

孟烟鹂：喂，振保啊……

佟振保：是笃保。

孟烟鹂：哦……

【孟烟鹂，挂上电话

佟振保：话还没说完怎么就给挂了。

【振保乙，把烟鹂乙拎回左区

佟振保：你不要在脸上总露出怨愤的神情，然后傻笑，你这种脸色可怕，你知道吗？你很奇怪你知道吗？你面目都模糊了，你知道吗？结婚八年，你怎么还像什么事体都不懂的样子啊？

孟烟鹂：我生了孩子的呀。

佟振保：人家生了孩子都变丰满了，可你还是这么瘦。

振保乙：白板。

佟振保：加二条。

孟烟鹂：二条？

佟振保：筷子，两根筷子。难道你这两根筷子要让我用一辈子吗？

振保乙：我现在怎么变成这个样子了？

佟振保：我变成什么样了？

振保乙：跟上海小市民一样。别忘了你可是从英国留洋回来的。

佟振保：我从英国留洋回来我也得管家政啊，筷子！

孟烟鹂：唉。

佟振保：不，瓶子！

振保乙：你看看你这副庸俗市侩的嘴脸，你知道人家进步青年是怎么说你的吗？俗气！

佟振保：我俗气也是外国式的俗气。瓶子。

【孟烟鹂，拿来瓶子

孟烟鹂：瓶子……

振保乙：我看你跟烟鹂越来越般配了。

孟烟鹂：上面刻着“佟振保、孟烟鹂”。

佟振保：擦掉，拿到银器店里擦掉。把名字改成“贺顿先生、贺顿太太，鸿益纺织公司全体员工敬贺荣誉归国”。

孟烟鹂：新婚至喜……

佟振保：这个也擦掉。

【佟振保，撞到银瓶

佟振保：人笨事皆难。幸好是银的，不然就碎了。

【二振保走到中场

二人合：你老跟着我干吗？

【二振保，欲打

佟振保：我自己亲手造的家，我不能毁了它。

二人合：我的家……

佟振保：我的家是小小的洋式石窟门巷堂房子，临着街。

振保乙：一长排都是一样。

佟振保：浅灰色水门汀的墙。

振保乙：棺材板一样滑则的长方块。

佟振保：墙头露出夹竹桃，正开着花。

振保乙：里面的天井虽小，也算得是个花园。

二人合：应当有的，我家全有。

佟振保：我的家……

振保乙：我自己亲手造的家我不能毁了它。

佟振保：我不能毁了我的妻，我的女儿，但是我可以砸碎我自己。

振保乙：我为什么要砸碎我自己？

佟振保：因为我空虚，我压抑。

振保乙：不，你庸俗，你市侩。

佟振保：不，我委屈，我想哭。

振保乙：你为什么想哭？

辛柏青是我喜欢，也是我一手带出来的话剧演员。他从中戏毕业进国家话剧院的第一个戏是我导的。他是我欣赏的演员，所以让他来演。他参与的第一个剧目是《狂飙》，他演田汉。

佟振保：我就是想哭。九年了，我每天生活在这么冷冰冰的家里，过着单调乏味的生活。

振保乙：那你当初为什么不把那个温热的女人娶回来，来温暖这个冰冷的家？

佟振保：可我当时亲口对她说的，我对她不是爱情，只是欲望。

振保乙：你错了！爱情和欲望是分不开的，你那是懦弱，你想当柳下惠。就因为她是王士洪的老婆，所以你不敢娶她，你顾及社会的眼光，母亲的眼泪。

佟振保：我当然要顾及母亲的眼泪。我出身寒微，我靠自己的双手打拼的天下。如果没有了好名声，我就不能站在世界之窗的窗口上，我就不会有锦绣的前程。

振保乙：你终于承认了，为了自己的锦绣前程。

佟振保：当然了，我不能把这些毁了。

振保乙：你不就是个纺织工吗?

佟振保：工程师。

振保乙：归根结底就是你自私。

佟振保：不，我不自私。

振保乙：佟振保，你别不敢正视你自己，所有的人都自私。

佟振保：我是无私。我为了社会责任，为了母亲的眼泪，为了家庭，我牺牲了我的情欲，牺牲了我的自由，我牺牲了我自己。

振保乙：牺牲换来的就是这个结果吗？换来这样的生活吗？那你这九年的牺牲真是荒唐可笑。

佟振保：什么叫荒唐可笑啊，我那叫委屈。

振保乙：佟振保，你那叫抱怨。当一个男人都学会抱怨的时候，就沦为平庸的小市民了。

佟振保：我就是个小市民，我两手空空……

振保乙：闭嘴！

佟振保：自己打拚的天下……

高虎还在中央戏剧学院上学的时候我看过他的汇报演出，当时觉得他是一个很松弛的演员。他的眼睛很单纯，是一个活泼的大男孩。挺有灵气的。平时排选演员，一般都是我看过的，有感觉的演员，我才敢去用。

振保乙：讨厌。我充满了欲望，我渴望着爱情，我不希望我的生活是这样的，我不相信别人的家庭生活也是这样的。每天下班回家，我走在夜色里，看着每个窗口里透出暖暖的黄色的光。我相信，那里面是温暖的。可我佟振保为什么这么倒霉啊。

佟振保：因为咱们家用的是灯管。

振保乙：你强词夺理，就算是让阳光直晒进这座公寓，这个家也是冰冷的，因为你当初的选择是错误的。我想王娇蕊了，我真的想她。

佟振保：都九年了，孩子都这么大了，你怎么还想她。

振保乙：跟烟鹂结婚之前我只有这么一个女人，结婚以后我也只有这么一个女人可以想。到今天，我终于明白了，我对娇蕊是爱情，不是欲望。我再重复一遍，爱情和欲望是分不开的。我真高兴我有爱情了，就是这爱情支撑着我走到了九年后的今天。

佟振保：你这样，对烟鹂不公平。

振保乙：你对烟鹂才不公平呢，你不爱她还跟她在一起。你以为她快乐吗？你看她那张模糊的脸，傻瓜都看得出来，不然她怎么会和小裁缝……

佟振保：你闭嘴，那是因为她太不行了。我告诉你佟振保，我虽然不爱她，可我照顾了她九年的生活，而且还将继续照顾下去，因为她是“妻”，男人就得尽力。你不要太天真好不了，我再打击你一下，你每天下班走在夜色里，看到人家窗户里透出的暖暖的黄色的光，你以为那里面是温暖的吗？你错了。那是因为他们用的是暖光灯，跟生活没关系。你无语了吧？

【振保乙，佟振保，打耳光

佟振保：不要再打了，再打我该疼了，我从来都不舍得打我自己。

振保乙：佟振保，你太可恶了，你把我仅存的一点温暖的希望都给破灭了。

佟振保：想要温暖容易啊？找个丰肥的就有温暖了，走吧，嫖妓去。

振保乙：佟振保，你就这么扼杀你的纯真，你就这么甘心堕落……你刚刚说什么？

佟振保：嫖妓。

振保乙：那走吧。等会儿，没劲，你那是欲望，不是爱情。

佟振保：你说的，欲望和爱情是分不开的。

振保乙：我说了吗？

佟振保：你当然说过，大家都听见了，对吗？

振保乙：那……那我不知道，我选不知道。九年了，我恨这棺材板一样的生活，这什么都没发生。

佟振保：为什么什么都没发生。

振保乙：一定要发生点什么。

佟振保：现在就让它发生点什么。

二人合：马上让它发生点什么。

马上让它发生点什么。

振保乙：发生什么？

佟振保：打老婆。

振保乙：等等，你不是要嫖妓吗？

佟振保：先打老婆再嫖妓。

【佟振保，振保乙，进左区

【佟振保，振保乙举起手，欲打孟烟鹂

【孟烟鹂，叫起烟鹂乙

孟烟鹂：你醒醒吧，快醒醒，我撑不住了。

烟鹂乙：你这时候想起我有用了？

振保乙：高点，高点，再高点.

佟振保：不能再高了，再高就打到自己了。

振保乙：你们那干吗呢，磨磨唧唧的，我们都举累了。

烟鹂乙：呦，这还是张爱玲吗？

佟振保：怎么不是啊，去拿书去。

孟烟鹂：书上写着，疯了心似的，要不就不回来，回来就打人砸东西。

佟振保：孟烟鹂你夸大其词。

孟烟鹂：我没有。

振保乙：我不过是打碎个暖水瓶。

佟振保：换了个灯管。你把书拿来，“才踏进房门，他便把小柜上的台灯热水瓶一扫扫下地去，豁朗朗跌得粉碎。”

孟烟鹂：孟烟鹂快三十岁了，她终于变成了一个勇敢的小妇人。

佟振保：你勇敢？勇敢怎么了？

振保乙：我拣起台灯的铁座子，连着电线。

佟振保：向你掷过去，

振保乙：我把你打跑了，

佟振保：我把你打败了。地板上就剩了一双绣花鞋，微带八字，不敢露头。

振保乙：还有，“佟振保上了公共汽车，在一个妇人身边坐下，振保倒没留心她。”

佟振保：你念串行了。

振保乙：没串行。我坐在那边欠身向里勾了勾头，这才认得是王娇……

二人合：王娇蕊……

【佟振保，振保乙，望下场门，走过去寻找

【王娇蕊，上场门出，和孟烟鹂，烟鹂乙坐到一起

孟烟鹂：朱太太，耳环漂亮啊……

烟鹂乙：是缅甸佛顶珠的吧？

孟烟鹂：朱太太，真是好久不见了。

王娇蕊：好久不见了。

烟鹂乙：这一向都好吗？

王娇蕊：好，谢谢你。

孟烟鹂：你一直都在上海吗？

王娇蕊：对，一直在。

烟鹂乙：难得这么一大早出门吧？

王娇蕊：可不是，带孩子去看牙医，昨儿闹牙疼，闹的我一晚上也没睡觉。

孟烟鹂：您在哪儿下车啊？

王娇蕊：牙医在外滩。你们是上公司去吗？振保厂里还是那些人吧？

烟鹂乙：贺顿要回国了，他一走振保就是副经理了。

王娇蕊：呦，那多好呀。

孟烟鹂：是啊是啊。

佟振保：侬好……长久没看见，侬好吗？

王娇蕊：侬好。

振保乙：那姓朱的，你爱他么？

王娇蕊：是从你起，我才学会了，怎样，爱，认真的……爱到底是好的，虽然吃了苦，以后还是要爱的，所以……

佟振保：你很快乐。

王娇蕊：我不过是往前闯，碰到什么就是什么。

佟振保：你碰到的无非是男人。

王娇蕊：是的，年纪轻，长得好看的时候，大约无论到社会上做什么事，碰到的总是男人。可是到后来，除了男人之外总还有别的……总还有别的……你呢？你好吗？

振保乙：我想把我的完美幸福的生活归纳在两句简单的话里告诉她，可是我什么都没有说出来。

【振保乙，走到孟烟鹂、烟鹂乙中间坐下

孟烟鹂：张先生，振保不拿钱回来养家，女儿上学没有学费，每天的小菜钱都成问题。这样下去怎么得了啊。真是要了我的命，疯了心似的，要不就不回来，一回来就打人砸东西。这些年了，他不是这样的人呀。刘先生，你替我想想，你替我想想，叫我这日子怎么过？

烟鹂乙：王先生，振保不拿钱回来养家，女儿上学没有学费，每天的小菜钱都成问题。这样下去怎么得了啊。真是要了我的命，疯了心似的，要不就不回来，一回来就打人砸东西。这些年了，他不是这样的人呀。刘先生，你替我想想，你替我想想，叫我这日子怎么过？

王娇蕊：我到站了。

佟振保：我想把我完满幸福的生活归纳在两句简单的话里，正在斟酌字句。

振保乙：抬起头，在公共汽车右侧突出的小镜子里，看见我自己的脸。

佟振保：很平静，但是因为车身的嗒嗒摇动，镜子里的脸也跟着颤抖不定。

振保乙：非常奇异的一种心平气和的颤抖。

佟振保：像有人在我脸上轻轻推拿似的。

振保乙：我的脸真的抖了起来。

佟振保：在镜子里，我看见我的眼泪滔滔流了下来。为什么，我也不知道。

振保乙：在镜子里，我看见我的眼泪滔滔流了下来。为什么，我也不知道。

佟振保：在这一类的会晤里，如果必须有人哭泣，那应当是她。这完全不对。

振保乙：这完全不对。然而我竟不能止住自己，有一种奇异的命里注定的感觉。

【佟振保，走到振保乙身后

孟烟鹂：张先生，李太太，振保不拿钱回来养家，女儿上学没有学费，每天的小菜钱都成问题。这样下去怎么得了啊。真是要了我的命，一家老小靠他一个人，他这样下去厂里的事情也要弄丢了……疯了心似的，要不就不回来，一回来就打人砸东西。你替我想想，叫我这日子怎么过？

烟鹂乙：王太太，刘先生，振保不拿钱回来养家，女儿上学没有学费，每天的小菜钱都成问题。这样下去怎么得了啊。真是要了我的命，一家老小靠他一个人，他这样下去厂里的事情也要弄丢了……疯了心似的，要不就不回来，一回来就打人砸东西。你替我想想，叫我这日子怎么过？

现在大家看到的是一部好看的戏。不是所想的“念词戏”，也没有电影带来的那种沉闷气氛。这个戏是很轻松的。里面有感人的部分也有黑色幽默的成分——这个戏里融合了张爱玲的另外几部作品，像《金锁记》、《倾城之恋》，其中《散文集》用得最多。戏的结构式比较有趣，是一分为二的，两个时空。进行时和过去时同时发生。最难的是结尾。选了十几个结尾，但一直都没有定下来。所以我们持续了一周的无结尾排练。后来有一天排练的时候，演员赵焌妍突然说：“这还是张爱玲吗？”同事老象说了另外一句话：“生活平静而流淌”。我有了感悟——我想要的结尾是“举重若轻”的。结尾定下来的时候，大家一看说：“哦，这还是张爱玲。”张爱玲强大，她会编网把人套进去。

佟振保：我佟振保是正途出身，出洋得了学位，非但是真才识学，而且是半工半读打下的天下。我在一家老牌子的外商染织公司做到很高的位置。一个女儿才九岁，大学的教育费已经给筹备下了。侍奉母亲谁都没有我那么周到；提拔兄弟谁都没有我那么经心；办公，谁都没有我那么火暴、认真；待朋友，谁都没有我那么热心，那么义气、克己。我是不相信有来生的，不然我化了名也要重新来一趟。

【佟振保，捂死振保乙

佟振保：第二天，振保改过自新，又做了个好人。

【剧 终

赵氏孤儿

（舞台工作本）

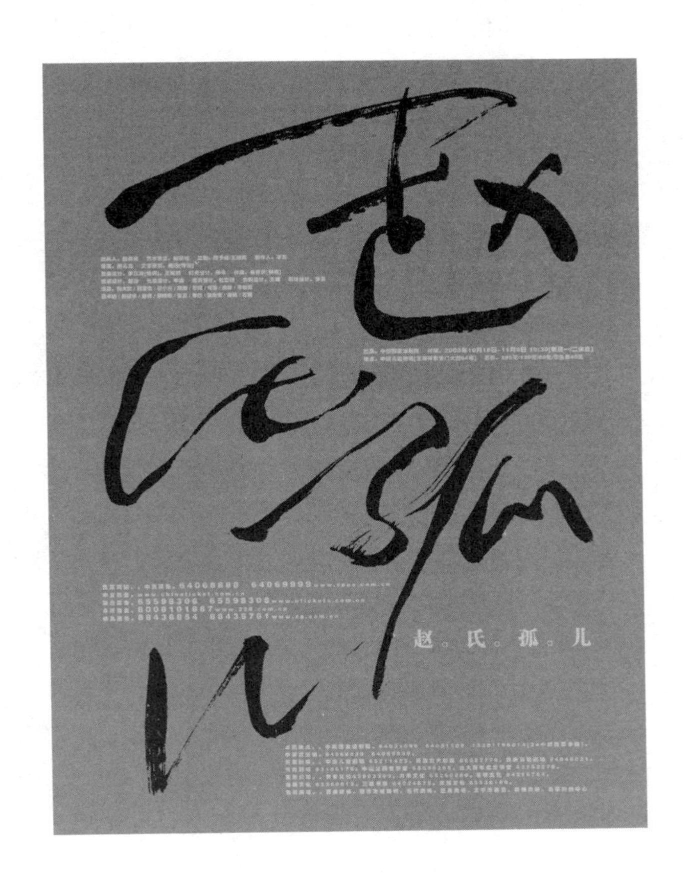

原　　著　纪君祥
文学顾问　姚　远
改　　编　田沁鑫
导　　演　田沁鑫
制 作 人　李　东

舞美设计　罗江涛　王晗懿
灯光设计　邢　辛
作　　曲　姜景洪
服装设计　赵　艳
造型设计　申　淼

倪大宏　饰程婴
韩童生　饰屠岸贾
翟小兴　饰孤儿
赵　瑞　饰庄姬
翟　佳　饰程婴妻
房　斌　饰韩厥
何　瑜　饰公孙杵臼
辛柏青　饰赵朔
吕卓达　饰赵盾
赵寰宇　饰晋景公
赵　麒　饰晋公
邢佳栋　饰赵缨　武士
张　昊　饰美人　武士
李　任　饰武士
樊尚宏　饰武士
崔　凯　饰武士
石　展　饰武士

【这是一场梦境营造，梦者：孤儿
【孤儿——庄姬、赵朔之子。坐在幕前地上
【孤儿面无表情，袍服粗砺，手拿一柄矛枪
【众武士及庄姬，手握矛枪纷纷出现，梦游般行走
【众武士——服色稠黑，服尾裙褶粗砺
【庄姬——孤儿的母亲
身穿武士袍服，红色的头发披散着

【众武士及庄姬散开，慢慢转动。矛枪相抵
【孤儿挑动一组武士矛枪，武士枪对孤儿
【庄姬冲过来保护孤儿
【众武士怒向庄姬
【孤儿不知庄姬为何保护他，便仓皇回到似乎是自己同类的武士群中，和众武士一起，枪对庄姬
【众武士吼叫起来，欲刺杀庄姬，却是吼叫很凶，动作未行
【只有孤儿疯傻着冲出，用枪刺倒庄姬
【庄姬倒地
【孤儿惊觉同伙武士的不见行动，他，孤零零地恐惧起来，扔掉手中的矛枪，不知如何是好
【片刻，众武士哄然冲出，用矛枪插抵住孤儿的身体
【孤儿惊讶而慌乱地抵抗着。不幸，在众武士的吼

观众进场
影像：A、黑纱幕影像定帧
台后：B、一道黑片中间开启二至三米 C、黑片中间吊挂幕书法“赵氏孤儿”篆字
准备：“脑血管挂幕”在“赵氏孤儿书法挂幕”后面到位
演员：孤儿在“脑血管挂幕”准备兵士与庄姬在一道黑片后准备

演出铃声响过，场灯收。
影像：A、黑纱幕影像定帧启动，缓慢显现“黑白底片”质感的古战场
画外：B、低弱的人声及鼓板声。
灯光：C、亮“脑血管挂幕”红光
台后：D、同时，提“赵氏孤儿书法挂幕”，显露“脑血管挂幕”
准备：一道黑片准备

“脑血管挂幕”到位后
台后：A、一道黑片向左右两边开启，到位

一道黑片开启后
灯光：A、灯光微照游走的众武士及庄姬。灯光只照亮武士、庄姬的上半身及矛枪，尽量无脚下

准备：影像：孤儿头像定帧准备
武士慢慢游走至中场时

武士慢慢游走至中场时
影像：A、孤儿的头像定帧，慢慢叠画古战场
准备：灯光和影像准备调整）
众武士及庄姬矛枪相抵发出声响时
灯光：A、舞台里，灯光渐强，冲淡影像灯光与影像交相调整灯光强烈时影像暗淡，灯光暗淡时，影像褪显
准备：台前黑纱幕准备一道黑片，为合上做准备

众武士刺倒孤儿时
影像：A、影像定格，后消失
画外：B、音响渐渐隐去
台后：C、同时，一道黑片合拢
灯光：D、红光消失
台前：E、黑纱幕升起
台后：F、"脑血管挂幕"上提
台里：G、黑大幕垂挂
台后：H、二道黑片开至可以显露出"台阶"的距离
道具：I、台阶放置二道黑片中后方（不阻碍二道黑片关上即可）
准备：#、六名武士及景公在台阶候场庄姬在台阶下候场一道黑片准备
程婴、屠岸贾黑片后准备

叫声中。孤儿被刺倒地

【孤儿似未曾死，只是惊吓未平，愣愣地坐在地上

【众武士恢复常态，纷纷下场

【孤儿起身，他想努力忘却梦境带来的恐惧。但只是短暂的，他的理智很快回到了现实孤儿……我梦见我的母亲，我梦见母亲。她红色的头发披散着……我没见过母亲。生我的时候，她死了。今天，我十六岁。十六年里，我只见过父亲，我有两个父亲。

【画外：单曲一声飘过

【后区，程婴和屠岸贾站立

【程婴——草泽医生，孤儿的养父披肩长发，外穿一件敞怀袍服，质地粗砺

【屠岸贾——辅国将军，孤儿的义父长发披肩，外穿一件敞怀袍服，质地粗砺而略显华贵

【程婴缓步向前

孤　儿：我的父亲，草泽医生，程婴。他给我起名：程勃。

【画外：又一声单音飘过

【屠岸贾随之缓步向前

孤　儿：我的义父，辅国将军，屠岸贾。他给我起名：屠诚。

孤　儿：今天，我看见两个父亲在争吵……

【孤儿返身向台右深处走去

【程婴与屠岸贾，头贴头站在台中，造型奇异

屠岸贾：你的脸色干燥焦黄，眼睛冰冷无光。你这个样子令我生厌……但你是个医生，要为我看病问诊。

屠岸贾：我已几日不能进食，且寝不安稳。昨夜，我梦见两个小人儿。说有个高明的医生要杀他们。二人商议，一个躲在肓之上，一个藏到膏之下。那医生就找不到他们了……这梦。你要给我解来！

【屠岸贾紧张着，用手勒住程婴的脖颈

孤儿一个没有母亲的孩子，有一个父亲，一个义父，在两个父亲的教育下，也就胡乱地长大了。十六岁这天听到和自己有关的极其可怕的事，自己的父亲不是自己的亲爹，养育自己的义父是杀他亲生父亲的仇人。看到一个极其可怕的场面，不知道是不是自己杀父仇人的义父，杀了不知道是不是自己亲爹的父亲，双重混乱，思绪迷茫。不明白眼前的一切，可一切又残酷地在眼前发生。混乱中开始，混乱中结束。演员不要装小孩，该怎么说话就怎么说话，该怎么行事就怎么行事。只是孤儿要有古代年轻人的形态，靠想象，丰富自己的举手投足。不要去看电影不要学。要自己塑造，影视上有过的古代记忆，够用了，最重要是演员自己塑造。或曰导演帮助你共同塑造。这个人物也会传递他混乱中的悲郁之情，一定是混乱生出的悲郁之情。

（《赵氏孤儿》导演阐述）

【程婴微扬着头，神色对天

程　婴：你，病入膏肓！

【屠岸贾听闻，更紧地勒住程婴的脖颈，他震动着

【程婴目光瞪大，却神态笃定

【画外：男声夸张的“哼”声又一次划过

【屠岸贾下意识地缓缓撒手程婴，微张着胳膊

【程婴看着受惊的屠岸贾，静静地绕离开

【屠岸贾觉得自己的身子，在下沉

【面对死亡的屠岸贾，此时的脑海，飘忽过一组人群

【舞台后方：出现一方台阶

【台阶上站着景公及六名武士

【台阶下，庄姬伫立

【庄姬——孤儿的生母

【晋景公——晋灵公之子，庄姬之兄

【这组群落似墨色浮雕

【画外：有微弱的水声

景　公：……父王的骨头被劈开了，全身往外流着血……

【屠岸贾脑海中，浮现出杀戮赵家的往事，及一个让他恐惧的女人——庄姬

【庄姬随水声向前，光鲜地褪显在墨色人群之外

庄　姬：……父王的骨头被劈开了，全身往外流着血……

【庄姬立于屠岸贾身后

众武士念完"诛灭九族" 后
台后：A、二道黑片合拢
台后：B、垂下"可以被划破的白布"

众武士：晋国张贴榜文：庄姬产下赵氏孤儿，赵氏孤儿是弑君逆臣之子，如有胆敢私藏者，诛灭九族。

【庄姬绕过屠岸贾，向程婴走来

【此时，程婴正望向屠岸贾，他的脑海中也浮现出庄姬的身影，这个让他心疼，又为他带来灾难的女人

【庄姬似望着程婴，在屠岸贾身前蹲下身来

【两个男人的视线，由这个让他们联想的女人，牵到了一起

【画外：水声依旧

【屠岸贾望定程婴时，思路方才清醒

屠岸贾：……程婴。不要这样瞪着我……

【屠岸贾有些惧怕程婴的眼睛，躲避着离开他，

屠岸贾：屠诚，在哪儿呢？

【孤儿听到义父唤他的声音，赶忙站起身

孤　儿：义父。

【孤儿跑向屠岸贾

孤　儿：义父！

【屠岸贾一把攥住孤儿

屠岸贾：……儿，你父，他说我要死了……

【孤儿的手被屠岸贾攥得很死，他扭身看向程婴

孤　儿：父亲。

【屠岸贾心里一阵慌乱，依偎孤儿，倾俯着身体

【程婴透过庄姬，注视孤儿

【庄姬似望着程婴

程　婴：庄姬，盼你儿长大，把身世讲与他听，今天，他十六岁。可我却思绪迷茫，怕我讲述不清，恐他承受不起。

【孤儿望着程婴与屠岸贾，害怕起来

孤　儿：义父，你要死了！

屠岸贾：……儿，那就让我的精神进入你的身体，带我灵魂不散，去流行后世吧。

【屠岸贾抬眼又看到程婴

屠岸贾：屠诚，我不想让他把我瞪死，快，背着为父，跑。

【孤儿蹲身背住屠岸贾

【画外：水声划过

屠岸贾：为父要在临死之前，给你讲一件为父一生都无法忘怀的壮举。跑起来！

【孤儿背屠岸贾跑起来

屠岸贾：天下纷争，莫强于晋，晋国是霸中盟主，晋灵公是晋国的王。而灵公之女庄姬，则是个疯癫的荡妇……

【程婴与屠岸贾相望

【孤儿背屠岸贾跑下

【屠岸贾的话语，程婴听得刺耳，他担心着随屠岸贾而下

【画外：水声响动

【舞台：黑片右区，一方盛有鲜花花瓣的透明池盆展现

【赵缨端坐盆中

【赵缨——赵朔的叔父

屠岸贾：则是个疯癫的荡妇。后
影像：A、涔涔水光投射到舞台上
台后：B、一道黑片内合，到露出右边透明盆为止
准备：#、一道黑片准备 反投幕下降准备 软黑幕准备 王座吊杆准备

赵缨与庄姬偷情时
台后：A、一道黑片外开
台后：B、台阶在黑片后显露
台后：C、“可以被划破的白布”显露

【画外：剑声中，随着演员戳破“挂幕”的动作一起
台后：A、“被划破的挂幕。升起
台后：B、随着演员下台阶，一道黑片内合关闭
台后：C、反投幕降下
台后：D、同时，软黑幕降下
台后：E、同时，王座降下
台后：F、扮演“晋灵公”的演员，坐绑好王座，王座升起至延幕后
准备：#、一道黑片准备软黑幕准备王座准备

【庄姬脱却外衣，走向台右透明盆内，庄姬用外衣挡住赵缨

【台后，黑片开启，赵朔的人影站立，赵朔的人影逐渐放大

【赵朔——辅国宰相赵盾之子，庄姬之夫

【赵朔用剑戳破天幕

【画外：一道剑声划过

【赵朔举剑刺向赵缨

【赵缨警觉，起身躲避赵朔

【赵朔追杀并刺死赵缨

【赵缨倒在黑片后，气绝

【杀过人后的赵朔有些恐慌，但依然气愤着

【庄姬愣愣地站起身

庄　姬：（极力镇定着）你杀了你的叔父……

赵　朔：（不犹豫地脱口）你与叔父通奸！

庄　姬：（更努力地镇定着）我是晋王之女，人尽可夫。

赵　朔：我要将你淫乱的劣行大白于晋国天下。

【庄姬愤怒起来，从盆内拾起赵缨留下的剑。冲向赵朔

【赵朔搪住庄姬的剑器，回手打了她一个响亮的嘴巴

【庄姬被打得眩晕，她回身呕吐起来

赵　朔：晋王之女开放自家床帏，淫逸纵欲你不知廉耻！

庄　姬：……没有淫逸，哪来子嗣繁衍，我怀了你的孩子！

赵　朔：你是晋国首屈一指的荡妇！

庄　姬：……不认你子，我就杀了他！

【庄姬不知如何杀死腹内的胎儿，举剑在自己的腹部

【赵朔无奈拦截

【赵朔的剑横在庄姬胸前，他愤怒的神情逐渐迷茫起来

【庄姬的气愤并没有平复，返身抽了赵朔一剑

【赵朔扑跌、滚落

【赵盾出现在赵朔面前

【赵盾——辅国宰相。赵朔的父亲

【两名武士跟随上场，将透明盒子推下

【赵盾望向已死的赵缨

赵　朔：……父亲！

庄　姬：赵盾，他杀了叔父！

赵　朔：父亲！庄姬与叔父……

【赵盾茫然而悲痛着，他不懂儿媳如何与自己的弟弟通奸，自己的儿子又如何意气地杀了叔父

【赵盾唯唯地走向庄姬

【庄姬似想得到赵盾的支持，也向他走来

这次导演的工作是帮助演员了解一个大家不熟悉的时代和环境。逐渐使诸位对剧中人物产生认同和信心。所有剧中人物都要靠我们剧组人员的想像力，共同构造出一个假想的属于我们自己创造的古代环境，在假想的这个环境中生长。这个环境里，有淫乱，有破坏，有私欲，有篡夺与霸占；有信义，有侠义，大义，有恶行，也有正途；有自己的宣泄方式、有放纵、也有理想。总之：这个环境很悲伤，由于混乱而生出的一派悲伤……在悲伤中，我们都很孤绝，即便在人群中，即便发生事件；即便在较量中，即便快意恩仇，即便浓情蜜意，即便生，即便死……我们还是悲伤，和孤绝。我们的视野中，只有山峦，荒漠；泥土的宫殿，黄沙的风尘；有巫阳，有流星雨，有青铜器，有陶壶瓦罐。这是我们想象中的一个属于我们的社会，在这个属于我们的社会里，我们激烈，我们背弃，我们幻灭……我们加害他人，也被害于己。我们行走在"大风起兮云飞扬"的环境里，我们生活在"携来百侣曾游"人物中。从今天起，我们剧组的所有人员开始创造我们的古代社会，创造一种与我们不一样的新生活。

（《赵氏孤儿》导演阐述）

庄　姬：忤逆谋反！
台后：A、一道黑片开启
台后：B、黑色软幕降下地
台后：C、王座降下地
准备：#、升王座至半空

晋灵公从坐椅上下来
台后：A、升王座至半空
准备：#、升黑色软幕降红幕一道黑片准备内合

晋灵公：略有些神经质，疯癫却不失坏意。行为并无逻辑，又似乎逻辑其中，甚至是自成逻辑。要求演员夸张表达，可以怪异，但其基础是王。为王者要有刹那的威严。或是怪异其外，威严蕴涵其间。这要让观众看到，不要单纯追求怪异。美人春秋时，美人不泛指女人，年轻俊朗的男子亦称美人。美人的形体动作要与形体指导共同切磋，分析，与演员试验而共同完善解决。声音保持男声。希望我们共同发挥想象力。(《赵氏孤儿》导演阐述))

庄　姬：我怀了你们赵家的孩子。

【赵盾举手打了庄姬一掌，旋即瘫倒地上

【赵朔赶忙搀扶父亲，被伤心已极的赵盾打倒

【庄姬受到羞辱，更加怒愕

【被父亲打倒的赵朔，委屈与愤怒一并袭来。他挥剑庄姬

【庄姬被剑伤到

庄　姬：我去告你赵家！

【赵朔痴癫着继续挥剑

【赵盾扑向赵朔，忙着拦阻

【混乱中，庄姬跌扑至台前

庄　姬：父王……父王，赵家，忤逆谋反！

【画外：锣鼓与剑器的声音奏响

【赵盾推倒赵朔，随之倒地

【舞台后区中央，降下晋灵公及坐椅

【一美人站立中央，迎接灵公

【晋灵公——晋国国君。庄姬之父

【美人——性别：男

灵　公：我，晋灵公。从小怕人，被人吓破过胆子，破了胆子，看人就不是人了，是鬼！

【晋灵公从坐椅上下来

【美人举起灵公向台中走来

【画外：音响减弱

庄　姬：父王。赵家忤逆谋反！

【赵朔惊恐地从地上爬起

灵　公：鬼取人心的时候不会眨眼睛。知道第一个要杀我的鬼是谁吗？是我妈！

【赵朔身边跟来六名武士

【赵朔、赵盾及众武士，形成一簇队形，渐渐蹲下身来，神情紧张

灵　公：那时候我还小，（用手比划着）也就这么大……我妈就这样……

【灵公抱起男美人

灵　公：（学着他母亲的样子）……杀人！有种的你们就给我把他杀了！先王未葬尸骨不寒，就敢忤逆谋反！杀他，他身上可是皇亲的血脉！杀他壮胆儿啊，鬼！……怎么没有胆子了？以强凌弱的鬼！欺负我孤儿寡母，下地狱油烹了你们！

【灵公撒手男美人

【众武士与赵朔、赵盾紧张向前

灵　公：儿，你活了。

美人晋　十八年春……

灵　公：灵公继位。

【画外：低微的鼓声

灵　公：……可我的胆子被他们吓破了。我在我破了的胆子边上筑墙。利刃的墙……谁冲进来，谁就会死！

【赵朔、赵盾与众武士依然蹲在舞台左侧，神情更加紧张

【灵公走向美人

灵　公：诛灭赵家，诛灭，诛灭……

《赵氏孤儿》整体结构是诗化的，里面的结构很电影。一个视角变成三个视角，最好的点，现代进行时矛盾的发展，结尾时空化变幻不定，一个舞台上出现多个时空状态。三人之间忽而这儿忽而那儿，没有人质疑，是有趣的办法。动作是抽象的，抽象和净化，强调造型语汇，强调动作性。这个戏是为演员做的。由演员撑起场面。舞台上几乎没有支点，完全是写意的，服装也不真实，突出演员表演和形体。表演艺术是一门科学，是综合表达。要求演员有内蕴，有定力，有人格魅力，控制得当收放自如，这是在角色人物之外的。好的表演艺术家，是人品和艺术俱佳的。大家跟别的导演合作，也需要躲避是非混乱的场所，静心排戏，不论是非，戏不能少质少量。

（《赵氏孤儿》排练记录）

【灵公扭断美人的脖子

灵　公：咔吧……脖子断了，没这么回事。

【灵公笑起来

庄　姬：(有些害怕)……父王……

【画外：鼓声“沙沙”作响

【赵朔忍无可忍，恐怖已经到达极限，他猛然起身，众武士跟随站起

赵　朔：(片刻)……赵家，谋反成真！

众武士：晋灵公，患疯症之疾，荒淫残暴，屠戮成性，百姓哀鸣。君不仁，臣不忠，赵家弑君……

赵　朔：忤逆……谋反！

【画外：剑声鼓声迸发

【众武士揪拽灵公，横剑刺之

【赵朔冲到吓呆的庄姬面前，挟卷她下场

【画外：鼓声微弱下来

【赵盾从地上狼狈爬起，被黑片夹在中间

【灯光：赵盾在明亮中

【赵盾急切地，大张着嘴

赵　盾　赵家！赵家……不可忤逆谋反！君不仁。臣必须忠！赵家，不可忤逆谋反！弑君之罪啊……你们必遭其报！弑君是你们要窃取王权吗，弑君逆臣篡夺王权有谁会拥戴你们。你们是要拥立新君嘛……

【屠岸贾出现在黑片缝隙间，他剑刺赵盾

屠岸贾：新君必除了你们这些祸害，赵家祸事了！

屠岸贾：赵家祸事了！
台后：A、一道黑片开启
准备：B、二道黑片准备
黑硬片准备

【赵盾倒地

【两名武士把赵盾架下

【灯光：变化

【台后黑片开启，屠岸贾与众武士纵队群落站立

屠岸贾：我，辅国将军——屠岸贾。

【众武士行走交错，背向站立后区

【赵朔，抱景公上场，将景公放置台中方墩上

【赵朔，立于景公左侧

【灯光：照亮这组众人

景　公：……父王的骨头被劈开了，全身往外流着血……

赵　朔：晋，四十三年……

【景公恐惧地推开赵朔

【赵朔跪地

景　公：……景公继位。(无助地)屠岸将军。

【屠岸贾背向，拍掌

【众武士回身，打倒赵朔，将赵朔拖下场，旋即，上场站好

【屠岸贾背起景公

景　公：……鬼取人心的时候是不会眨眼睛的，屠岸将军。

【屠岸贾沉郁片刻

屠岸贾：……抄杀赵家满门。

【众武士手提人头交错跑着

【屠岸贾挟景公下场

【灯光：灯光微起

【众武士跑到中场前区，随即，散开站拢

【画外：鼓点铺陈

【众武士在台前，拉开一排。随即分别抽离

众武士：春秋，日月相食，流星如雨；

风云际会，瞬息无常。

春秋，礼崩乐坏，私欲弥彰；

强取豪夺，胜者为王。

春秋，寸权分利，重若泰山；

生灵人命，轻如草芥。

春秋，君子不君，小人不小；

赵盾：面对自己家族毁灭无力挽回的伤心的老人。辅国的宰相，只能悲愤交加地斥责自己生养的小辈，而无能自救了。善良其外，痛哭其内，近似癫狂。演员，要真诚地表达绝望，使观众看清这种属于绝望范畴的表演。别的，就算了，这点儿就够了，但是挺难。(《赵氏孤儿》导演阐述)

屠岸贾：……抄杀赵家满门。

台后：A、二道黑片开启

台后：B、黑硬片下降，不落地

台后：C、二道黑片与黑硬片，上下左右运动

台后：D、红色天幕展现

准备：赵朔在右侧台，绑缚在遥控门板上

屠岸贾：原本一介草民，随王争战，混得官爵，官高辅国将军。是社会混乱中的得意之人，得势之辈。有着鲜明的庸俗现实哲学作为其行为具体的指导。深知混乱中，可以破坏，捣毁，霸占。因为混乱其中，必有机可乘。不要让人感觉自己是坏人，自己其实是个现实主义者即可。同程婴一样，开掘想像力，凭空臆造一辅国将军。不一样的是，外部行为不要考虑官爵的姿态，据说春秋时，官没官样，都是原始冲动着的普通人，只是有人佩剑了，可以打仗，有人骑马了，可以为官。要求演员纵容你的形体，传递属于你和角色共同的气场。（《赵氏孤儿》导演阐述）

台右侧：推出遥控门板
注：庄姬藏在门板后面，上场

刀光剑影，血色苍茫。

屠岸贾：……杀人！

【画外：鼓声两响

屠岸贾：此乃。在世为人之胆。列国纷争，莫强于晋，乱仗无义，灾害频仍。正当磨炼我骁勇之魂。你去东边霸占，我去西边掠夺。弱肉强食，天经地义。

众武士：私欲若隐若现喷薄而出明目张胆。

屠岸贾：光天化日泛着绚丽的光彩……

众武士：让我心动，让我迷乱张狂。

屠岸贾：我在燃烧……我要杀人！

【画外：剑器声与呜咽的箫声擦过

【众武士将一组人头抛丢，分散站开

屠岸贾：赵家三百余口腥臭的血水已经变得漆黑，我要戳破这一个个充满黑血的皮囊，将他们投入烈焰，挥发升空，消灭殆尽！

众武士：赵家曾经害我们求权利而不得，仗人势而难为！

【众武士挥剑，人头落地

【众武士，跑下

【余屠岸贾，在舞台中部

【众武士从台右侧，推出活动门板

【门板上绑缚赵朔

赵　朔：……赵家忠良……

屠岸贾：妄称忠良，罪不容诛。

赵　朔：庄姬告我谋反，晋王昏庸，自会诛灭赵家满门……我谋反弑君，拥立景公，又遭灭门之灾：上天入地……没有路走……赵家世代忠良，满门良贱，三百余条人命！一旦尽毁……什么天地！

屠岸贾：天地不容乱臣贼子，可怜你死不瞑目……

【屠岸贾举剑向赵朔

赵　朔：……杀我就请握稳你的剑，剑峰偏上向左……用你

舞台剧的表演本身，是演员本身，是演员神经血液流淌出来的活人和活人交流的这种表演艺术，它是舞台剧的特质。活人之间的直接交流，没有任何镜头给你放大。这一点我提醒戏剧学院毕业的注意，就是拾回咱们在中央戏剧学院上表演课时，勤动脑筋的日子。我不管你采取的手段是传统，还是现代，我什么都不管，我觉得演戏本身就不可能是一个生活常态，它是给人看的。新老观念，新老经验，只要有用，我们都可以汲取。抛弃没必要的负担，就有可能有鉴别地吸收。（《赵氏孤儿》排练记录）

的心去感觉我心跳的地方……一剑下去……

【屠岸贾剑刺赵朔

【赵朔抓住屠岸贾的头发，此时的他只想用最后一口气向那个他认为是淫妇，同时又是最亲的女人。交代终局

赵　朔：庄姬，天杀的淫妇，你怀的是我赵家血脉，生女，上天灭我……生男……保他活命……雪冤报仇！

【屠岸贾横剑划过赵朔颈项，下场

【赵朔气绝

【画外：闷闷的雷声

【孤儿出现在二道黑片中央

孤　儿：我害怕了！义父，为什么说这种故事给我听？

【孤儿跑到台左侧

【屠岸贾出现在二道黑片中央

屠岸贾：（大声）这是为父一生不能忘怀的壮举。

孤　儿：……赵家三代忠良，岂不可惜……

屠岸贾：良臣之后，败家祸乱，亘古不绝……

孤　儿：义父，那小孩儿生出来了？

赵朔：赵盾之子。世家之后。性情单纯。冲动。娶了晋王之女为妻。这个妻子人尽可夫的行为使他感到耻辱，更无能忍受的是她竟和自己的叔父通奸。但他心里又明明爱着这个女人。这个混乱的场面他又无从收拾。只得意气地杀了叔父来维护自己的尊严，不想惹怒了同是天真而自负的妻子，将他告向晋王。诬告，使他分外恐惧。他似乎看到了诬告带来的屠戮家族的场景。深度的恐惧使他弑杀了晋王。赵家无法逃脱地遭到了屠戮。自己也丧生于此。要求演员语言率真朴实，动作英猛利索。不要表面地演绎恐惧和悲愤。要单纯地表达，不要做作。（《赵氏孤儿》导演阐述）

微微的雨声

台右：遥控门板上升，雨水顺门板滑落

【画外：微微的雨声

【庄姬站在门板下面

【灯光：照亮庄姬与门板上方被绑缚死去的赵朔

【淅淅沥沥的雨水飘零着，打在庄姬的身上

【被淋湿的庄姬，无助而凄凉

庄　姬：诬告……泛清了我的罪愆……父王死了……赵朔的脖颈热乎乎地流出了血……还有赵家三百余条人命的血……罪愆……

【孤儿走向遥控门板

【孤儿背向站在门板下，与庄姬贴近

【庄姬反手搂住孤儿

庄　姬：云开日出！

台　右：A、遥控门板推至二道黑片中央

台　后：B、遥控门板慢慢降下

准　备：遥控门板准备翻转两名工作人员准备接应翻转后的演员（赵朔扮演者）

庄　姬：要分娩了……疼痛摧毁着我，疼痛，罪愆……什么样的光辉能够融化烧灼了我，什么样的流水可以吞噬淹灭了我，散尽散尽我的罪。疼痛……快出来吧！儿，你会看见光……你要努力出去啊！冲出这阻碍着你的皮囊，冲上九霄，你能看见苍天……那儿……云开日出！

【画外：遥远的闷雷声、雨声夹杂

【屠岸贾携孤儿的手，向台前走来

屠岸贾：为父与你讲这个故事，是想告诉你一个做人的道理：人贵在有胆。胆大足以包天！

【庄姬走向门框，立于门框中间

屠岸贾：屠诚。为父想告诉你一件不愿与人提及的可耻之事。为父争战讨伐，受过内创，无能生养。十五年前，我收你作为义子，你就是我亲儿！我要你继承为父一生搏杀，伤害自己甚至不惜戕害他人而创荡出的荣耀！这荣耀。在我头顶上悬荡……为父即将不久于人世……你生性随善，平日做事不够果决，为父心里焦急。为父已经感觉体内的病灶就在这几天会把我吞噬干净。几天光景，儿。你要立即长大成人……

【屠岸贾深情地

屠岸贾：纵使为父粉身地狱，也自含笑瞑目了。

孤　儿：义　……父亲！你要儿何为?!

【屠岸贾跪地，奇异地望着孤儿

【孤儿也随即跪在地上，二人离的很近

屠岸贾：……为父想你……寻一件。背逆常伦之事去做。

孤　儿：背逆常伦……会生出恶行吗？

屠岸贾：恶行……恶行会使人坚定，坚定了，你就有勇气，在世为人了！

【屠岸贾抄抱起孤儿

【画外：萧瑟的乐声微弱地响起

【程婴从门板下走出

【庄姬依偎住程婴

【屠岸贾胸中憋闷，靠住孤儿

屠岸贾：屠诚，再跑起来，为父头痛欲裂……

【孤儿抬头看见程婴

孤　儿：父亲。

【程婴迎向孤儿

【庄姬在程婴身后滑跪在地

屠岸贾：儿，跑起来，为父会好受些……

【孤儿望了望程婴，背屠岸贾台左下场

【画外：曲声与雨声夹杂，依然微弱地响着

【程婴，怅惘着

程　婴：庄姬，今天你儿十六岁。落雨纷纷，我思绪混朦。

【程婴的思绪回到那个细雨浸红的骇人深夜

庄　姬：医师……

【程婴，立于中区，陡然转了个身

【画外：曲声渐隐

演员要自信，人物是第一位的，剩下都是假的。能瞬间集中到角色里面么，获得承认。人生最脆弱的时候，脆弱到了茫然的地步。比如程婴整个状态就是伤感，神经末梢都是伤感的，上来就是实的，一点儿也不空。演员背后的东西。演员自恋对演戏是危险的，演员有内蕴，站台上就有力量，不要都是技巧控制，放松，放纵形体的表达力，看观众能不能被打动。表演经验不是技巧，艺术观能打开就成功了。现在就是空舞台，请把属于这个戏的悲伤传递给观众。气力不应该在自己身上，应该充满舞台、剧场中。请把你的灵魂扔出。我的戏都是要用灵魂来演的，是丢在观众席上的，笼罩在剧场里的。(《赵氏孤儿》排练记录)

画外：萧瑟的乐声微弱地响起
台后：遥控门板翻转

程婴：我思绪混朦……
台前：雨雾降下

庄姬：美貌狂热，外人眼中的淫妇，而她自己不自知。她的认知自身，是从她的地位而来。她是晋王之女，她认为喜欢谁，谁就会无条件地服从于她，包括性。所以，当赵朔刺杀了她的情人时，她会毫不顾忌地诬告赵家全家谋反。她认为这只是愤懑的游戏，一致使赵家杀了他的父王，致使赵家满门被借机遭到屠戮，这是她完全没有料到的。就在事件发生不久，她生下赵家的孩子，一个女人通过分娩的阵痛，得以出落为一位母亲，这是女人的成长，她才懂得了羞耻，才觉出自己的罪愆，也才成熟。家族如此的变故，也就使她没了往下活的勇气，尤其是她一手造成的悲剧。死之前，她只有一个信念，就是把孤儿送给可靠的人收养，让儿子长大成人。而如何使程婴接纳孤儿，作为女人，她也没别的招数，只是用还在燃烧的身体去碰撞程婴。程婴一旦应承，便无半刻恋生之意。一切均已妥当，便可一了百了了。演员可以借助任何手段，也有日本电影中战国时期狂热女人的近似痕迹。演员要尽可能放肆地表达迷狂，表达悲伤，表达带伤痛的性的冲动，不要考虑美不美，因为你美在其中。(《赵氏孤儿》导演阐述)

【庄姬，走至台左前方，跪地

程　婴：……我站的地方，已不像是相府宅院，满地血污，午夜的更鼓隐隐作响，只见人影屹立，把守森严……院内宫室楼台，尊荣富贵。皆为幻象……赵家三代辅佐晋王，而今，满门尽毁。放眼望去……落花委地，尸横草枝，林鸟惊飞。只余高楼当风，碧水浸红……正是，赵家在时，我一介草民无敢攀往……赵家落难，我行医问诊，再进府门。可惜逝者不作，我虽心生悲情……却是诉说无应，空劳悲泣……

【此时，庄姬的脑海纷乱异常，纷乱中，似乎还有一丝理智。她不是刚刚派人去请医师了吗

程　婴：程婴，拜见庄姬。

【庄姬混乱的思绪再度袭击上来，她真的没有听见，那恍惚清晰了的医师已经站到了跟前

庄　姬：……万籁俱寂，生者已死，死者涣散，我，泪痕在衣……纷纷……忆春风之日……渺渺……叹盛衰无常……

【程婴见庄姬嘴中念念有词，不敢过分惊扰

程　婴：拜见庄姬。

庄　姬：(自语)……父王，赵家。

【程婴想把她唤醒

程　婴：庄姬有何病症？

【听到“病”字，庄姬的意识有些转醒

庄　姬：……病症？你是踏着鲜血吗……

程　婴：……是。

庄　姬：你是赵家的朋友？

【程婴发现这个受惊的女人，已能和自己交流，赶忙应接

程　婴：……程婴多年为赵家诊医看病。

【庄姬无力看清眼前的男人，只是清楚了自己的目的

庄　姬：我没病，是产得一子。

程　婴：(愣)……

庄　姬：此子无名，叫他：赵氏孤儿。

程　婴：……赵家不该断灭。

【这是庄姬近期听到的最贴切，也是最刺痛她心灵的话语，她回望了程婴，这一望。她看清了这个布衣男人

庄　姬：把他放在你的药箱里，带出府门！(自语)放在药箱内在覆上草药，这样不易察觉。

程　婴：庄姬是要草民，死。

庄　姬：活。

程　婴：会连累孤儿性命。

庄　姬：(打断)你把这孩子带走。

程　婴：晋王之后，相国之孙，草民，无力担承……

【庄姬的目的已经大过了天，她的用语开始敞亮起来

庄　姬：……在这死人活人不分的相府内，我产下这个带血的婴儿，疼痛而不能尖叫……心被堵住的尖叫噎死了，汗水浸到嗓子里，我哭，却哭不出眼泪……草民。你要应承……

【程婴同情了眼前的女人，可他无法言语

庄　姬：我是晋国首屈一指的荡妇，人尽可夫。

【庄姬起身，走向程婴

【庄姬靠向程婴，用唇抵住程婴的胸口

【程婴不能应接，却也无法拒绝，他知道眼前的女人已经绝望到了极点。他只能听任庄姬的唇在自己的胸口滞留

程婴：是个行走在街市上的草药医师，闲情逸致，闲闲散散。看病问诊。居家度日。直至。命运随接受赵家孤儿而陡转，后面便是悲苦伤情，酸楚无量了。据说，春秋时，每一个男人都怀有政治抱负，无论年长年幼。高低贵贱，无论一生官爵还是庸碌草民。都明白忠义礼智信，而行为却狂放不羁，指天说地。程婴便是一个不为官的草民。当需要他付出诚信，弘扬天道时，他亦义无返顾。望演员抛开曾经表演的经验。开掘想象力，凭空臆造一位古代义士的形象。角色的魂灵，靠演员自己铸造成形。角色的外形，可依据中国电影曾经有过的古代男子形象，明代以后的不需观赏。武侠可以借鉴。如长裙宽袖在身时的行走坐卧。注意孜纵形体，通过纵容你的形体神经来传递你的悲伤。(《赵氏孤儿》导演阐述)

【庄姬绝望起来，她突然觉得羞赧异常，她离开程婴的身体，慢慢退后着

庄　姬：没什么可以给你……

【画外：微弱的鼓声，和萧瑟的曲声夹杂

【庄姬与程婴拉开距离

程　婴：……两手鲜血的母亲，唇间似残雪冰凉，撞到我的胸口……

庄　姬：我儿……权且当作你的亲生！

【庄姬只有跪拜程婴

庄　姬：叫他活命。

【庄姬苦苦相望着程婴

庄　姬：……没有指望了?!

【庄姬跪倒

庄　姬：……我是母亲，是母亲……

【画外：曲声渐渐止住

【程婴的同情心已经崩塌，幻化为一泓秋逝的流水。如果她母子能够随江逐浪。他程婴也算是救人于危难了

【程婴停滞半晌

程　婴：……草民，愧应。

【画外：曲声萧瑟一声

【庄姬，抬头向程婴，慢慢立起身

庄　姬：……你是孤儿的父亲……从此，你命贵荣尊。

【此时，庄姬的神态清醒，镇静起来

庄　姬：程婴，你是赵家的朋友……

程　婴：……是。

庄　姬：自当诚信于友！

程　婴：……是。

庄　姬：你把我儿带走，自当诚信于我这个母亲！

程　婴：……是。

庄姬抽刀自刎，后

台后：A、一道黑片内合

台后：B、撤遥控门板

台后：C、黑硬片降下，与二道黑片切成方块

台后：D、台阶放到二道黑片中间

庄　姬：……诚信的代价……

【程婴默然走过这位可怜的母亲

程　婴：……身家性命。

【庄姬听过此话，似乎释然

庄　姬：程婴，记住，我儿是晋王之女所生，是赵家之后，他叫赵氏孤儿……

【庄姬走至台后门板处，抽刀自刎

【程婴受到震动，孤然呆望着

【画外：近似男声的声响，低郁的空“哼”了两声

画外：男声的“哼”声，后台后：A、一道黑片开启

【舞台上，韩厥与众武士，成一纵队站立

【武士侧面立一药箱

【韩厥，向台中走来，站定

【韩厥——将军。辅国之臣

韩　厥：……庄姬为何而死？

【程婴似看到韩厥

韩　厥：程婴！

韩厥：胸怀报国之志，却无处投门的壮年将军。真性情掩盖在军人的外表之下。直到遇见程婴舍命救孤的义举，掩藏的激情方才被唤醒，也就随了自己的性子，率性地了结了生命。这个人物身上有侠义之二士的风采，如战国时代的樊于戚、荆轲、豫让等，多少有些关联。但更多的可能是武侠中的侠义。演员切记这个人物要演得认真，不可做作，一旦有做作或演的一点痕迹，观众很有可能会不相信这个人物，尤其是在现今社会中，观众会产生疑问。所以，演员要充分相信角色的选择，信任的演绎，一旦取得观众的信任，这个角色会令人感动。形体不要被服装束缚，要想办法，从容地起来，有助观众信任这个角色。排练中，我们共同摸索。(《赵氏孤儿》导演阐述)

【程婴似梦中

程　婴：……正是草民。

韩　厥：……庄姬为何而死？

程　婴：庄姬思念晋王及丈夫赵朔，又遇诛灭鲜血满宅，惊恐、忧思过重，草民无能治愈，本想折返回家。不想草民抬脚刚行，庄姬……便自刎身亡，草民自恐招祸……不免行迹伧狂。

韩　厥：呆立无语，怎说行迹伧狂？

【一武士推动药箱。众武士跑至台左站定

【程婴跟脚，望药箱

【韩厥警觉，挥手武士

【武士将程婴拥至台右

【韩厥走向药箱

韩　厥：箱内何物？

程　婴：草药。

【韩厥打开药箱观看，后，觉程婴说的属实，合上药箱，挥手程婴走

【程婴奔向台左药箱

【韩厥警觉地回望程婴

【程婴自怕失态，立了片刻，后，缓步走向药箱

【韩厥机警地猛然推动药箱

【程婴陡然转了个身子，扑向药箱

【韩厥已将药箱推至台左前方

【程婴扑空，不免思绪颤动

程　婴：……吉凶难料，我，即将命断相府。

韩　厥：我，韩厥，奉屠岸贾大人之命，把守相府，大人说，庄姬产下赵氏孤儿，走失，我以命相抵，如遇藏匿孤儿者，诛灭九族。

【画外：小鼓“嘟嘟”敲响

【韩厥拉动药箱，走至舞台中区

韩　厥：嘟！

【画外：鼓声被韩厥的“嘟”声止住

【众武士跑到台左后方，形成纵队

【韩厥打开台中药箱

【程婴呆坐于药箱前

程　婴：（自语）……你若是赵家之后，就请不要做声。

【韩厥合上药箱，将药箱推到程婴侧面

【韩厥打开药箱，推给程婴

【程婴不知其然，所以不敢乱动，又将药箱推给韩厥

【韩厥将药箱迅速推到武士站立的地方

【画外：孤儿“哼哼”出声

【程婴惊炙，忙奔向药箱

【韩厥迅速将药箱推至舞台右前方

话剧是活人的表演艺术，看得见活生生的人在表演，你的气场和他的气场在一个地方。共同呼吸，相互感受。而电影是用摄影机记录，然后把它放映出来。我还是喜欢那种现场的感觉。活人表演是舞台剧的特质。通过活人的行动和活人的冲撞来展现故事。展现一种舞台形式，带给台下坐着的。摆着各种坐姿的固定的观众一个思想的共振，我觉得这个非常好玩。不像有些人说的，舞台和观众之间有一座桥梁，需要你去引导他，和他共同走过桥梁。我认为这个桥梁不存在。也不需要你去刻意搭建，我们需要碰撞。共同来创建一个剧场氛围，在两个小时里面共同的创造。不能曲解。观众是上帝”这样一种概念。因为如果观众真是上帝，就该匍匐在他的脚下仰视他们，我觉得并不是这样。我觉得戏剧本身是具实验性和宣传性的，所以它本身需要焕发出热情去感染观众。发散思想，而不是去盲目迎合。（《赵氏孤儿》排练记录）

【程婴被众武士推到台左前方

【韩厥望向程婴，惊诧起来

韩　厥：……私匿孤儿，九族不留……

【韩厥，挥手武士放开程婴

【程婴，跪起身

程　婴：七魂六魄飞天一半，余下之胆，要为孤儿舍命论道！

【韩厥走向程婴，中场停住，心生感慨

韩　厥：一介草民，胆量堪佳……在下自愧……

程　婴：将军取笑了。

【韩厥回望程婴，有意但却沉着地询问

韩　厥：……你与赵家世交？

程　婴：看病问诊而已。

韩　厥：与赵家无交，怎肯以命相托？

程　婴：我刚刚诚信于庄姬……她以命相托，我自以命相抵……

演员、舞台、观众是三位一体的，是一个共振的空间。观众上不了舞台，只能在下面坐着，可脑子却活跃着，跟着舞台上的一切游走，如果你吸引他的话，在两个小时之内，他会全部集中在你的舞台呈现上，就会跟你用思想交流产生共振。我认为这个特别有意思，也是我喜欢戏剧的一个原因。我强调形象魅力和视觉冲击力。“形象魅力”是法国的安托南阿尔托在残酷戏剧中提出的。在他对东方戏剧研究之后，认为东方戏剧极具表现力，他提出了“形象魅力”这句话，我觉得这契合了我在某方面的思考。我不喜欢站着说话的戏，希望舞台上有热力，通过演员的台词、精神状态和肢体动作散发出来的那种热力。然后，是舞台整体的视觉冲击力。关于东西方戏剧观念的继承和融合，我觉得还是要从我们中国自己的本土特性出发。像中国的戏曲演员，说激动马上就激动起来，说松弛也能松弛下来，很有意思的事情。中国戏曲的特点，为话剧演员提供了一种借鉴的可能性。(《赵氏孤儿》排练记录)

画外：曲声响起。
台后：A、黑硬片往上升
台后：B、软黑幕往下降
切成中间红色方块

韩　厥：可惜，你家九族。

程　婴：家中只有一妻一子。我今年四十有五，幸得一子，与这孤儿一般大小。如若不能救下赵氏孤儿，我全家自会命断终结。

【画外：男声沉重地“哼”了一声

【韩厥受到感染，走向程婴

【程婴，起身与韩厥换了个位置

【韩厥抱拳向程婴

韩　厥：君子信义，不诚意不达……在下钦佩。

【程婴，抱拳还礼韩厥

【韩厥，又转回台左

韩　厥：只是弑君逆臣，你又如何肯为其舍命！

【程婴，走到台左

程　婴：命，自不肯轻舍。行医多年。见诸多生死往复之众生，每到气息停抑，热度散尽，必眼角垂泪。不是留念人间或挂念亲朋。而是平生淤积的憾事所及。

韩　厥：愿闻其详。

【众武士散开，坐地

程　婴：……命终之时，三分气断，与他人就无关……生时，要少生憾事……我与赵家，君子之交，淡淡如水……至于逆臣之说，那是朝野之鼓动，众生之杂谈。草民自有分辨……如若将军放行孤儿，我自会做完诚信赵家之事。

韩　厥：再将“逆臣”之说详解……

程　婴：……心生悲痛，思绪迷茫，将军，我有恐解释不清……

【画外：婴儿“哼哼”的声音

武士1：……箱内可有夹带！

【韩厥拔剑刺杀武士

【程婴惊觉

【二人相望

【画外：一声微弱而怅惘的曲声响起，后，铺排剑器与微弱的鼓声

【韩厥，回到药箱处，推动药箱

韩　厥：医师可继续解释“逆臣”之说……

【程婴，有感于韩厥

程　婴：逆臣，多是野心催促，伺机篡夺。有诬陷罗织。而被逼求生者，亦混淆其间，孰是孰非，草民无从道哉，寻常百姓亦无能分辨……

武士2：……箱内可有夹带！

【韩厥，迅猛地剑刺武士

【韩厥的情绪，有些激动

韩　厥：医师的解释，正是赵家落难之源！

武士3：……箱内可有夹带！

【韩厥，更加迅猛地剑刺武士

【程婴，受到感染

程　婴：……将军，程婴但求速死。

武士4：……箱内可有夹带！

【韩厥，剑刺武士的速度，越来越快，情绪愈发激昂

【节奏加快

韩　厥：新君继位，即便有意诛灭赵家，下令诛灭者却是辅国将军屠岸贾。

武士5：……箱内可有夹带！

【韩厥剑刺武士

【程婴，情绪激昂

【画外：怅惘而伤感的曲声夹杂

程　婴：今欲斩草除根，亦是这位辅国将军严命所控，其借公济私之心跃然明耀……

武士6：……箱内可有夹带！

【韩厥刺倒最后一个武士

程婴：万顷山河……后
台后：A、黑硬片降下到底
台后：B、软黑幕上升
台后：C、二道黑片开启
台后：D、红色幕上升
台后：E、灰色幕降下
准备：F、影像准备
道具：演员搬方墩到位

画外：曲声中
影像：A、漫天星斗
台后：B、黑硬片升起

韩　厥：列国分强，需一致对外，不想内部纷扰，祸乱一时。君不像君，子不像子。臣亦何为？

程　婴：赵家辅佐晋氏天下三代有余，可惜，灵公荒淫，赵家无法再做良臣……

韩　厥：屠岸贾与赵盾大人也有二十载同僚，竟无一点恩义……

程　婴：如此纷乱相残，列强中，莫强于晋的地位，怕要松动了……可叹！

韩　厥：我作为晋国将士，原本与晋国共荣毁，话说到此……医师，府门已到，带孤儿逃命去吧！程婴……多谢将军！

【画外：曲声兀自响着

【众武士纷纷倒地程婴将军，你欲何往？

韩　厥：身为武将，自该驱逐外寇建立功业，不想晋国一派歌舞，淫逸祸乱。无仗可打我亦无功可建，理想自行幻灭。我与赵家本无挂碍，与屠岸贾也并不勾连，只感念医师今番行义之举，方怦然心动。在这浊乱的世上，得见一真正信义君子……韩厥亦无愧在这乱世行走一遭。医师不弃，愿与韩厥做个朋友吗？

程　婴：将军有此忧国情怀，自是在世英雄！草民高攀了。

【二人拱手相拜

韩　厥：人生得一知己足矣！你对赵家有义，我韩厥对医师有情！屠岸大人处。韩厥自是不忠之臣。医师，带孤儿好生在这世间行走！

【画外：曲声依旧怅然

【韩厥拔剑自刎

【程婴感慨良多

【灯光：渐渐收尽，余程婴被一方灯光笼罩

程　婴：想，旧友重逢，

念，彼此精诚。

补，岁月沧桑，

化，万顷山河……

【武士黑暗中下场，将台上人头清场干净

【画外：曲声减弱

【程婴，走至台右前方

【晋景公与六名武士坐在舞台后区

景　公：我，晋景公。晋，四十三年继位。那时候我还小。只记得祸乱一派……于今想起，就像是在眼前，我怕落得个父王的下场，便谨小慎微，战战兢兢，如履薄冰地将就维护着我的晋氏天下……我不招祸，所以，我好玩耍。今到屠岸大人的庄上走动，见庄子旷大，射些野物也是有趣。

【景公举箭射之

【箭射程婴腹部，程婴慢慢蹲身

【景公跑寻

【众武士跟随

【景公撞到程婴身上

【众武士仗剑直指程婴

众武士：(厉声喝道)什么人！

【景公望到程婴，发现其被箭射伤，赶忙赔礼

景　公：……箭射黎民，为君心伤，多有得罪，得罪得罪！

晋景公：为人随善，年轻时略有些胆小，岁数大些，便随善自如了，有同情心，但也不求甚解，年岁大了却还有些贪玩。给人的总体感觉，是个易接触的王侯。演员把他演得有趣味些，不要沿用现代惯有的表现有趣的表演方法。要依据角色随善的本性，自得其乐。形体要我们共同探讨设计。(《赵氏孤儿》)导演阐述

【景公跪地叩头

【程婴呆望景公

众武士：见景公不拜，死！

景　公：不要吓杀了臣民。

【程婴方知眼前者是晋王，连忙叩头

程　婴：草民叩见景公！

景　公：不必重礼，伤势如何？

程　婴：不妨……

【景公向武士喊

景　公：草药。草药！

程　婴：不敢劳动景公，草民本是草泽医师，此伤无碍，回去覆上草药，将养几天即可。

景　公：我是山野遇高人啊。

程　婴：惊扰景公，草民死罪！

景　公：哪里话来。我平日总在朝野中行走，见民不多，见草泽医师……还是头一回。

程　婴：深感荣幸……

景　公：景公才是荣幸之至啊。

【众武士背向坐地

景　公：……在宫中看病问诊的多是些庸碌的宫医，我有外伤，他们还可治愈，我生内淤，他们既支支吾吾，闪烁其词，我亦不知所云。

程　婴：景公，有何内淤？

景　公：哦，胆量不小。

【景公与程婴攀谈起来

景　公：我近日常做噩梦，梦情一致，见小人飞舞，乱发披散，呼来晃去，不散宫门。醒时，亦虚汗连连，浑周身乏力。白日，思不顺畅，食不甘味……终此下去，我必生病患。

程　婴：草民不通占卜，但略知医道……

景　公：但说无妨……

程　婴：噩梦伤神，梦由心走；心由事生，所做不安心之事，易走梦境，长久往复，伤瘀肾脏，肾为五脏之本，恐日后五脏六腑不愿安生了……

景　公：哦……宫医自是不敢言讲。

程　婴：草民死罪。

景　公：死还了得！医师有何药治？

程　婴：无药可医。

景　公：了不得！你是说我时日无多了？

程　婴：不尽然……

景　公：还有救？

程　婴：需自救自身。

景　公：（摸着肚腹）怎么救?!

程　婴：草民斗胆犯上，景公有无做过冤杀之事？

景　公：我父性情暴烈。我却是小心谨慎，如履薄冰。哦！倒有一事，我不得放下，赵家当年弑杀父王，拥立我为新君……对父亲不忠，于我却有些义道。可当时，我年纪尚轻，心生怕意，如何就诛灭了赵家满门？我的妹妹，妹夫，还有我没见过面的外甥……就糊涂地没了……

程　婴：（喜）病症可医了！

景　公：哦?!

众武士：景公，不可与草民过多言论。草民报上姓名！

程　婴：草民程婴。

景　公：程婴？是那个恶名赫赫的程婴。

众武士：你可是屠府门客？

程　婴：正是……

众武士：此等不义小人，景公不需理睬。

景　公：叫屠岸大人。

众武士：屠岸大人。

【众武士背向站立

景　公：程婴，当年，不是你敬献赵氏孤儿，使赵家根脉断绝！

【程婴，向景公

【众武士横剑拦截

众武士：此等不义小人。也敢枉骗景公！

【屠岸贾带孤儿跑上

【屠岸贾，挥手孤儿，孤儿跪于台左右方

【屠岸贾，跪地叩头景公

屠岸贾：屠岸贾迎接景公来迟，望景公赎罪！

程　婴：景公需访得赵家后人，景公梦症可愈！

景　公：老大人，请起。

程　婴：赵家有后……

【众武士打倒程婴

屠岸贾：景公受惊。臣罪该万死！

【屠岸贾跪地叩头

景　公：……当年，铲除赵家，你亦有过。

【景公望向程婴

景　公：解铃还需系铃人，今遇此小人，也是上苍眷顾，不灭我命……屠岸大人，命你访得赵家后人，越快越好。

屠岸贾：臣，谨遵景公之命。

景　公：屠岸大人，你的庄子很是旷大，可惜我未射着野物……

屠岸贾：景公光临本庄，臣之幸也；景公未能尽兴，臣之过焉！

景　公：不算败兴，遇此小人，得以启示……你要尽快访得赵家后人！

屠岸贾：是。

【二武士背起景公

【景公望向程婴

景　公：这小人倒也可怜。

屠岸贾：屠岸贾送景公！

景　公：不必了。

【众武士簇拥景公台左下场

屠岸贾：景公，一路走好！

【舞台上，留下屠岸贾、程婴与后区跪地的孤儿

【程婴起身，望向屠岸贾

【孤儿跑到程婴面前

孤　儿：父亲，景公伤到你了……

程　婴：(摇摇头)……不，程勃……

【程婴靠到孤儿身上

【屠岸贾，走向程婴，搀扶起他

屠岸贾：伤到你了……(低语程婴)你说赵家有后?!

【程婴，推开屠岸贾

【屠岸贾，跌倒

【孤儿，冲向屠岸贾

孤　儿：义父！

【孤儿旋即转向程婴

孤　儿：父亲！不可对义父无礼。

【孤儿搀扶屠岸贾

【屠岸贾望向程婴

屠岸贾：程婴，不是你当年敬献孤儿，使赵家断后！今日却来附和景公，说赵家有后，真是小人！

【孤儿迷惑其中，努力辨别着

程　婴：我是顶受晋国上下十六载骂名还苟活至今的无耻小人。

屠岸贾：当年助我诛灭赵家，你亦有功，可我如何对你心生厌恶至今。

程　婴：因我冠冕堂皇之外，私欲窝藏其间。

屠岸贾：屠诚怎会是你这等小人生养……

程　婴：你不正在教他在世为人嘛。

我做戏，因为我悲伤。悲伤于现今社会的混乱，私欲的弥漫，道德底线的几近崩溃，思想的覆灭，礼节的丢失。垄断与霸占的蓬勃与横扫，过度的竞争产生出人情绪上的迷乱、焦躁到不识了好歹。人和人之间的隔膜越来越深，甚至出现有良善举动之人，我们都会想想他是不是有什么其他目的。真是悲惨的人生图景。忙乱而无序。我做戏，因为我悲伤。悲伤在我的社会中。让我们营造一个展开想象而构筑的舞台假想社会，这个社会浓缩了我2003年的悲哀。(《赵氏孤儿》导演阐述)

【孤儿不解程婴如何这样与义父说话

孤　儿：父亲！

【屠岸贾愈发不满

屠岸贾：不是我恃勇枭雄，屠诚如何会有这般出息。

程　婴：苍天无眼，生死错勘。

屠岸贾：你不感念于我，为何恶言相加？

程　婴：因我黑白不辩，人鬼不分。

【屠岸贾憋闷住

孤　儿：父亲！义父就要死了，不可和义父这样说话！

【孤儿冲向程婴，推搡了一把程婴

【孤儿旋即后悔

孤　儿：……恕儿无礼。父亲，义父……

屠岸贾：我已病入膏肓。（乐）屠诚！……你不是想知道庄姬之子的下落吗，去问你的父亲，是他当年先出卖朋友义道，再出卖赵氏孤儿，是他，助我将赵家斩草除根……

屠岸贾：斩草除根……
台　后：A、赵无极画幕降下
台　后：B、一道黑片开启四、五米

【公孙杵臼，白发苍苍，坐在舞台后方中央

【公孙杵臼——辅国大臣，赵家过密的朋友

【众武士坐在纱幕后

众武士：晋国张贴榜文：三日内，不交出私匿孤儿，全国三月以内，一月以上的婴孩儿，将被斩尽杀绝。

公　孙：（喊）程婴。

孤　儿：你说什么。义父?!

【画外：男声沉重地“哼”了一声

【舞台：黑片交错

【屠岸贾，走向公孙杵臼

公　孙：程婴，无耻小人，骂名招致，带着你的儿子苟且偷生吧。

屠岸贾：公孙杵臼，只怪你有眼如蒙，自断性命。程婴，你人道上的朋友，一个卖友小人。

【公孙杵臼，走向屠岸贾，拔出他腰间佩剑，横于颈项

【程婴的腹部隐隐作痛，只得跪在地上

【屠岸贾，站在台中

屠岸贾：程婴，你与公孙无仇，为何出卖于他？

【程婴似在回忆当年情景

程　婴：……大人抱病，程婴问诊，见一婴孩啼哭，公孙无子，便心生疑惑……

屠岸贾：……你与赵家无过，又怎肯出卖赵氏孤儿？

程　婴：全国尽贴榜文：三日内，如不交出私匿孤儿，便将全国上下三月以内，一月以上婴孩斩尽杀绝……程婴有一子，与孤儿一般大小，故卖友献孤。

【孤儿走向程婴

屠岸贾：……药箱内。是你的儿子？

程　婴：……是。

【屠岸贾，拦截孤儿，搬起孤儿的头，相望

屠岸贾：这小儿……生得眉目疏朗，虎虎而有生气……我膝下荒凉，程婴，我有意认你儿作为义子！你为我府门客，府中走动，也好行医问诊。

程　婴：……但凭大人。

【灯光：复又回前场面

【武士隐去

【公孙杵臼，放下手中剑

【屠岸贾接过剑

【公孙杵臼立于舞台右后方

孤　儿：义父的故事，父亲的过去，我心惊胆寒……我感到耻辱，我的周身发热，思绪胡乱蹦个不停……我想喊！今天，我十六岁。

屠岸贾：儿，你父虽然帮助过我，可他的品行却为我所不

齿。屠诚……为父不该恶言说道你的父亲，可为父，用心良苦……

程　婴：……我已无力恨怒，赵家父老苍生……

孤　儿：我听到我的骨头在骨胛间摩擦增长的声响，父亲！你出卖朋友义道，为我不齿。

屠岸贾：屠诚，不可任意说道父亲。

程　婴：假乱真相，不可欺压这尚不开化的小儿，赵家有后……

【程婴冲向屠岸贾

【孤儿抽剑拦截

【画外：一种近似人声的微弱哼呜响过

【孤儿剑伤程婴，孤儿吓坏

屠岸贾：不可无礼！子杀父，臣弑君，此乃大逆不道，背逆常伦之举！

孤　儿：背逆常伦……

程　婴：儿。你学会……恃强凌弱了……

屠岸贾：天可怜见……我愿这小人死去。我愿屠诚是我一个人的儿，天可怜见……

孤　儿：……我的嗓子发干，血在我身体里滋滋窜流……眼睛喷出了火！

程　婴：当年我救了这孩子性命，却救不得赵氏孤儿为人……为事。

孤　儿：父亲……

程　婴：……儿，你要知道赵氏孤儿吗……

【程婴攥住孤儿手中的剑刃

程　婴：赵氏孤儿……

【画外：雨声夹杂

【屠岸贾迟疑地望向程婴

【孤儿也神情混沌地望向程婴

【灯光有些暗淡

程婴：赵氏孤儿……
台前：A、下雨雾
台后：B、一道黑片开启
灯光：照亮天幕，赵无极画幕显现

【舞台裸露苍茫的水墨画境，雾霭弥漫

【公孙杵臼，游走至程婴右侧

【老人——公孙杵臼。辅国之臣

【程婴妻从台左后方，缓步走来

【程婴妻——程婴的妻子。年轻妇人

公　孙：……程婴，在这人主不周，群臣生乱的晋氏天下里，有你这样的信义君子，真是新道德之福也，一曰天，二曰地，三曰人，四方上下，为善者，人圣啊！此信义之举。老朽鞠躬，再鞠躬！三鞠躬！

【画外：雨声渐弱

【屠岸贾与孤儿，退至舞台左后方

程　婴：公孙大人。

【程婴向公孙行礼

【公孙还礼程婴

公　孙：程婴义士。

【公孙杵臼与程婴互换位置，相互游走

【程婴妻停滞台中

程婴妻：可怜见的夫君，可怜见的孤儿……

程　婴：山野之中，林木葱郁，大人晚景清幽……

公　孙：祸乱一派，我自归隐山林，也算自讨清幽。

程婴妻：这小儿的脸，染上月光，像寒山白雪，双唇微启，红似芙蓉……

程　婴：连累大人……

公　孙：哪里话来，晋国霸中盟主地位，多亏赵家辅佐，我与赵盾同殿为臣，知他为人。朝中小人，屡有陷害……我无赵大人之勇，敢在阴谋叠加中讨公道，便自行退隐……这一生算是一事无成，惭愧，惭愧！

程　婴：大人自谦了……

公　孙：义士高看了……

【二人再次作揖鞠躬

程婴妻：你我携带孤儿隐匿山林……

【众武士执剑，分左右两侧上场，缓慢行走

【程婴穿插其间

程　婴：……大人，我诚信赵家抚养孤儿，本想与吾妻吾子一同隐匿山林。

程婴妻：我的儿，我不叫他死。

程　婴：不想晋国张贴榜文：三日内，不交出孤儿，全国这般大小的婴孩儿，将被斩尽杀绝。我全家一走，晋国的婴孩又怎生活命。万般无奈，便想以我儿顶替孤儿一死。我报官自首，自担罪责。吾妻……

【程婴妻随众武士游走下场

【众武士纷纷下场

【程婴说不下去

程　婴：烦劳大人收留孤儿。此处山高水清，孤儿在此，定会长大成人。程婴也好死得清爽…

【舞台：恢复平静

公孙杵臼：七十多岁的老头。曾做过辅国大臣。性情开朗，直率，看重义气。凡事不较劲。见朝野混乱，社会动荡，自己没什么大本事，也就自行退休回家，安度晚年。但心里多少有些郁闷之情，多少还对自己的一生不够满意。正好赶上程婴托他抚养孤儿一事，便找到一个宣泄的源头，去完善自己辉煌的人生去了，就是，舍生取义，要了一个人生的辉煌结局。要求演员不要遵循年龄感，演出他率性、舒爽的个性，我个人认为他在决定一死的情形下，是彻底豁出去的混不吝的个性张扬，痛快酣畅。演员只要注意古代人基本的举手投足，及服尾不阻碍自己表演酣畅就可以了。关键要找到这个人物如何潇洒宣泄的可能。其余不用多想。演员只要尽兴演，让观众自己生发其余。（《赵氏孤儿》导演阐述）

公　孙：差矣，差矣……不到孤儿长大，老夫便一命呜呼哀哉，撒手人寰了。

程　婴：……大人，言重了。

公　孙：不重，不重……老夫今年七十有八，敢问义士贵庚几何？

程　婴：……四十有五。

公　孙：啊，义士捡了个容易事，把个着急上火的孤儿托付老夫来养，不够朋友之道啊。

程　婴：大人……是何意？

公　孙：老夫一生快乐，不愿老来颠簸……

程　婴：大人，不肯抚养孤儿？

公　孙：不是不肯，是无命抚养！

程　婴：……程婴已无力世间行走……婉请大人抚养孤儿，成全草民。

【程婴作揖叩头

公　孙：老夫体迈多病，还望义士成全老夫。

【公孙杵臼也作揖叩头

程　婴：大人若不愿抚养孤儿，草民即刻便死。

【程婴起身背向公孙杵臼而行

【公孙杵臼望程婴

公　孙：是老夫没说清楚?! 义士，老夫有一计，你听来合不合情理……

【公孙杵臼坐于地上

【程婴回身望向公孙杵臼

公　孙：你……去密报老夫我私匿孤儿。那屠岸贾必会相信。我与他同殿为臣，知他计虑阴谋，绝不懂得义道之理。你把你儿当孤儿献出，他即会斩草除根，刻不容缓。待他认定赵家已灭，你就会成为他眼中功臣。这样，你就可保住性命，抚心养育孤儿，待……孤儿长大，你才年近七旬。懂了?!

【程婴心生出感慨

公　孙：你去报官，身首异处，孤儿交与老夫，他日老夫一去，这孤儿又托与何人呢?! 你不抚养孤儿，谁又能替你受累呢？

【公孙杵臼似自说自话

公　孙：我一生碌碌无为，才退隐山林，听风流水动，数雀鸦几只……而今。你个晚辈后生算是搅了老夫我的大清净了……

【程婴抱拳拱手

【公孙杵臼沉郁片刻

公　孙：糊涂的程义士！

【公孙杵臼返转回身，深拜程婴

公　孙：请受老夫一拜！

【程婴跪地还礼

【公孙杵臼旋即起身，唠叨有词

公　孙：我一生一事无成，老了……倒给了我个便宜，让我在人生的岁末，得以纵身一跃……祸乱的世道，鬼怪奸佞，让老夫的利剑抖擞出鞘，让老夫的脚也跺地有声一回！义士……请再受老夫一拜！

【公孙杵臼再次深拜程婴

【程婴再次还礼

公　孙：多谢义士成全，让我这无用的老儿在临死之前，也斗胆做一回……英雄豪杰！

【画外：鼓声

【程婴懂得了公孙杵臼用意，心升感慨

程　婴：大人……

公　孙：程婴，我舍性命，你舍亲生。我是英雄豪杰！

【画外：鼓声促急两声

【公孙杵臼，起身向左行走，神情庄重

公　孙：程婴，知道什么叫气息尚存吗?!

程　婴：……命在之时！

公　孙：知道什么叫自断气源吗？

程　婴：……命丧时刻。

公　孙：知道周礼灭绝了吗？

程　婴：……道德沦丧。

公　孙：沦丧了……低贱妨害尊贵……

程　婴：年少凌驾年长……

公　孙：疏远离间亲近……

程　婴：新人离间旧人……

公　孙：强大欺辱弱小……

程　婴：淫欲破坏道义。

公　孙：为老不尊……

程　婴：为小不敬！

公　孙：大义不在，我告老辞官。

【屠岸贾起身，背向站立台中

【两名武士上前，用绳索绑缚公孙杵臼

【程婴默默拱手向公孙杵臼

程　婴：公孙大人，程婴不识进退，连累你晚景清幽，实属不义之辈……

公　孙：赵家有难，自该鼎力相助。再说死是常事，也不争这早晚。只是你诚信赵家，自当坚守。

程　婴：大人，受程婴一拜！

【程婴跪拜公孙杵臼

【公孙杵臼笑起来

公　孙：义士免礼，免礼。(喊)屠岸贾，小贼！我是公孙杵臼。来见我啊！

【程婴起身

程　婴：程婴，特来密告，辅国大臣公孙杵臼，私藏孤儿。

【舞台灯光慢慢变得似白昼般燥热

【似有乌云压向舞台，舞台又恢复阴霾

【程婴相望公孙杵臼，后，转身向屠岸贾

【屠岸贾向舞台前区走来

屠岸贾：……公孙杵臼，私藏孤儿，你可知罪?!

公　孙：我要为赵家保一条根脉。赵氏孤儿，是世家之后……

屠岸贾：公孙杵臼，你胆敢私藏！

公　孙：善行难寻啊……说了你也不懂，你是个鼠辈小贼!(笑)

屠岸贾：赵氏孤儿是弑君逆臣之子，君之仇敌。

公　孙：……天行地转，生生大德，你道这世间真是你死我活……非也……让我告之你的下场……

【公孙杵臼，起身向屠岸贾

公　孙：(笑)你……在劫难逃！

屠岸贾：我要你看赵氏孤儿如何命丧黄泉！

【屠岸贾挥手示意武士

【一武士，将药箱放于右前区

屠岸贾：程婴！

【舞台右侧，程婴望向药箱，缓缓走动

【屠岸贾走到药箱处。挥剑

【屠岸贾拎过程婴，举剑至程婴脖颈。二人定格

【画外：男生“哼呜”与剑声。飘过一声

【公孙杵臼抬起头

公　孙：……天地大德曰生！

程　婴：天地大德曰生！亲生，我儿，不满半岁，冥顽未

开，与孤儿一般大小……

【屠岸贾抓住程婴颈部。剑插过去

【画外：剑器擦响一声

【屠岸贾手攥一束红缨

屠岸贾：…魂魄一去，如同秋草，斩草除根！

【程婴，望向红绳

公　孙：罪恶第一为杀！

程　婴：罪恶第一为杀！我儿，延颈哀鸣，头不可接。梦断乱世。

屠岸贾：生逢乱世，强取者生。

【屠岸贾将红缨扔于药箱中

公　孙：畜类啊！非人道之理……

【屠岸贾将剑递给程婴

屠岸贾：公孙杵臼，只怪你有眼如蒙，自断性命。

【屠岸贾拉拽程婴

屠岸贾：程婴，你人道上的朋友，一个卖友小人。

【屠岸贾将手中剑，递给程婴

屠岸贾：拿好这把剑。绝了他这不公不忠之辈。

【程婴手握利剑，望向公孙杵臼

【屠岸贾与程婴面面相觑

屠岸贾：……懦夫！证实你的忠诚，杀人啊！

【画外：微弱的乐声响起

【公孙杵臼望向程婴

公　孙：程婴……

程　婴：大人……

公　孙：我二人设计，我舍性命，你舍亲生。

程　婴：……

公　孙：你告我私藏孤儿……

程　婴：我将我儿，顶替一死……

公　孙：我舍命……

程　婴：我。舍子……

公　孙：程婴！

程　婴：大人……

公　孙：你，要承受了……卖友求荣的小人，晋国上下的骂名，直至孤儿长大成人。程婴……

程　婴：大人……

公　孙：你我二人是，赵氏的朋友……

程　婴：朋友……

【公孙杵臼撞向程婴手中利剑

【屠岸贾上前，扶住公孙杵臼

屠岸贾：小人，你断送了你朋友及这孤儿的性命。

公　孙：程婴！连屠岸贾这等鼠辈都在骂你！无耻小人，骂名招致！带着你的儿子，苟且偷生吧……

【公孙杵臼倒在程婴身上

【灯光：灯光慢慢暗淡

【舞台上，众武士缓缓移动

【孤儿与屠岸贾晕眩其中

【程婴疼痛跪地

公孙杵臼倒在程婴身上

影　像：赵无极画幕上，缓慢显现"黑白底片"质感的古战场

【众武士用矛枪抵住孤儿

孤　儿：挥手泪落，面夕阳而歌……风啸由它……水寒由它……

【众武士散开

【韩厥、公孙、赵盾、赵朔、庄姬游走穿梭

【屠岸贾震惊呆立

【长时间，舞台寂静

程　婴：公孙大人，白衣赴死。韩厥将军，断头倾血……壮士一去……

孤　儿：不复还生……

屠岸贾：晚来沽酒，岁月寒心。

孤　儿：……血光，血光穿越苍穹，刺灼着我的双眼。不敢看父亲的伤口，不敢望父亲的目光，我迷路了，父亲、义父……我该向哪个方向走……

屠岸贾：凉风透体，旋即，开始燃烧，我要化为灰烬了。当年，赵氏孤儿丧生我剑下，那一剑的快意至今令我心舒气畅……谎话的小人！

屠岸贾：谎话小人！
台后：A、黑硬片上升
台后：B、软黑幕降下两道成黄色方块
台后：C、赵无极画幕上升
影像：影像渐收

程　婴：生死错勘……我诚信赵家。

孤　儿：父亲！

【孤儿回望程婴

屠岸贾：我信，信他的疯话，我不信，不信真能够，生死错勘……屠诚，可惜你身上留有的小人之血……谎话的小人！

【画外：曲声依旧

【众武士纷纷撤离孤儿，向后方与方墩形成造型

【韩厥、庄姬、赵盾、公孙、赵朔缓缓下场

【舞台左侧走出程婴妻，推动台左木架上的药箱

程婴妻：可怜我儿在人间爬行了数月，就注定一命呜呼。不留痕迹了……晋国不知真相。你会招致骂名……

【屠岸贾拔剑，刺向程婴

【孤儿搬扑住屠岸贾

【众武士在舞台后方，悲郁地齐声说道

众武士：……晋国张贴榜文：三日内，不交出孤儿，全国这般大小的婴孩将被斩尽杀绝……

程　婴：(艰难地)……我诚信赵家，要尽完义道。

【画外：曲声渐停

【孤儿将屠岸贾甩到一边

【孤儿与屠岸贾相望，二人艰难而浓重地呼吸着

【程婴与妻，长时间停顿

程婴妻：(自语)是……失义人心不在，失信善道不存。

程　婴：夫人大义！

程婴妻：孤儿不能死，晋国的婴孩不能死。只有我儿，去救他们了……

程　婴：……顶替孤儿。

【程婴拔出腹部的剑

【程婴拥抱住妻子，后，二人分开

程婴妻：晋国为赵家鸣冤之声不绝，你会死得声名狼藉。

程　婴：我……自知真相。

【程婴妻呆望着程婴

程婴妻　真相，再无他人知晓……

程　婴：……

程婴妻：流星陨火，我思绪烧灼！我们不是闲来倚门数暮鸦吗，不是共抱我儿看巫阳吗，不是你去问诊，我家中吹火烧饭等你归吗，你如何去仿义士们的做法，你又如何自当义士。自毁家门……

【程婴自觉脆弱

程　婴：……晋国义士们的死法，多是义薄云天。不幸，我成了唯一背叛……末日就要降临，妻！我其实胆颤心寒……

程婴妻：……我儿就要去死，我夫就要灭亡，杀人了的天地，程婴！你杀人了！

程　婴：妻，悔愧交加……

【程婴拥抱妻子

程婴妻：……我儿，会找你索命。

【程婴起身，走向药箱，不支，坐地

【程婴妻停止住，呆望着程婴。片刻，跑来抱住他

程婴妻：……末日就快要降临。然后是黑麻麻一片……你也许会升入仙境，因为你做了好事。让我们走到窗边，看秋雨洗天，看山花红衰翠减；看山苍漫漫，看大漠孤烟……看我的发丝……

程　婴：看……你的双眸！

【程婴抱起妻子

程婴妻：你在，天地在；你亡，天地亡。

【舞台：黑片合拢，留余缝隙，有红色的纱幕鼓囊囊地吹拂

【孤儿起身

孤　儿：血光笼罩苍穹，天边一片血腥迷茫……

屠岸贾：不堪一击的谎……言（哭）……我信，信他的疯话。我不信，末日将至天地崩陷。

【程婴妻拍打着程婴

程婴妻：看天空最后一次落雨……

程　婴：看吾妻最后一次笑颜……

程婴妻　想平常的日子……

程　婴：念惯有的常情……

【程婴抱起妻

程　婴：看过之后，问斩街头……

【程婴妻似转醒

孤　儿：潸潸，泪湿……

屠岸贾：痛惜……独自伤情……

【程婴妻从程婴身上下来

程婴妻：要动身吗？

程　婴：（自语）往事，梦里……

程婴妻：要动身吗？

程　婴：不能久拖……去公孙大人处，安置好孤儿，我即去报官自首。

【程婴放手妻子，望向药箱内的儿子

【程婴妻似在发抖

程婴妻　……抛尸街头吗?!会有狗吃我们的心肝吗?!

【程婴妻抖得很厉害

【程婴拦截，将她抱住

【屠岸贾滚落到左区台前

程婴妻：贤惠、单纯、无辜。过着闲来倚门数暮鸦的平静生活，准备安安稳稳终此一生。不想丈夫一丝善念，救助了全国通缉的孤儿，更可怕的是，如不交出孤儿，全国的幼儿都将被斩尽杀绝。不凑巧的是，自己也刚刚通过阵痛，分娩一子。要不交出孤儿，可丈夫要诚信于友。要找别人抚养孤儿，自己一家去报官，自己的儿子顶替一死，自己一家还要死不清白，因为在外人眼里，这一家人出卖信义，必招致骂名。这女子只有痛到疯狂了。又似清醒与疯狂之间。最后，由于极度惧怕了残酷的未来，而提前自尽了。演员没有别的办法，只有外化这种痛楚和恐惧，痛楚和恐惧中又不失贤惠本性。激情戏不好演，希望演员分寸把握得当。（《赵氏孤儿》导演阐述）

程婴妻：我要为我儿去探路……
台后：A、一道黑片内合
台前：B、前纱幕降到底
台后：C、黑硬片，软黑幕上升
台后：D、红幕降下
台后：E、红纱降下
台侧：F、侧幕两条红纱同时鼓动

【孤儿扑至右区台前

屠岸贾：你。是赵氏孤儿吗……

孤　儿：(摇头)……(喊)我姓程，我叫程勃！

程婴妻：程婴！

【程婴抱住妻子，妻在他耳旁低语

程婴妻：……我要为我儿去探路……

【画外：萧瑟的曲声响起

【程婴妻，旋即以头触地身亡

【程婴抱住妻子，悠然转身

孤　儿：(哭)……我叫程勃……你是我的杀父仇人！

屠岸贾：屠诚，杀我吧！

孤　儿：……我姓程，我叫程勃。

屠岸贾：屠诚！

【屠岸贾与孤儿都在哭

孤　儿：你是，杀父的仇人！

【程婴将妻子抱到黑片处

【程婴倒地

【孤儿冲过去，抱住程婴

程　婴：……我诚信赵家，你的身世……可程婴……不该说与你听，你承受不起……愧对！

【程婴叩头，气绝

【屠岸贾挣扎着起身

【孤儿似失去了判断能力

【屠岸贾抓住孤儿

屠岸贾：把剑端稳！让我的血喷洒在你的剑上……你就有勇气在世为人了！

【屠岸贾用力打了孤儿一个嘴巴，倒地气绝

【画外：鼓声、剑声、曲声混淆

【舞台后方，武士们起身，缓缓行走

【孤儿愣在台中

【两位父亲，倒在地上

【纱幕，覆盖地面

【武士们纷纷逐渐脱掉上衣

孤　儿：……我想成为草泽医生，不用寻恶事来证明我的胆量……可我不甘庸碌，努力成为义父的模样……父亲，教我生而为人之道……义父教我在世为人之勇……救命恩人，杀父仇人，还有我没见过面的赵家父母。残阳浑浊一派，血光笼罩苍穹。那迷狂的血色预兆着我的前程！父亲，义父……我要上路了……

【孤儿回身跨过两位父亲

孤　儿：今天以前，我有两个父亲……今天以后，我是……

众武士：孤儿。

【画外：曲声悲郁

【灯光：慢慢收光

【剧终

写于 2003 年 9 月 1 日

屠岸贾：你就有勇气在世为人了！
台后：一道黑片开启
台后：红纱吹拂

画外：鼓声、剑声、曲声混淆
台侧：两柄长剑从台侧左右穿出刺掉红纱

众武士：孤儿
台后：A、一道黑片内合
台后：B、二道黑片内合
影像：水浪层层，淹没孤儿们

狂 飙

编　　剧　田沁鑫
导　　演　田沁鑫
制 作 人　李　东　赵　爽

舞美指导　薛殿杰
舞美设计　谭泽恩
灯光设计　邢　辛
作　　曲　姜景洪
服装设计　莫小敏
造型设计　李红英

辛柏青　饰寿昌（田汉）、叙利亚少年、表哥、关汉卿
朱媛媛　饰渝、表妹
师春玲　饰林、王妃
陶虹饰　饰维中、日本女子
袁　泉　饰安、莎乐美、朱帘秀
穆　宁　饰田母
李　任　饰学生、面具者、侍卫、王
涂松岩　饰学生、先知、大臣、官员
史光辉　饰学生、国王、农女
印晓天　饰学生、侍卫、农男
赵　阳　饰学生、侍卫、大臣
王　新　饰学生、侍卫、大臣
李　浩　饰学生、侍卫、农民领袖
赵会南　饰学生、侍卫、农民领袖

【漆黑的舞台

【台前区，六组错落有致的小型灯箱，被人逐一扭亮

【灯箱微弱的光亮，照着六个身穿黑色西装，坐在地上的年轻人

【年轻人神情专注地注视着灯箱

男 1：上上个世纪。中国观众看什么……

男 6：看戏。戏曲，连唱带舞的……

男 3：上海圣约翰书院的中国学生，利用耶稣诞辰演出英语戏剧……

男 6：这种戏，只站着说话。

男 4：戊戌后，梁启超鼓吹欧洲资产阶级民主革命，把文艺、救国拼凑在一起……

男 5：他说：法国路易十四的时候，有个叫伏尔泰的，做了很多小说戏本，竟把一国的人从睡梦中唤起了。

【男 1，将灯箱慢慢转向观众

【灯箱上现出李叔同出家前的半身相片

【男 1 推灯箱走至台前区

男 1：……他叫李叔同。……大概 1906 年，他在日本成立了第一个中国留学生艺术团——春柳社，演出法国名剧《茶花女》片段。

【男 1 从灯箱上取下一把大型折扇，打开在身前

【扇面上绘有欧洲女性服饰图案

男 2：……从此。中国文明新戏正式开端。

【男 2，将灯箱转向观众

【灯箱上现出欧阳予倩半身相片

【男 2 推灯箱走至舞台前区

男 2：欧阳予倩。国民戏剧奠基人。早年留学日本。回国后，创办新型戏剧学校。演出“翻百年陈案，揭美人隐衷”的新剧《潘金莲》。

【男 2，打开一把折扇

戏中戏之一《日本戏》：
在东京，一个下着小雨的晚上。剧场的最后一排，站着远道而来的中国留学生——田汉（寿昌）。舞台上，日本著名女演员松井须摩子扮演着刺杀者。剧终时，为追寻她刚刚去世的丈夫殉情死在舞台上……
寿昌：……我看见女演员自杀。不大的舞台，演假装事、说假装话的地方……东京的雨夜，有花儿开放！……花儿的颜色，偏红不对，偏蓝不对，偏紫不对，就是那么一点儿颜色。
田汉，从此迷恋戏剧。
（《狂飙》排练记录）

第一个日本戏就得特夺目，田汉看了日本戏以后才喜欢戏剧的。“日本戏”中两个人两套服装，造型，服装，有点像《乱》里那种感觉。那男的戴面具，男的戴那种特别奇怪的面具，你看日本能剧，那种头发拖地的感觉。那个女的真的在台上自杀了，从那田汉就喜欢戏剧了。我要是观众看一演员真的在舞台上自杀了，我也可能，说不好，……喜欢戏了……(《狂飙》排练记录)

【扇面展示中国古代女性服饰图案

【男 2、灯箱、扇面形成一组造型

【男 3，将灯箱转向观众

【灯箱上现出熊佛西半身相片

【男 3 推灯箱至舞台前区

男　3：熊佛西。美国哥伦比亚大学文学硕士。回国后，在河北定县主持戏剧大众化研究。中国第一个写农民剧本的人。代表作《青春的悲哀》。

【男 3，取折扇打开在胸前

【男 3、灯箱、折扇形成一组造型

【男 4，将灯箱转向观众

【灯箱上现出丁西林半身相片

【男 4 推灯箱至舞台前区

男　4：丁西林。毕业于英国伯明翰大学物理学系。回国后，任北京大学物理学教授。中国现代喜剧的开拓人。代表作《一只马蜂》。

【男 4，取折扇打开在胸前

【男 4、灯箱、折扇形成一组造型

【男 5，将灯箱转向观众

【灯箱上现出洪深的半身相片

【男 5 推灯箱至舞台前区

男　5：洪深，美国哈佛大学毕业。是到国外专攻戏剧专业的第一人。回国后，废除男扮女装的演剧方式，第一次按照欧美演剧方法导演了英国名剧《温德米尔夫人的扇子》，又名《少奶奶的扇子》。

【男 5，取折扇打在胸前

【男 5、灯箱、折扇形成一组造型

男　6：从此，洪深提议把这样的戏剧定名为话剧。

【男 6，将灯箱转向观众

【灯箱上现出田汉的半身相片

男　6：田汉。早年留学日本。中国第一个翻译欧洲剧本的人。第一个放映俄国电影的人。第一个创立民办艺术学院的人。他领导的"南国剧社"将话剧推广到全国。

【男 1、男 2、男 3、男 4、男 5 分别将折扇合起

【众男一同退至舞台后区

【男 6 推灯箱至舞台前中区

男　6：田汉，戏剧活动家，革命戏剧运动奠基人，中华人民共和国国歌词作者……

【灯光渐收

【人物隐去

【舞台中区，灯光微弱亮起

【台中地面上，躺着一个人

【躺着的人动了动，缓缓站起来

【这是位二十多岁的年轻人。身穿白色无领中式上衣，黑裤、布鞋

寿　昌：小时候我身体不好，娘觉得孩子不好养，叫我做了和尚。九岁那年，我去表妹家玩，看见她那双眼睛，在半黑的屋子里面，晶亮亮忽闪忽闪的……（笑）回家就跟娘说我不干了。就这么着……我一步跨进了红尘。

【画外：寺院的钟声敲响

【光线朦胧地照着寿昌

【寿昌样子悠闲，表情恬淡

寿　昌：1968 年 12 月 10 号，我今天就要走了……

【舞台右前区，一位中年妇人被灯光照亮

【妇人穿着素净的中式大褂，手里缝着件青色长衫

【画外：钟声止住

娘：寿昌……

那女的一开始不就一直说日本话嘛，那个女的不是自杀死了吗，死了以后。其实那是一个意象的东西，她不在你的脸上摸了一下，你的脸上不是有一道血印吗？然后你就把那匕首接过来，那匕首把上雕着一朵花，然后你就拎着那朵花。她不是跟你说一句你说一句吗，我觉得有点那个，你看完那个日本戏，那个日本戏特别灿烂，然后那个女的就自杀在那个台上了。然后，你就中毒了。你不就找着轨道了吗，然后你不就大学没毕业吗，六年都没有毕业吗，就看戏去了吗。后面《乡愁》不是说你老看戏吗，这个花呢就一直贯穿你的整个戏，你老用那种颜色。其实那种颜色，你一直找不着，所以渝说你不喜欢花。其实你一直不看花，你只是拿花当意象。其实你是喜欢一种独特，是一种执著，一种痴迷。然后你就中戏剧的毒了。所以你不爱花，那个渝说其实我买了花种了以为他喜欢，其实他不懂花。后来渝下场的时候她也不懂花。其实这花也有爱情的意思，就是一种印象的东西，我开始一直说这花，其实田汉一直喜欢一种花叫：蔷薇，它带刺。（《狂飙）排练记录）

【寿昌望向妇人

寿　昌：娘……

娘：又看戏去呀。要去快去吧。

寿　昌：这次去了，就回不来了……

娘：我那天遇到个老尼姑，我跟她说，我儿子是搞戏的。老师父说戏是说假话，佛教讲是打妄语。要你有空儿到庙里坐坐，消消业。

寿　昌：近腊月了，天儿挺冷的，娘……

娘：自打留洋回来，就不穿长衫了。不穿长衫穿什么，忘了老礼儿就是忘了祖宗。忘了祖宗是什么……

【娘，咬了线头，把长衫披在寿昌身上，帮他穿好

娘：要看戏就快去吧。看不着头儿，又要说白看了

【娘唠叨着走下

【舞台上独留寿昌

寿　昌：是，娘，我这就去，去看戏……

【舞台光收

【画外：日本鼙鼓的鼓点敲打起来

【灯光慢慢照亮舞台

【后区，两扇日式长形拉门，从上下场门推出，向后区中心合拢

【后区中央，两个身穿古代和服的日本男女出现

【女子手执匕首跌倒

【男子手擎长剑，扑向女子，抓住她的手腕

【日式拉门合拢

【二人在这组造型中僵持住

【鼙鼓敲打着

【男子，头戴面具，白色拖地的毛发，黑色战服。样子威猛

【女子，面白唇红，黑色齐肩的长发，花色和服。

模样凶狠

男　子：（日语）你是谁！

女　子：（日语）刺杀者。

【女子擎腕将匕首刺向男子

【男子躲闪，跌扑在地

【女子趁势再刺男子，男子抓住匕首，匕首横在男子脖颈前

【女子立在他身后，男子跪在地上，手抓着横在颈前的匕首

【二人一高一低，形成造型

【鼙鼓敲打着

男　子：（日语）你是谁！

女　子：（日语）刺杀者。

【男子身体后倾，压倒女子，女子还未从地上爬起，男子挥剑劈下

【女子挣扎起身，与男子拉开一段距离

女　子：（日语）差一点，没有死……

男　子：（日语）你是谁！

女　子：（日语）京都幕府，1865 年，刺杀未遂。

【女子擎腕将匕首刺进腹部

【鼙鼓声止住

【照射女子的光强烈起来，其余的光转暗

【女子，在朦胧的光照中，凄美动人

【寿昌被光渐渐照亮，他望向女子

【女子缓缓跪地

【寿昌向女子走来

寿　昌：我看戏去了，在东京，下着小雨的晚上。娘……

【男子撤下

【女子拔出匕首，握刀的手在流血

【舞台后区，在大格扇屏风后，灯光照亮八个男青年

【八个男青年穿黑色学生装，错落有致地端跪地上

男　1：两千多年前，秦始皇派方士徐福率童男童女数千人，乘着楼船，东渡大海。赴蓬莱，方丈，瀛洲三座神山，去取长生不老之药。

男　2：结果一去不返。失败自不足惜，却使一座虚无缥缈的神山，成为一座实实在在的国家。

男　3："扶桑之国"。中国自古以来就称日本为"扶桑"。

男　4：清末。日本在变法图强上比我们先行一步，且获得了实效。我们的留学生走进这片国土，向被称为"扶桑"的岛国学习，以救原本高高在上的巍峨的大中华。

寿　昌：……剧场最后一排，站着远道儿来的中国学生……我看见女演员自杀。不大的舞台，演假装事、说假装话的地方……

【寿昌走向女子

男　5：1917年俄国二月革命，同年9月20日，田汉在日本写题为《俄国今次之革命与贫富问题》一文，发表在"神州学丛"第一号上。

男　6：辛亥革命，“皇袍之梦，可以绝于新华”革命后，却国脉不畅，商工颓废，民不聊生。

男　7：1917年，日本长篇小说《莹草》发表，受到青年读者喜爱，被称为“失恋”之圣书。5月，日本著名女演员，松井须摩子为追寻她的丈夫殉情死在舞台上……田汉，放下社会、政治问题，转向文学与戏剧研究！

【寿昌走到女子跟前

寿　昌：星际。行星找到了自己的轨道，围着恒星运转自如。找不到轨道的，就会横冲直撞……我找到了轨道。

【女子微笑着，握刀的手划过寿昌的脸

【寿昌的脸上留下一痕血迹，他接过匕首

男　8：1919年。5月。田汉在日本已近三年

男　1：1919年。5月4日……

男　2：秘密战时协议的新闻传到北平……

男　3：十三所院校三千名学生……

男　4：上街抗议游行……

【寿昌与女子共同握着匕首，匕首把端雕有一株绚丽花朵

寿　昌：……东京的雨夜。有花儿开放！……

【随着寿昌的走动，众青年拉大屏风分别向上、下场门台里撤去

【日本女子隐下

寿　昌：花儿的颜色，偏红不对，偏蓝不对，偏紫不对，就是那么一点儿颜色。这花儿，是玫瑰。得到它，不觉得稀奇，它最大众，太普通。

【寿昌若有所悟，兴奋起来

寿　昌：画家画花，画牡丹、芍药、梅花、兰花、荷花，很少有人画它。因为颜色不好调……偏红不对，偏蓝不对，偏紫不对，就是那么一点颜色。喜欢它，就

1919年5月，5月很重要，田汉在日本已近三年，“1919年5月4日，秘密战时协议”，哎，就是这样。国家出这事了，就这时候他跪在一个女人的面前决定做戏了，就这种反差，就是靠你们用这种方式把反差给表现出来。你们介绍的是国家的情况和日本的情况，中国许多留学生到日本去留学，然后为了寻求救国的办法。结果田汉这种人本来是学政治的，后来从这开始转向文学戏剧研究。他跟时代跟国家时局是逆向的。（《狂飙》排练记录）

是它身上才有的，那么一点儿颜色……

【寿昌起身，手中匕首把端的花朵分外耀眼

寿　昌：东京师范我没念完。日本六年，始终没拿到本科学位。恕我不孝，娘。我喜欢爱恋梦中，我愿意跟随兴趣飞翔。戏是妄语，我却认真。小时候我就有些迷障，我大概是无法悟道了，我只热爱我要的颜色，我会听凭她牵引出一条轨道，引我自由公转，愉快向前。

【微弱的钢琴声渐起

【缓缓传来“海上花”的歌声，“是这般柔情的你，给我一个梦想。徜徉在起伏的波浪中隐隐的荡漾。在你的臂弯。”

【伴随歌声，八个男青年陆续从台右区推出八道屏风

【屏风的形状像是斑驳的旧时剧本

【田汉早期剧作的名称及创作时间出现在屏风上

【屏风隐去寿昌与女子

【男青年将屏风推至台前，依次排开

【青年被屏风遮挡（换下一场戏的景与服装）

【屏风上书：1920 年 8 月四幕新剧《梵峨琳与蔷薇》；10 月幕三场新剧《灵光》；1922 年 5 月独幕剧《咖啡店之一夜》《薛亚萝之鬼》《午饭之前》；1923 年独幕剧《获虎之夜》《乡愁》《落花时节》；1927 年独幕剧《苏州夜话》、三幕剧《名优之死》；1928 年独幕剧《湖上的悲剧》《古潭的声音》；1929 年独幕剧《颤栗》《南归》《一致》、三幕剧《第五号病室》《火之跳舞》；1921 年一幕悲剧《莎乐美》，作者奥斯卡 · 王尔德，译者田汉

【“海上花”尾声

【灯光暗淡下来

【屏风被青年翻转，屏风背面现出盾牌样的花纹

【青年将盾牌摆放成《莎乐美》剧中场景

【青年们已经换上《莎乐美》剧中侍卫服装

【《莎乐美》的屏风，立在舞台右侧

【屏风上书：一幕悲剧《莎乐美》，奥斯卡·王尔德著，田汉译，少年中国学会文学研究会书，上海中华书局印行民国十一年，首演于一九二九年一月南京

【画外：寺院的钟声敲响

【《莎乐美》剧中人物：先知，国王，莎乐美，王妃。缓缓走上

【人物找到各自的位置站定

【寿昌换上剧中少年服装

【画外：寺院的钟声渐隐

寿　昌：1921年，我尝试翻译了英国作家奥斯卡·王尔德的剧本《莎乐美》……

【寿昌走近剧中人物，找到自己的位置站定

《莎乐美》片段

【画外：水滴的声音

莎乐美：我是莎乐美，这个国家的公主。我爱上了先知，一个百岁的老人……

先　知：先知，唯一能和上帝沟通的人。

少　年：（寿昌饰）叙利亚少年，国王的侍卫。

莎乐美：黑湖似的眼睛，柏树般的身躯。见到他那天起，按捺的爱恋，就像火山即将喷发。我要向他诉说，荒火已经烧疯了我的心。

戏中戏之二《莎乐美》
英国唯美主义作家王尔德代表作。田汉译，是中国直接翻译欧洲剧本之始。本剧中的《莎乐美》，根据田汉原译本改编精缩。（《狂飙》排练记录）

这是建国五十年来，中国第一次上演《莎乐美》，有想象的余地。田汉与安娥的情感，视安娥为红色莎乐美，觉得《莎乐美》片段视觉上可考虑红色，直接一点，强烈一点。大家也谈不喜欢莎乐美，莎乐美也太诚实了。后来有人说你不觉得那种诚实挺可怕的吗。就这么说，不要像田汉说的，人要向自己的心灵发问。他本身就是特欲望，不认识这个，你不认识这个什么时候才能让自己清醒呢，他一直挺想这样。他对莎乐美特别喜欢。观众可能不会认为多么刺激，最后才觉得这种东西特直接，特纯粹的那种悲剧，特别可怕。然后他想把新的精神给观众。但是中国当时正在兴那种易卜生热，易卜生在中国横行，娜拉之后大家开始关注生活问题。而王尔德的贡献，主要是在英国领导了很重要的一个运动就是唯美主义，为艺术而艺术是他提出来的。这个东西深深地影响了田汉。田汉把王尔德带给中国人看，结果中国人不接受。其实西方也不能全面接受王尔德的思想。他认为什么东西都是纯粹的，纯粹就是最棒。比亚孜来的这个插图也是太纯粹了，所以大家认为格调不高。
（《狂飙》排练记录）

先　知：上帝，语言无法诉说我对您的热爱。我愿永远匍匐您的脚下，聆听您的教诲。除了您。我心无旁骛。

莎乐美：我爱你……你的眼睛，你的嘴……

先　知：……走开！

莎乐美：……红色的花儿，比花儿红，让我亲你的嘴！

先　知：……

莎乐美：你为什么不望我一眼……

少　年：我爱上了公主，美丽的花儿。我的眼睛满蘸了你的颜色……

【少年拉莎乐美走

【莎乐美将少年推开

【莎乐美冲回抱住先知

莎乐美：让我亲你的嘴……

先　知：请呼唤上帝的名字，求他赦免你淫荡的罪行……

莎乐美：为什么不望我一眼……

先　知：你会被诅咒的，莎乐美！

莎乐美：我要亲你的嘴！

先　知：你被诅咒了……

少　年：公主，不要望那老人，不要这样说话……

【少年欲拉开莎乐美

【莎乐美依然更执著地搂住先知

莎乐美：我要亲你的嘴！……

【国王、王妃从舞台一侧上

国　王：我是国王，莎乐美的叔父。

王　妃：王妃。莎乐美的母亲。

国　王：王妃，你看你的女儿，像一个喝醉了的、到处找着情郎的狂女。

少　年：她迷醉了一般，好看的一双倦眼……

国　王：侍卫！

【少年迅速跑至国王身后侍立

国　王：国事繁忙，只有莎乐美的舞蹈可以消除我的疲劳。莎乐美，王想让你跳舞，听见。啦？

王　妃：你们望她望得太厉害了。你们望她望得太狠了！

国　王：莎乐美，给我舞蹈，王很腻烦。我命令你跳舞给我。我会给你所要的一切！我会平分我的国家，莎乐美！来！给我舞一舞！

王　妃：我看要有事情发生了……

【画外：水滴声止住

【莎乐美抓住先知的腿

莎乐美：您敢发誓吗？陛下！

国　王：我发誓，莎乐美。

先　知：欲望之火无法熄灭，上帝！月亮即将血红。

王　妃：王，该回去了……

莎乐美：凭什么发誓？

国　王：凭我的生命，王冠！莎乐美，我静观你的舞蹈。

莎乐美：您发誓了……

国　王：我发誓！

莎乐美：好！我愿意给您跳舞。

王　妃：月亮有些红了……

【莎乐美击打出舞蹈节拍开始起舞

先　知：金眼睛的荡妇，你会死在盾牌下面。

少　年：她是美丽的花了，花儿渐渐地红了。

先　知：主！请扫除地球上一切秽物。让人们知道，不可效仿这样的疯狂。

国　王：舞蹈使我多么的快活，极致的快活。

少　年：我的爱恋。美丽的花儿，我极致的爱恋。莎乐美欲望，烧疯了心，我极致的欲望。

先　知：上帝诅咒欲望，怨怒疯狂。公主，你将死在盾牌底下。

王　妃：叫他不要做声！

【莎乐美止住舞步

咱们排《莎乐美》有一定的难度，因为咱们都没见过，只能凭想象。当时我在中戏上学的时候，看过别人翻译的《莎乐美》，我当时觉得挺刺激的，那只是小时候的印象。这次我想，《莎乐美》是田汉首次翻译的也是中国直接翻译的欧洲剧本，我得把它放进剧本里，构思完了，特兴奋拿了田汉的原版《莎乐美》，这是中央戏剧学院不外借的图书资料，学生看不到的，而且也没有收进《田汉文集》。我直接看到田汉的这个剧本，还是繁体字的。看完之后，我觉得，说话是太直接了，就是现在听来也够戗。弄不好吧，会让人觉得很烦，弄得好的就会出那种坚决的效果。而且我认为他的人物关系非常有意思，他一个盯一个，一个盯一个，莎乐美盯先知，叙利亚少年盯莎乐美；王妃非不让少年看莎乐美的眼睛，国王非让莎乐美跳舞；先知就喜欢上帝。谁都盯着自己的目标，谁也不看谁，关系特别逗。谁要自己的那个，都要的特坚决，谁都不被谁给感动，最后灾难降临了，最后莎乐美纯粹就纯粹到牺牲，其实挺悲剧的这么个东西，有意思，很有意思。(《狂飙》排练记录)

现在我有时去上网，网上叫莎乐美的特多，大家可以进聊天室，然后你问："你为什么叫莎乐美？""喜欢，纯粹。"尤其75年以后的小孩，喜欢莎乐美的很多。莎乐美就是要爱情，就是要，"亲你的嘴"是一种方式，一句词而已，其实她就是要这人，要得特强烈。田汉当时怎么能翻译这个，剧本多了，是什么心理促使他翻译了这个？他就选择了这个，说明他要东西要得也强烈。我觉得人是欲望的产物，很少人说我自己什么都不要了，功名利禄，什么都不要，要踏踏实实、静静地活一辈子，心里没有欲望的太少了。所以田汉，可能啊，咱们想象他老人家年轻的时候，想要东西可能很多，所以就看上了这个剧本，他才觉得这才是诚实，其余的都太虚伪了。中国原来的知识分子都是穿长衫，鲁迅其实当时批的也不是知识分子，批的是那些穿长衫的文人气，思想的巨人行动的矮子这种东西。所以田汉向自己的心灵发问，认为这最真实地展现了中国的知识分子，有救了。鲁迅当时批成这样，面对一百个知识分子狂谈就告你们虚伪透顶简直是……(《狂飙》排练记录)

国　王：美丽的鸽子，想要什么？

莎乐美：(站起来)我要一个银盘……

国　王：好，还要什么？

莎乐美：要这个少年取到先知的头，放在盘中端给我。

【王愣住，随即笑了

国　王：……他是一个先知，是惟一能和上帝沟通的人，不。

莎乐美：您发了誓。

国　王：是的，小花儿，但你要近点情理，如果我命令把上帝的代言人处死，灾难就会降临我的国家，不，不成。

莎乐美：把先知的头给我。

国　王：我给你世界上最大的碧玉，给你一百只白孔雀。

莎乐美：我要他的头。

先　知：月亮血一样红了，星星像无花果一样落下了。

国　王：我分一半的国家给你。

莎乐美：我要他的头。

国　王：分一半我的国家给你！

莎乐美：我要他的头。

少　年：花儿红得耀眼了！

王　妃：你万不可再望她，我已经说过了。

莎乐美：我要他的头。把先知的头给我啊！

【少年突然起身，冲人台里

【台上的人静止住

【少年拉出一道屏风

【屏风上现出原《莎乐美》剧本中插图——莎乐美与约翰之头

少　年：他不再动了，什么话也不能说了。

【众人退向上场门台口

【台上的光暗淡下来

【只有莎乐美的光朦胧而热烈

莎乐美：我唯一的爱人。你不让我亲你的嘴，现在我要亲了。世界上没有哪一种颜色像你的嘴这样红。你那时若是看见了我，你一定会爱上我。就像我看见了你，所以我爱上了你。我的爱人，你把我心里的高洁夺去了，你把我脉管里点了情火。你无法再睁眼轻蔑我了。爱人。爱的神秘比死的神秘大些……

国　王：怪物，你这个怪物！你做了罪恶的事，我确信这是一种违抗那不可知的神的极大罪恶！

少　年：花儿在颤抖。她的颜色越发红了……

王　妃：你不要再望她了，我已经说过了！

莎乐美：这是血的味吗？也许是恋爱的味。听说恋爱的味是苦的。我亲了你的嘴。爱人！

国　王：月亮红了，星星掉下来了。让这可恶的狂女死在盾牌下面！

【侍卫们推动盾牌

【莎乐美扑到盾牌上，形成造型

少　年：……这红色照耀了我！

【少年拔出匕首自杀

【侍卫将盾牌合拢。后，盾牌依次排开

【国王，先知，王妃，莎乐美隐在盾牌后面，他们缓缓将盾牌推向上、下场门台里

——《莎乐美》片段完

就跟《生死场》座谈会似的，我们去的时候根本不知道人家那些知识分子说的什么，说呀说，跟外文似的，我大部分听不懂，傻了，不知道说什么。这就是表现欲和知识武装产生的效果。后来大家想起来说让导演说说吧，我就不会了，因为我觉得太自卑了。我说我写剧本的时候就是一农民，因为我写剧本的时候根本就没想什么主义、女权、后现代等等，这些我不会：还有什么话语，我也都不太知道，反正就写这么一个事。

百年过去，现在看《莎乐美》还触动。我觉得两层意思，一层是欲望，刚才他们说膨胀成这样，太可怕了，可能警醒也挺好，还有一层就是小孩那意思：喜欢、纯粹就是这意思。我是个做戏的，可能算不上知识分子。

（《狂飙》排练记录）

我一直担心什么呢，我一直担心维中不可爱，我写维中的时候，我是尽我的热情写的，我是想把一个家庭生活的女人，那种真单纯地想把丈夫伺候利索，那种可爱。林维中是特别天真的人。她意识到什么她要说，她真觉得自己说的在理。自己说的都是真的，像说死那段，一想就觉得是真的，害怕，好像死离挺近的，然后她觉得活得太短了太惨了。再一想，他还让我自醒，我跟这种人在一起太痛苦了。
她还是想死亡那事，觉得很近。当时我写这段词的时候，我想那事，也挺害怕的。人二十岁的时候还混沌着，二十岁到三十岁慢慢成长，到三十岁了才明白点，从三十到四十这么短的时间里人最强干。成熟了也能干了，四十到五十还能发挥点，从五十以后人就开始糊涂，一辈子就二十年时间，生命实际上就特别短。每个人都是这样，人对死亡没有准备。维中觉得，人一想死亡就害怕，可你寿昌还要在活着的时候让自己痛苦，这事不能干。你要告诉他，你在中国要活着，活着你才踏实。中国是一块多灾多难的土地，中国人踏实不了，浮躁是中国人的天性，所以中国的老理说得特别好，要修心性，活一辈子踏踏实实；或者说我要牺牲到底，那也成英雄。都没错。看你要什么。
她知道自己的丈夫在干什么，她看见了，但不能接受，她觉得他干这些事不符合中国的实际。
（《狂飙》排练记录）

【画外：隐隐的钟声敲打

【寿昌渐渐脱离戏中少年状态，他手中匕首的把端雕有一朵绚丽的花朵

寿　昌：……花儿。这是我要的花儿……我为自己的快感喊叫，暧昧变得锋利，残酷变得鲜活。热爱异性，锤击尊严。

寿　昌：（看了一眼匕首）这是本质吗？本质！当本质暴露于既成道德面前时，它会显示出脆弱，它会瘫痪。但我却要冲上去。将它们炸个粉碎！

【台左，灯光渐渐照亮一位穿着素净旗袍的女子

维　中：灯光把舞台打亮了，舞台简陋、平庸……观众喧哗着，大概不愿意看这样的演出吧。

维　中：寿昌，我好像看见你在那儿不自信地拼命叙说。我不喜欢莎乐美，把贪心表露出来，有什么好。其实，人们只关心日子，今天的和明天的日子。你要的日子还没来，就不想等了。心膨胀着，心有多大，（比划着攥上拳头）才拳头这么大点儿。

男　1：……现实主义的易卜生在1921年的中国开始横行。

男　2：娜拉出走了。

男　3：人们开始关心社会问题……

【维中走向寿昌

男　4：妇女问题……

男　5：生活问题……

【寿昌上

寿　昌：维中。

维　中：寿昌，你回来啦。

【维中帮寿昌脱去戏中服装

【台左，出现一个抽象的梳妆台和一把椅子

维　中：不喜欢，她太贪心了，而且危险，我喜欢娜拉。寿

昌，别把贪心表露出来，那样没人喜欢。我给你泡了龙井茶……

【寿昌发着呆

【后区，年轻人有些议论

男　5：我喜欢莎乐美，因为她诚实。

男　6：那种诚实好吗？我觉得挺可怕的。

【寿昌像是听到了议论，他站起身

寿　昌：毁掉旧生活，背叛旧道德，莎乐美比娜拉彻底。面对自己才是最重要的。向自己内心发问是我要说的。

男　2：看戏是为了好玩，不是为了学习。

男　6：我不喜欢说教。

维　中：寿昌，中国人讲究修心性，讲究平和。

寿　昌：好，修心性。修心性不向自己发问，修什么？修技巧，修计谋？要是学会向自己发问呢，就会明白自己。我有多少缺点，到底有多少缺点；我内心有多少龌龊，多少肮脏。对！坦白自己，像莎乐美那样去坦白自己，哪怕是坏的也得去承认它。这才是自省的基础。不自省，人就不会自信，国家就不会自信。不自信怎么能认识积极，懂得勇敢……

维　中：你就想说这个呀！那就拿我来说吧，我看戏就是为了解闷，找乐子。我可不愿意边看戏边找自己的短处。生活里烦心事太多了，看个戏还要让自己痛苦，那活着就没意思了……真的。没意思了！你说的国家啊民族啊。国家是有点乱，可你搞国家就会更乱，你自己的生活就一团糟，国家听你的也会一团糟。（笑）寿昌，这样压迫别人不好，让别人痛苦就更不好了。

寿　昌：（失望的）你是我的妻么？

维　中：当然是呀。我不是你的前妻，也不是你的第二任妻子，不一样的人没有可比性……

我被维中打动，我是要这样，这样在中国你可以走长一点；田汉他那个路走得短是悲剧结局。这俩人一说出来话，信息就应该全部传到观众脑子里。田汉这个人，能在中国历史上留下这么一笔，他是一天才，不懂得失败，不懂得什么，就像光着身子站在外边，站在社会上，维中老想让他穿上衣裳、穿上点儿盔甲，他不，结果，他老不断地受伤害。他的“自醒”一段，你是这么理解的，你的理解程度就是跟他的理解程度不同。你的想法是老百姓的世界，想问题都是直线的，看眼前的。

就是你不要去想这么大的事，一旦有事，先受连累的肯定是你，不是别人，人心就这么大，你非要膨胀起来，引出那些事来，我跟着你就会动荡了。女人要生活，就这么简单。实际上你给他讲的是最朴素的道理，这也是所有在座的老百姓觉得有理的地方。

你绝对不允许贪心，他的贪心一出来，你就觉得危险了，危险的生活是你最不想要的，所以你认真极了地给他讲这些道理，让你自醒，你是想起来真觉得痛苦，你愿意生活得糊涂点儿，人难得糊涂，人生活才平稳。你想不了天才的事，天才使劲跟你讲道理，讲不通，因为你的认识水平跟他不在一个水平上。他是形而上的，形而上的不见得好，你们在这儿，看谁能赢得观众，我觉得观众会喜欢的是维中，我觉得只有维中的道理在中国适用。

（《狂飙》排练记录）

寿　昌：(有些烦躁)说什么呢！

维　中：生气了？噢，我给你买了件长衫……

寿　昌：我说过多少次了，我不喜欢穿长衫。

【维中憋闷住

维　中：娘说，不穿长衫就是忘了老理儿，忘了老理儿就是忘了祖宗，忘了祖宗是什么……

寿　昌：我不喜欢酸臭酸臭的文人气！

维　中：……你自私。

寿　昌：这是我的弱点，还有呢？

【维中委屈起来

维　中：寿昌，你总是讲那么多我听不懂的大道理，我真是越来越搞不懂你是个什么样的人了，你说，咱们这样是在过日子吗！

【维中委屈气急地跑下

寿　昌：维中！……(自言自语)我是个什么人——是什么性质的人呢？我没有生活情趣，做戏也没搞出个什么名堂，我……什么人呢……他人评我，说我只读得书，弱点极多、习气极重，说我多才多艺，勿他勿我，有特性，却落落难合，有虚荣心，道心薄弱，不懂世事，我多情多虑，我志大才疏，我思路有，思力薄，我粗疏懒，我有始无终却又性情豪迈，我总是有着许多南国哀思却又思想高尚，我这人若不改良无一寸用，可我人也可交，胸无城府。

【男青年们开始悄声吟唱起来

众学生：我爱，这瘦弱的身体，她背负着背不动的伤心。我还是爱，她经过着……是我的母亲。瘦弱的身体是谁的错，亲爱的母亲请告诉我，伤透的心灵是谁的错，难过的日子该怎么过。告诉我这是谁的错，告诉我日子怎么过。告诉我日子怎么过，告诉我这是谁的错。

寿　昌：我常学托尔斯泰不断地自我解剖，觉得我自信力也很强，浪漫比现实多。自己有极容易与罪恶为缘的性质，同时有极强的创造力与改造力，我有时觉得我壮心如火，我有时觉得我眼光如炬。我有时当着一种美景，便任着那种奇想学庄周作蝴蝶翩翩起舞，有时看着极壮烈、极辉煌的场面，每不知不觉泪如雨。

寿　昌：我虽然不懂世事，也受了好多世纪病，经了许多世界苦，在"古神已死，新神未生的黄昏"中，孜孜地要！求那片新浪漫主义的乐土！

众学生：俄国森林中有一种叫作"聋鸟"的飞禽，这种鸟在发现配偶的时候，耳朵就聋了。什么也听不见，只是追寻着配偶，大声叫唤。由于聋，叫的声音特别大，猎人很容易发现它，把它打死。大多数"聋鸟"，总是因为痴迷的爱，死在猎人的枪口下。

【画外：微弱的钟声敲打……灯光暗淡下去，学生们隐去

寿　昌：……九岁那年，我还是个和尚。去表妹家玩，看见她那双眼睛，忽闪忽闪的……（笑）就一步跨进了红尘。

【画外：钟声隐去

【寿昌坐在舞台中央　。

寿　昌：噢……我写过一首歌，电影《马路天使》插曲……给表妹的，还有林，我的第二个妻……

【画外："天涯歌女"的曲子响起，天涯涯海角，觅呀觅知音。小妹妹唱歌，郎奏琴……郎呀。咱们俩是一条心。

【舞台后区，一左一右两扇屏风先后亮起，

【屏风后映出两个年龄相仿的少女：渝和林

渝和林分别是田汉的前两任妻子，她们的关系又极其密切，因为渝的嘱托，林嫁给了她并不爱的人，又最终没有得到田汉的爱，两人因为误会结合，因理解而分手，这一段有些凄楚的故事还要从头演起来。
这个段落主要是两个女孩对话，要让观众明白她们是挺好的朋友，一个人让另一个人就是林，要嫁给寿昌。前边说两人一块长大的，挺好的，应该是渝和寿昌结婚，可是从那个"我怕"，"怕为什么还要嫁给他"，就是林重要了，是渝在撮合林嫁给自己爱的这个人，渝生病了，二十一岁就死了。
她把自己的女朋友托付给自己的丈夫。林和寿昌好像是两个人在对话，一直在说一个没有在场的人的事，说渝的事，渝也在中间插话，好像是寿昌一直惦念渝。可是实际上的情况是林和寿昌在一起，只是在想象中跟渝对话。
（《狂飙》排练记录）

【颜色不同的中式小褂，同样的黑色长裙

渝：寿昌做过小和尚。后来他说，是看到我的眼睛还俗的……

林：真的吗？

渝：不知道，我小，那时还不记事。

【林，低了头，不知说什么

渝：林。喜欢看戏么？

林：不喜欢，你呢？

渝：寿昌喜欢。我就喜欢了。

林：你们喜欢的一样了？

渝：不全是，有些事是我顺着他的，为了他高兴。他高兴了，就带上我和要好的朋友出去玩儿。

林：都是男孩？

渝：都是。我喜欢跟男孩玩。他们都挺聪明的。

林：……他们觉得你聪明么？

渝：寿昌觉得我聪明，我是他的花儿。

林：什么意思？

渝：不懂，我买了花儿种上以为他喜欢，可他并不留意。其实他不懂花儿。你喜欢什么？

林：留声机，小时候，我拆过一台，想知道里面为什么会唱。拆开以后，它就不唱了。到现在我还想知道它为什么会唱。

【渝，沉默了，她回身向寿昌走来，她摸了寿昌的脸

寿昌：渝。你来了……

【渝，走过寿昌，站到舞台右侧

【画外：曲声渐弱

【林，站在舞台左侧 一

林：看，我跟你们喜欢的不一样。我怕……

渝：怕，……我也怕……（像自语）我生病了，二十一

岁就离开他了。走的时候我对他说，要你接替我照顾他，我就你这么一个女朋友，别人我不放心。

【三人各自推出一把椅子，分别坐下

【三人静静坐了一会儿

林：渝，你的他经常这样默然静坐么？

寿　昌：渝，我们从没这样静静地坐过。

林：你在的时候，不大爱讲话……

寿　昌：你总爱说些俏皮的话。声音脆生生的。

渝：哥，“青梅竹马，两小无猜”是怎么回事？

寿　昌：……说不好，大概一块长大的男女就是，比如我俩这样的表兄妹。

渝：那……长大了呢？

寿　昌：……说不好。人与人之间的关系是无常变化的。

【渝，沉默下来

寿　昌：……那晚，屋里黑乎乎的，只有你的眼睛忽闪忽闪亮亮的。认识这么久了，好像第一次看见你的眼睛是这么生动……

林：阴历六月初二，你来向我告别。那年湖南的天气很闷很热，你牵了我的手，手心湿乎乎的。

渝：祖父生病了，要回去招扶，请了两个礼拜的假。

寿　昌：你一直埋怨我第一次教你说谎。我带着你，偷偷地，背了你父母，背了我娘，去日本。

林：两个礼拜的长假。渝，委屈和不安就这么莫名地袭上了我的心头，添了万分不舍。你托同屋大姐为我梳头，料理床铺。我始终说不出半句话，任你牵了我的手，走出校门。

渝：林，学会自己照顾自己，自己生活……

林：猝不及防，泪珠竟一下落到了你牵我的，我自己的手上。你的手依旧湿乎乎的。又是一滴也直往我自己的手背上掉下来。

寿　昌：船上，你一直在哭。我搂了你，牵着你的手。泪珠落到了牵你的我自己的手上。

林：我始终不敢抬头看你。

渝：我会早点儿回来的。放心。

林：你拎了箱子，头也不回地走了。箱子模糊着。前面的路模糊着，你的身影像支瘦长的铅笔，也模糊了。两个礼拜之后，我接到你寄来的明信片。

渝：我在武汉正在转一艘大船，随我表哥，赴日本留学。

【林下，从舞台左侧拉出一道屏风

【屏风上书：独幕话剧《乡愁》，作者田汉，写于1923年

【灯光将林隐去

《乡愁》片段

戏中戏之三《乡愁》
田汉根据自己的真实生活创作的剧本，记载了他与第一任妻子易漱渝赴日本留学时的一段经历。本剧中《乡愁》根据田汉原剧本，选取了一个小片断，用模仿文明戏的方式表演。渝是个喜欢自由发展的任性女孩儿，寿昌希望她考大学，早日立志成就事业，渝却不愿成为那样"虚荣"的人。于是引发了有趣的争吵……（《狂飙》排练记录）

【渝不高兴地发着脾气

渝：你到底为什么叫我上大学呢？在那样的教育底下，像栽在盆景里的假树，不自然，也不能生长，我宁可不受教育，我喜欢野草，喜欢自然生长。

寿　昌：……我看你就是不想上学！

渝：对，我不上学。中学没毕业，就到日本了，基础课没学完，还要学日语。问你几句，就说你仔细想想啊！有不懂的，也不敢问了。

寿　昌：我是要你学会思考。奖学金丢了，得想办法挣钱负担生活。再说，我性格不很规则。

渝：……搬来和你一起住，是为减轻你的负担。可你

每天看戏、会朋友，学业没有长进，我身体也坏了……女孩子就要做男孩子的牺牲吗？

寿　昌：现在怎么就吃不起苦了。回国后。我们要办杂志的，事业是我们共同的，牺牲也是共同的。曾国藩说。“诗文要于二十前后立定规模。”你十八岁了，我看你还没真正立志。

渝：我不立志！

寿　昌：我刚才是理性上的话。你不要逞起感情答我。你以为我爱说你吗？在日本，除了我，谁还能说你……

【渝，有顷带泣

渝：世界上没有真疼我的人，爸爸疼我，可他老人家走得早……这几个月我身体越来越坏，拿起书就头痛，起来便眼花，多吃点饭胸就堵得慌，晚上睡了，腿就会痛。

寿　昌：……表妹。你不要这样。

渝：就会说考大学，不关心我的身体。我哭了，才殷勤我一会儿，不哭了你就忘了，说你没工夫吧？看戏有工夫，没钱吗？把看戏看电影的钱攒下来，就够我吃药了，你看戏终归是大事。

寿　昌：看戏是为了关照人生。何况我们看的大半是名剧。何尝于今后的艺术……

渝：丢了健康还有什么艺术？你……是个利己主义者。有利于自己的，才肯提携我。看戏，是你自己想看。才带我去的。

寿　昌：……

渝：要我做文章，考大学，也不是为了我。

寿　昌：难道是为了我吗？

渝：是为你的！我的文章，还不可以发表，你就拿去替我改好，替我发表，无非是要夸示你有一个会做文章的爱人罢。你以为我看了得意吗？我不是那样虚

《乡愁》是田汉写作的开始，以后的生活，就是最开始田汉的创作，那屏风上会出现他那时写的最年轻的东西，所以照搬那种吵的过程，照搬得跟录像机似的。易漱渝非常不愿意上学，觉得特压抑，很有个性的一个湖南女孩，最后田汉带着她回来。《乡愁》一上来那段话，“我喜欢自然生长。”我一看这话，就觉得这女孩有意思。只是身体不行，她爱睡觉呀能吃呀，说明她身体不好，体力不行，显得很懒。她虽然身体不好，但智力很发达。这戏里没有一个可怜的，自己都明白要什么。不要自恋，让观众通过你们那种真切的认识，感受出来，是最好。林也是，问她时也不要过于爱护她。渝说什么你就信，“喜欢看戏吗，不喜欢”反正你就跟着她。后边跟寿昌生活时，不是因为寿昌给你一句，“其实他是为了你才说这么多的话”，也不太可能是这样，对吧，是真是这样认识了，真就这样说了。任何人都没有自恋的东西。

（《狂飙》排练记录）

寿昌你跟林建立一下夫妻感觉，这样尴尬不尴尬，别扭不别扭？生活中老带着另一个人，生活中你们允许不允许？一个男人总说我以前的女朋友，或者一女的老拿着以前的男朋友跟这男的比，对方干吗？肯定不干。大家都特别含蓄，因为其中有一层关系。林是渝的好朋友，你又觉得对不住人家，所以你就急完了马上又对不起，我不能这样，可是就是忘不了那个；你也是看着他就想起你的好朋友，谁也别说谁，最后的关系变得特别无奈了。他爱你们俩，然后就是他也不爱你，你也不爱他，就成朋友了。想建立感情的时候"你怎么不说话呀"，"我说什么话呀，随便说什么不成呀"，"渝呀不这样"，"我觉得渝是为你才说很多话的"，实际上两人心里是这样想的，可是嘴上特客气，客气地说，话里都有点意思，然后转身"对不起对不起"，你一愣神他就叫你，完了又没话，然后就又各自回忆。"花儿"说得特随便，特自然，"落落寡合的性格好朋友不算多"，都没有那种特别忧郁的感觉，而且像你的性格似的比较正常。

就这个里边有忏悔，你想起这件事你觉得自己做得特别不好，恨自己，真的很恨自己，爱责备别人的人实际是最自责的人，说了半天实际上都是自己不灵。

（《狂飙》排练记录）

荣的人。

寿　昌：……

渝：要我考大学，我自己还没做好准备，你就四处替我宣传了。现在，要回国了，假如还是没进大学，我虽不要紧，你心里不就大不满足了吗？我所信为爱我的人，爱我的程度不过如此。（气）太无聊了！

【寿昌愣住

【渝，静静立在原地

——《乡愁》片段完

【林，将屏风推下

【舞台上，寿昌难过地望着渝

【林，望着寿昌

寿　昌：心思过急，学问不多，没有余裕教你，使你凭空过了几年不规则的生活……

渝：哥，是我不中用！

【渝难过着

【林坐回到椅子上

【寿昌站起身，也坐回到椅子上

【二人沉默着

林：晴天朗朗的，望着你的他……一切都像是颠倒着。

寿　昌：林，你为什么老不说话？

林：说什么……

寿　昌：什么都成。

【林沉默着

寿　昌：渝，你是暂时去了吗！

渝：永久的，我感冒了，然后发烧。后来，回了湖南老家，还是发烧……

林：寿昌……

【寿昌像从梦中转来

【寿昌有些尴尬，再次与林陷入沉默

寿　昌：阴历十二月二十，我接到渝危笃的信，由省城急速回乡。

【寿昌走向林

寿　昌：这是个细雨的天，预示了不祥的前兆，但我并不觉得，我只想我病的渝，还能重新好转过来。

【渝，向寿昌说

渝：哥。我想戴朵花儿，给我朵花儿。

【林，向寿昌说

林：我守了她一月有余，她说头冷，我为她打了顶帽子，但学业缠身也只能暂时离开。

【渝，向寿昌说

渝：我落落寡合的性格，好朋友不算多，及重病返乡，真能看护、帮助、挂念我的。也只有林了。

【寿昌向林说

寿　昌：进了家门，掀帐挑灯，看见我可怜的病人，我知道她快不为我所有了。

渝：你回来的好，哥，我能今晚死，就是幸福的了。

寿　昌：别这样忧虑，好好静养吧！林有信来，替我们辞年呢。

渝：我眼睛看不清，信就不看了。叫林原谅我……哥，你不规则的性格，丢下你，我不放心，让林嫁给你吧，她是我好朋友。

林：好朋友。我做了他的妻。

【林，与寿昌愣愣相望

渝：真好，你是他第二任妻子，林，不怪我吧！

【寿昌与林几乎同时转向渝，同声说

寿昌、林：（同念）我心里乱糟糟的，我不想在你和她之间

就是这感觉，带着前边的情绪；寿昌你也是，实际上你这段是跟人家忏悔呢，觉得自己不好。再来一下，从“哥给我朵花，我要戴朵花”然后你就能看到她病了的样子。有的地方需要那样；有的地方不需要那样，不需要的地方你也做一下笔记。渝，其实你现在挺符合的，都是他想象中的你那样，就是死之前也不太像死那样，他眼里这人老是挺清亮、挺好的那样，越这样大家才知道你死了，大家才喜欢你。好吧？你那状态挺好。从“你回来的好，可以送我的终”，这地方应该有点心里的东西，后边一直到“丢下你，让林嫁给你吧”，都挺有感情的。还有前面“我落落寡和的性格，好朋友不算多，及重病返乡……也只有林了”，这个得让观众听清楚说什么。有的时候不能话赶话。
你们俩一出场，就是今天已经决定辞行了，回忆一大段。林，“寿昌原谅我，我向你辞行”然后从这时候就开始很真诚的让这感情，不然太痛苦了。渝，你实在不放心他，你又觉得她好，这俩人应该挺好，你乱点鸳鸯谱。林，你应该觉得很对不住你好朋友，可你也没辙，小孩，想不出别的办法。再从“我是否能在你和他之间继续生活下去”。“到日本写封信啊”这是特美好特美好的一段感情，整个这一台人没一个烦人的，都特别可爱，都是真诚地替别人想的，为难也都让自己为难了，一定把好都给别人，寿昌也是，渝也是。渝干了好多乱七八糟的事，可真的想让大家好。（《狂飙》排练记录）

徘徊。

寿　昌：凉风袭来，拂过有你在的一切。

林：我是否能够在你和他之间继续生活。

【寿昌转向林

寿　昌：林……

【寿昌欲言又止

林：寿昌，原谅我，我向你辞行。

寿　昌：我们在一起生活了两年……

林：两年时间不算长……

寿　昌：我没带给你快乐，一点没有……

林：寿昌，你的性格不很规则，兼着时世动荡，前路迢迢，难免不知方向，不懂把握自身。艺术于你快乐。于时代总是难发展的。爱惜自己才是最重要的。

【寿昌点点头，从怀里取出一个信封

寿　昌：……去武汉再转大船，到日本写封信，报个平安。

【林转向渝

林：渝，这是他给我的路费，要我看看你喜欢的地方……

渝：别着急，林。我走了，你再走吧！

林：嗯，你走了，我再走……

寿　昌：林……

林：寿昌。多保重。

【林经过寿昌走向渝

【渝、林又都回到屏风后

【灯光照亮的屏风映出两人依然俏丽的身影

渝：林。喜欢看戏吗？

林：不喜欢。你呢？

渝：寿昌喜欢。我就喜欢了。

林：那你们喜欢的一样了。

渝：不全是。有些事是我顺着他的。他爱我，我是他的花儿。

林：花儿？

渝：其实。他不懂花儿。

【二人相对拉过屏风

【映着二人身影的屏风在舞台滑过，消失在舞台后区

【台上独留，凄然、伤心的寿昌

【画外："船歌"响起，姐儿头上戴着杜鹃花儿呀，迎着风儿随浪逐彩霞啊。船儿摇过春水不说话呀，随着歌声划向梦里的他……谁的船歌唱的声悠悠，谁家姑娘水乡泛扁舟，谁的梦中，他呀，不说话呀，谁的他呀，何处是我家……

【随着"船歌"男声部的加入，八个身穿30年代学生装的男青年走上

【他们踏着歌声的节奏，依次排开，列成一排

【灯光暗淡下来

【学生们陆续从上、下场门推出八个小型灯箱

【他们将灯箱逐一扭亮

【寿昌坐在椅子上。发着呆

【母亲坐在另一张椅子上，手里缝着件青色长衫

【男1将灯箱转向观众

【灯箱上现出白薇相片

【歌声弱隐

男 1：白薇，留日学生，中国现代女剧作家。1925年创作三幕诗剧《琳丽》。传世剧本约十二部。

【男2将灯箱转向观众

【灯箱上现出相片

男 2：袁昌英，早年留学英国、法国。女剧作家。1929年创作三幕话剧《孔雀东南飞》。有独立剧本集发行。

【男3将灯箱转向观众

【灯箱上现出濮舜卿相片

男　3：濮舜卿，中国女权运动始祖，女剧作家。1927年创作《爱神的玩偶》。1928年出版戏剧集《人间的乐园》。

【男4将灯箱转向观众

【灯箱上现出陆小曼相片

男　4：陆小曼，1928年与徐志摩共同创作五幕悲剧《卞昆冈》。

【男5将灯箱转向观众

【灯箱上现出萧红相片

男　5：萧红，现代文学女作家。早年创作话剧剧本《纪念鲁迅先生》。

【男6将灯箱转向观众

【灯箱上现出杨绛相片

男　6：杨绛，外国文学学者。受外国戏剧文学影响，创作喜剧剧本《称心如意》，悲剧剧本《风絮》。

【男7将灯箱转向观众

【灯箱上现出丁玲相片

男　7：丁玲，现代文学女作家。尝试创作剧本《窑工》、《重逢》。

【男8将灯箱转向观众

【灯箱上现出安娥相片

男　8：安娥，剧作家、诗人。早年留学苏联。代表剧作《金鳞记》。

【众学生将灯箱反转，推向舞台后区。

【寿昌悠悠地念叨起来

寿　昌：女性的身体总是弱的，伶俐、聪慧眨眼化为乌有。我们都会化为乌有……

【画外：微弱的钟声敲打

【舞台左侧灯光照亮坐在高凳上的娘

娘：寿昌……

【寿昌望向妇人

娘：你今年有七十了吧？戊戌年我生的你，都上上个世纪的事了。

【画外：钟声渐弱

寿　昌：娘，我心里乱！

娘：世道乱，心就跟着乱呗。

寿　昌：能乱出道儿吗？

娘：生你那会儿，是戊戌年，“戊戌变法”没乱出道儿吧。后来“百日维新”、义和团、八国联军，乱出道儿了？后来，洋玩意来了。北平添了路灯，每天晚上都照着景山牌楼上“弘佑天民”四个字。自打立了洋人的灯。咱就忙着向人家赔钱喽。再后来，火车通了，又是给女人放足，又是忙着送孩子留洋；然后，辛亥革命，乱哄哄清廷就退位了。从小就这么乱大的，大人没乱出道儿来，小孩子自然乱不出道来……

寿　昌：……这世道于我一点儿也消受不得。

娘：“平实”二字见功夫呢。

【娘咬了线头，推椅子下

【寿昌心事重重

寿　昌：花儿，如流星过天，一烧而过，播下火种，却无法收获光明。

众　人：我们看到旧事物之腐败信其必死，却又暂受戕害，我们看到未来的光亮，却又暂不可及。

寿　昌：古神已死，新神未生的黄昏……

众　人：前为昼煌煌，后为夜冥冥。

寿　昌：如果空中真有精灵，上天入地纵横飞行，就请从祥云瑞霭中降临，引我向那新鲜而绚丽的生命。

【灯光照亮舞台右侧

【舞台右侧，维中拉出一道屏风，缓缓走来

【屏风上书“悼亡十首之一”作者田汉，两闻危笃殊难信，细雨寒风奔到门：掀帐挑灯看瘦骨，含悲忍泪嘱遗言。生平一点心头热，死后犹存体上温：应是泪珠还我尽，可怜枯眼上留痕。

维　中：(念诵着这首诗)……

维　中：寿昌，你的这些诗，总是和着我的眼泪，同着南洋烟雨的天气交织一起……

寿　昌：我那时的心里仿佛遇着迅雷，只觉得宇宙不可抗，觉得渺小短促的人生之无意义，觉得运命的绝对严肃……

维　中：严肃。

寿　昌：烦恼是一天天的来，尽管我向它诅咒……

维　中：头是一天天的白，人也一天天的瘦……

寿　昌：同样的诗，千百个人读了，为什么单单是她……

维　中：为什么……单单是我，辞了南洋的工作，做了你第三任妻子。

寿　昌：南洋，烟雨濛濛……

维　中：南洋，烟雨濛濛……

寿　昌：是耶非耶谁能保……

维　中：梦中忽得君诗稿。倦鸟欣能返故林，小羊姑让眠青草……

【寿昌转身望着维中

寿　昌：背下来了？

维　中：……

寿　昌：用了多少时间？

维　中：一下子。

【寿昌看着维中

【维中热切地迎向寿昌

【寿昌突然跑开

维　中：转换个方向吧，寿昌！……总沉浸在过去的感情里，你不好受，我看着也不好受，你看看我……

寿　昌：看你了……

维　中：我爱上你了……

【维中拥到寿昌的怀里

【寿昌缓缓用臂环住维中

维　中：他抱了我，第一次，这样慢的……

寿　昌：维中，喜欢看戏吗？

维　中：不喜欢。我喜欢你。

【维中拉着寿昌的手，走到将屏风后

【二人仿佛老照片中的新婚佳人

男　1：老师，你结婚了？

寿　昌：……

男　2：真快。

寿　昌：……

男　3：为什么？

【寿昌拉着维中向学生那儿走了几步

寿　昌：……我去接她。在那艘船的在甲板上，她取出五百块钱，用手绢包着，被她的体温焐得热热的。

维　中：你不是要建剧场吗，这钱够不够？这是我全部的家当。千万不要推辞。你是我的日子，你好了，我就好了。

男　4：接受了？

寿　昌：……

男　5：真快。

寿　昌：……

男　6：为什么？

寿　昌：……

【维中回到梳妆台处，坐下

【寿昌喃喃自语着

寿　昌：维中，我不是个过日子的人。建剧场，一百多块钱就够了，需要的时候我向你借。钱还是你拿着吧。

【维中像是没有听到寿昌的话

维　中：寿昌，我把你的旧毛衣拆了再织一件吧，现在什么都涨价，毛线涨了，布料也涨了……

寿　昌：(仿佛自语)我是不是错了？我想，我的身子在这儿，心不妨在那儿，可这样不行……

维　中：寿昌，你在念叨什么？

寿　昌：噢……维中，喜欢莎乐美吗？

维　中：我喜欢娜拉。寿昌，我给你买了件长衫。

寿　昌：……

维　中：喝口龙井吧。

寿　昌：不……

维　中：那，你跟我说会儿话吧。

寿　昌：……我有点儿累了，早点歇着吧。

维　中：我做错什么了？

寿　昌：……没有。

维　中：我怎么做，你才能满意呢？

【维中有顷带泣

维　中：我不喜欢莎乐美，这是真话……我给你买长衫你又不喜欢。我让你跟我说话，你也不理我，我同情你的遭遇才嫁给你。我不是你的前妻。也不是你的第二个前妻。不一样的人没有可比性，我只是爱你……

【维中哭得厉害了

寿　昌：……对不起，维中，别哭了。

维　中：你得哄我。

寿　昌：……你是花儿，可我总把眼睛望着别处。我错了……

维　中：你回头看我……

寿　昌：看你了。

维　中：你爱上我了。

寿　昌：啊……

维　中：我看你了，爱上你了。我才是你的日子……

【寿昌抱起哭着的维中

维　中：你怎么了？你不喜欢过日子吗？可不过日子你活着干吗？

【寿昌离开维中

【维中抹着眼泪，推梳妆台下

寿　昌：是，活着……干吗？

男　1：老师，你开办了南国艺术学院。

男　2：你创立了南国电影剧社，第一次放映了俄国电影《战舰波将金号》。

男　3：老师，你兴办了南国剧社。

男　4：我喜欢听你讲课，口若悬河，从历史到哲学……我喜欢你“东拉西扯”。

男　5：老师，你说，西方哲学闪烁人性光芒。

男　6：你说，东方精神尚善若水，崇尚天然。

男　7：东方落后，不能归咎于东方古老。

男　8：西方先进，也不能说他精神文明。

男　5：你说：思考后的话也许是伪的，你们别信。

男　6：你说：胡说八道没准儿那是真理。

男　7：你说：说真话有危险，那也得说。

寿　昌：我的真话，在我四岁记事以前，记事就开始说假话了。

男　8：老师，不管说真话有多大危险，你不会背誓、说谎；这是你说的。不管什么样的迫害等着你，你有为真理而受苦的光荣。这也是你说的。

【寿昌显然受到鼓舞

寿　昌：来，同学们，今日谈戏剧，首先得认清我们民族所处的时间空间。东非战争爆发，是继满洲事变后放出的二次大战的第二个信号。在英国无暇东顾、美国急于充实自己的时候，太平洋问题必更紧张，中国必进一步受帝国主义宰割。中国民众若不急起自救，必沦为奴隶，情形惨于辛亥以前。——这就是中国现实。

男　8：戏剧家必须痛感现实，戏剧家的责任是要让观众也痛感现实。

寿　昌：对！这样才能产生划时代的作品，才能自致于伟大与悠久。我们剧社创作的戏，是否痛感现实了？是否朴素清新，别有风味？

男　4：没有！

寿　昌：我们还不够真实，不真实，怎么能分清好歹，分不清好歹，怎么能开拓新路？

寿　昌："学院派"并非是可诅咒的名词。

男　2：他的坏处是容易注意繁琐、次要的装饰部分。

寿　昌：说得对！戏剧的花儿应该在狂飙的时代中生长。

众　人：它是野生的，属于民众，为民众，由民众的。

寿　昌：有人说民众戏剧会碰壁，政府会来包办，似乎戏剧运动的基础应建在政府上。我想这是本末倒置的话，从来"民为邦本"，没有民众到处碰壁而政府单独干得起来的。救国如此，戏剧如此。

【寿昌难过起来

寿　昌：不管说真话有多大危险，我是绝对不会背誓说谎的，不管什么样的迫害等着我，我有为真理而受苦的光荣！

寿　昌：（激动着）来，说真话，同学们，真话，四岁以前的，来！

【寿昌坐在地上

男 1：老师，四岁以前……不知道。

男 2：老师，四岁以前……不明白！

男 3：老师，四岁以前，没思想……

众 人：老师，没思想，不明白，不知道。

【寿昌拍了拍自己的脸

寿 昌：听好了，不说四岁以前的了，但要用四岁以前的感觉，说你们想说的话，张嘴就来的，纯本能的，感觉的话，别人可能会反感的，或者被认为胡说八道的话。

男 4：老师，真是丑的，吓人的……(犹豫着)可能不是美的。

寿 昌：不要加后天学来的文字用语或情感，说。

男 4：(憋了很大劲)……不会！

【众人静默着

男 1：老师。我想干一件能成的事，于是，我向着既定目标迈进，我向前，有东西拽我的腿，我向前，我开始出汗，有东西拽我的腿，我向前，我开始出汗，我向前，我出汗，我向前，最终想干的事，无论如何没有干成！

男 3：老师，我胆小，爱害怕，我焦虑。我开始找，找温暖，找，一个冰块，找！又一个冰块。我开始出汗，我还是找，还是冰块。现在，我……还是焦虑！

男 8：老师，从离开父母那天起，我就知道我丢东西了。我开始寻找，找什么，我不知道。我知道我缺少了；少什么我不知道，所以才拼命去找。现在，我还是在找。

男 1：老师。离我想干成的事还差多远？

众 人：多少距离？多少时间？

【寿昌冥想着

寿　昌：……一天，明天。

【寿昌激动起来

寿　昌：来，为明天准备，为明天加油！明天……

【画外："海上花"的乐曲响起

众　人：明天，我们一面读书，一面辩论，我们目光炯炯，不弱于五十年前的俄国青年；我们谈到应该做些什么。我们握着拳头打着桌子高叫"到民间去！"我们知道我们求的是什么，我们也知道民众求的是什么，我们并且知道我们应该怎样去做。我们实在比五十年前的俄国青年知道的更多；我们握着拳头打着桌子高叫"到民间去！"集合在此地的都是青年，都是能在世界上创造新事物的青年，我们知道腐败必死，我们当占最后的胜利。我们眼光炯炯，议论激烈，我们攒足了气力，攥好了拳头，打着桌子高叫"到民间去！"蜡烛已经换了三次，酒杯里浮着小飞虫的死骸，年轻的女人虽然还一样的热心，眼中也现出激论后的疲劳，可是我们依然热情充沛，握着拳头，打着桌子高叫"到民间去！"

【微弱的钢琴声渐起

【传来合唱，"海上花"歌声：是这般柔情的你，给我一个梦想，徜徉在起伏的波浪中隐隐的荡漾，在你的臂弯。

【学生们舞台右区推出六道屏风

【屏风似斑驳的旧时剧本

【田汉中期剧作的名称及创作时间出现在屏风上

【屏风将学生遮挡

【学生们忙着换景

【屏风上书：1929年独幕剧《颤栗》《南归》《一致》，三幕剧《第五号病室》《火之跳舞》；1930年六幕话剧《卡门》，根据法国作家梅里美同名小说改编；1931 年独幕话剧《年夜饭》《梅雨》《顾正红之死》《洪水》《姊姊》；电影剧本《母性之光》《三个摩登女性》；1932 年独幕话剧《乱钟》《扫射》《月光曲》，独幕话剧《母亲》根据俄国作家高尔基同名小说改编，三幕话剧《暴风雨中的七个女性》；1933 年电影剧本《民族生存》《肉搏》《烈焰》；1934 年两场歌剧《扬子江的风暴》，独幕话剧《旱灾》《水银灯下》，三幕话剧《回春之曲》，电影剧本《黄金时代》《凯歌》，电影故事《风云儿女》

【随着“海上花”尾声

【学生们将屏风翻转，推到后区

【灯光暗淡下来

【独留独幕剧《一致》的屏风，立在舞台右侧

【屏风上书：独幕剧《一致》，作者田汉，南国剧社第二轮公演，1929 年 南京

寿　昌：我们当认清我们的路始终是在民间的，艺术运动是对一切将要固定、停滞的现象的一种冲破力。我写了《一致》这出戏，为了向统治阶级、压迫者、和所谓的绅士开战！

【寿昌看着舞台上《一致》开始演出，走过舞台

《一致》片段

【《一致》剧中，共八个人物：王、臣子三人、农民男女二人、农民领袖二人

【寿昌拍了一下手，平台上的三个臣子高举方印，

戏中戏之四《一致》
田汉最初试图创作反映民众呼声的戏，被认为是他转向"左翼"的一个信号。
本剧中《一致》，以田汉原剧本为基本元素，演员集体即兴自由创作。
国王拥有一切，却没有爱情，于是……结果，哪里有压迫，哪里就有反抗。真正的力量，是从地底下来的，是从民众那里来的……(《狂飙》排练记录)

捶在地上

【戏开演了

王：我不干——!

【光起

王：我不干——!

臣 1：王要工作。

王：我不工作。

臣 2：王要干活。

王：我不干活。

臣 3：王要工作。

王：我不工作。……

【重复至四人各自站好位置

王：唉呀！

臣 1：王要工作。

王：唉呀！

臣 2：王要批阅奏章。

王：唉呀！

臣 3：王要干活。

王：唉呀！

臣 1：王要勤奋。

王：唉呀！

臣 2：王要日理万机。

王：唉呀！

臣 3：王，你起来吧！

【众臣将王从地上拖起

【臣1和臣3用方印摆成桌案，王坐在桌案后

【臣1抓住王的右手做批阅奏章的样子

【臣2在王的身后，双手左右摆动王的头

【臣3抓住王的左手做盖印的样子

【众臣动作依次重复

臣　1：王，要工作。
王：不想工作。
臣　2：王，要批阅奏章。
王：不想批阅奏章。
臣　3：王，要干活。
王：不想干活。
臣　1：王，要勤奋。
王：不想勤奋。
臣　2：王要日理万机。
王：日理不万机！众爱卿，你们就不问问王想干什么吗？
众　臣：干什么呀？
王：王想到民间走动走动。去看看百姓的生活……
众　臣：王日理万机，切勿到民间嬉戏！
王：……我只是想……
众　臣：干活！
王：……给个机会……
众　臣：干活！

【锣鼓点儿响起

【农男、农女踩着锣鼓点儿上场

【农男、农女亮相

【农男、农女做推磨的动作

【农男、农女唱起江南戏曲小调

农　女：(唱)磨子推得圆又圆，

农　男：(唱)上面好像龙吐珠，

农男女：(合唱)下面好像白浪翻……

王：好！……

【臣1、臣2将摆成桌案的方印拉开

【王趴在了地上

【众臣阻挡王看，将王的头按在下面，他们继续看

【农男、农女复跑、亮相

【农男、农女继续唱起江南戏曲小调

【众臣和王鼓掌

王：好！……王还想看……

【农男、农女转身看到王，吓跑、亮相

【农男、农女复跑、亮相

【众臣复将王从地上拖起

【臣1和臣3用方印摆成桌案，王坐在桌案后

【臣1抓住王的右手做批阅奏章的样子

【臣2在王的身后，双手左右摆动王的头

【臣3抓住王的左手做盖印的样子

王：你们为什么不让我看，民间的景色好呀！……起码你们也应该让我问问民间的百姓们想要什么……

众　臣：要什么?!

农　女：freedom!

王：freedom! 给！

众　臣：……唉……

【农民领袖 1 举起一块牌子，上写“自由”两个大字

领袖 1：自由！

【农民领袖 2，敲锣

【屏风后的农男、农女同时冲出屏风

【农男、农女兴奋地敲锣跑场

农　女：自由了！自由了！

农　男：自由了！自由了！

【敲锣渐弱

【农男、农女慢慢回到屏风后

王：freedom!……?

臣　1：自由！

王：民间有点儿乱……

众　臣：民间乱了！

王：那怎么办呢？

臣　3：抓人呗！

王：……哎……

众　臣：王者中王者！

【臣 3 抓王手盖印

王：……呀！你又这么使劲儿……

众　臣：抓！

【农民领袖 1，举起一块牌子，上写“通缉”两个大字

领袖 1：通缉！

【农民领袖 1、2，共同制造声效

领袖 1：嘭！嘭！嘭！

领袖 2：汪！汪！汪！

农　女：……呀！……

农　男：为什么抓 我的女人 ?!

领袖 1：嗵！

【农男配合声音做被打倒地的动作

【农女扑救的动作

农　女：……相公！……我可是良家妇女……

【农民领袖1、2，共同制造声效

【啪！一声打嘴巴声

农　女：……噢！……

【啪！又一声打嘴巴声

农　女：……好吧……

【农女被抓

农　男：老婆！你可不能离开我呀！

农　女：……相公……

农　男：老婆！

【农女在屏风后，农男在屏风前

【农女、农男同推磨

【农女、农男又唱起江南戏曲小调，但声音悲切

农　女：（唱）磨子推得圆又圆，

农　男：（唱）上面好像龙吐珠，

农男女　（合唱）下面好像白浪翻……

农　男：老婆！

农　女：相公！

【农女、农男哭泣

【王批阅奏章，纸破，又写，又破；又写，又破

王：又破了！

王：哎！我们不能用点儿好纸吗？

臣　2：没钱造！

臣　3：国库空虚！

王：为什么呀？

臣　1：前段儿时间抓的人太多，得吃饭！

王：那也不能紧缩政府开支呀？

众　臣：嗯……！

王：那怎么办呢？

臣　3：征点儿税？

众　臣：征点儿税！

王：上哪儿征呀？

众　臣：民间呀！

王：民间有钱吗？

众　臣：有！

王：嗯……

众　臣：没有也得有！

王：……哎……

众　臣：王者中王者！

【臣 3 抓王手盖印

王：……呀！你又这么使劲儿……

众　臣：征！

【农民领袖 1，举起一块牌子，上写“征税”两个大字

领袖 1：征税！

【农女、农男背靠背坐在屏风前

【农女打了一个喷嚏

【农女、农男开始愉快共同推磨

【农女、农男又唱起江南戏曲小调

农　女：（唱）磨子推得圆又圆，

农　男：（唱）上面好像龙吐珠，

农男女　（合唱）下面好像白浪翻……

【农民领袖 1、2，共同制造声效

领袖 1：嘭！嘭！嘭！

农　女：谁呀？

领袖 2：征税！

【农男交出税钱

【农女、农男开始难过地共同推磨

【农女、农男又唱起江南戏曲小调，但声音悲切

领袖 1：嘭！嘭！嘭！

农　男：谁呀？

领袖 2：征税！

【农男交出税钱

【农女、农男开始难过地共同推磨

【农女、农男又唱起江南戏曲小调，但声音更加悲切

领袖 1：嘭！嘭！嘭！

领袖 2：征税！快点！

【农女、农男已一无所有

农男女　（合呼）没有！

王：没有了……那就不行！怎么办呢？

众　臣：拿人抵！

王：干什么？

众　臣：干活！

臣　1：王，你就不觉得你的宫殿有点小？

臣　2：有点旧？

臣　3：有点烂？王 嗯……

众　臣：你就不想要个好的、时髦的大宫殿？

王：好……好啊！那就拨你们一千万！

众　臣：谢了！

【众臣将钱瓜分

臣　1：老规矩！

臣　3：还多一百万……

臣　2：给他盖宫殿啊！

臣　3：（高叫）盖宫殿！

【农男被抓走

【农女悲伤地来寻夫

农　女：（唱）冬季到来雪茫茫，大姑娘探夫到此方，来到此地找不到他，奴愿作当年小孟姜……

农　男：老婆！

农　女：相公！

【二人悲喜交集，非常亲昵

王：(叹)王很忧郁。王想要一切。王有这种力量吗？

众　臣：王者中王者，万王之王。

王：我没有把握

众　臣：王者中王者，万王之王。

王：你们要听我说话！

众　臣：听着呢，您要说什么？

王：王想谈恋爱……

众　臣：要女人，好办！到民间征美女！

【众臣争相要去

王：你们一起去吧。

【众臣来到民间

臣　1：民间的饭是真难吃。

臣　2：民间的路是真难走。

臣　3：民间的美女是真难找……

【民女走上，不小心跌倒

【众臣正好看到

众　臣：民间的美女还真不少！

农　女：我可是我们村里的村花儿……

众　臣：就是她！

【众臣将民女抓进宫

臣　1：王，美女到！

王：没品味！

臣　2：下一个！

王：没素质！

臣　3：下一个！

王：没文化……

众　臣：王，您到底要什么样的？

王：往那儿看！

【王指向舞台一侧

【农男和农女二人正在愉快劳作

【二人唱着磨子推得圆又圆……

众　臣：好办！

【众臣手持大印到农男农女身边

臣　1：国王有旨，请美女进宫！

农　女：不！

臣　2：国王有旨，令美女进宫！

农　男：不！

臣　3：国王有旨，抓美女进宫！

【众臣手持大印将二人打昏，并抓进王宫

王：美女醒来……

农　女：（挣脱王手，冲向农男）相公！

【农男农女二人又悲泣地唱起；磨子推得圆又圆……

【众臣受到感染，也跟着唱起来

【王抓起大印。

王：我把你们都杀了！……

【二人发出吼声

【平台下，寿昌带领学生发出低吼

王：哪来的吼声？

【吼声不停

王：禁止吼叫。

【吼声依旧

王：禁止吼叫。

【吼声大起来

【众臣也同声而吼

【平台下，两名学生迅速穿上农民装，举起大刀，冲上平台王：吼的是你们？

二　人：是我们。

王：为何吼叫？

二　人：为什么压迫？

王：我有力量。

二　人：哪来的力量？

王：天许我。

二　人：我们不许你。

【众人反手将王压在印下

【农男农女二人脱去农民服，露出学生装

众　人：民众们，挣脱你们的枷锁站起来。认识自己的力量，世界翻转过来，大家起来啊！一致打倒我们的敌人。一致建设新的理想，新的光明，光明是从地底下来的！

【学生们纷纷脱去农民装，站成一排

【在造型中定格

——《一致》片段完

【灯光渐弱，学生们忙着拆台

【寿昌从舞台一侧上

【画外：隐隐的钟声敲打

【台左，灯光照亮一位身穿国民党制服的中年官员

官　员：你们有不少人有着无政府主义倾向。所以，自然形成了一种风格。我是中央执委会宣传部部长。您好。

【寿昌游移着

寿　昌：……您好！

【画外：钟声渐弱

官　员：年轻的社长，民众艺术在教育未曾普遍的时候，是不容易谈的。

攥着拳头走向民间做工农代表，田汉以前是有这种想法，所以他排了《一致》那样的戏。田汉原来一直多情浪漫，就从《一致》开始向左转了，试图接近农民，接近工人，为第四阶级喊叫。《一致》应该大家是擅长的。就最天性的那些东西，游戏式的。我可不排，全靠大家伙排，觉得怎么好玩怎么弄。我一直感觉，看中国话剧史吧，当时他们都走到头了。为什么说大师总在上面，大师都用过了，让大师一照，早没电了，大师都用过了，什么幕表戏啊，实验啊，无文本戏啊，都走过了。《一致》你们排，好玩吧？
玩出好看来哪那么容易呢，要说玩挺容易的，要在台上玩好看了也得下点工夫呢。
这个官员的原型其实是戴季陶，他请田汉吃饭，因为觉得国民党禁演了你的戏，对不起你，他是文化人嘛。但是必须禁，这是游戏规则。等田汉走了，别人就问，这是谁呀，他怎么那么狂啊。
后边官员的话说得多好听，我党愿与贵社长共同努力。很对不起
（《狂飙》排练记录）

【寿昌站着未动

寿　昌：是不容易谈，但是民众艺术总是为了推动社会向前。自由、叛道、反抗，是暗示将来社会的，艺术是“为人生”的。

官　员：真正“为人生”的艺术不好搞，要费几十年以至一两代的功夫。而既然“为人生”，就离不开现实，离不开当前政治……

寿　昌：如此恳切，我对政治发生希望。可以直言吗？艺术同情民众，代表民众。政治是主张维持现状，保守、迟疑。艺术家性急不能等，必然会反抗既成社会，既成道德。艺术家是靠思想飞翔的。

官　员：……艺术家想飞可以飞，但不要妨碍地上走的啊。我热爱才华，不欣赏狂妄。……我党愿与贵社长共同努力，以求心安理得之成功。此时，贵社若做些粗浅之作，仓率公演。本部亦不敢仓率允许。请接受中国国民党中央执政委员会宣传部禁演《一致》的公文。您那些恋爱的小戏，还可以继续演下去。实在抱歉，望以后常来常往。

【官员走下

【寿昌拿着禁令，郁闷起来

寿　昌：根除青年热情的最好办法是什么？

众学生：窒息他们的正义感，迅速窒息，迅速管用！

寿　昌：扑灭他们欲望的最好办法是什么？

众学生：压迫、抑制他们成长！

【寿昌愤怒地将禁令摔在地上

【台左，灯光照亮一位穿着西装、长裙的年轻女子

【女子脸颊上配着一副窄框眼镜，样子端庄、文静

【女子脸上带着浅浅笑意，将禁令捡起

安：告诉青年要他们不软弱、不畏惧的手段是什么？

众学生：让他们正直、勇敢。

安：争取青年最美好特权的方法是什么？

众学生：使他们充满力量！

【画外："天涯歌女"的曲调微弱响起

【灯光将众学生慢慢隐去

【寿昌与安对视着

寿　昌：这年夏天，在中国最炎热的城市——上海。蓝天空洞得吓人，柏油路淌着汗，我们不期而遇。

安：他把眼睛长久望向了我，像是要我记住，这是热得让人无法遁形的炎炎九月。

寿　昌：……红色的花儿，比花儿红，这样的红！

安：是"莎乐美"的台词吗？

寿　昌：你知道莎乐美？

安：爱读王尔德，也喜欢莎乐美……我叫安。高兴认识你。

袁泉的长相有局限，她长得比较欧版，像法国小妞，不太占便宜。咱这比较红的，徐静蕾，细眉细眼的，柴禾妞，但是中国人挺认，这是青衣型；赵薇，眼睛大，精神，红娘型；章子怡，刀马旦型。中国戏源远流长，几千年来，有着中国审美积淀和中国人的欣赏习惯。周迅，是小花旦型，怎么着也是有出处的。

前排中：田沁鑫，前排左：袁泉

后排右一：辛柏青，后排右二：朱媛媛，后排右三：陶虹，后排右四：师春玲

演完《一致》之后，田汉就觉得有点累了。前面《一致》他们肯定会排得非常热闹，完事以后田汉挺累的。然后，说“我就走了”。可是在最累的时候，脑子里还有官员禁演你的戏的印象。从那时空中转到跟安接触的真实时空。然后，我们年轻人刚演完《一致》，热情澎湃。他问的时候说出我们，说出“我们现在年轻人的心声”，谁遏制咱们，咱们不是跟他没完吗，反叛啊对吗。这时候，田汉不放安娥走，为自己辩解。众学生，说真理，对吧。她说得多简单，根除年轻人的最好的办法是什么，窒息他们正义感，迅速窒息，迅速管用，管用还点了一个叹号。

《一致》这种戏使你们非常高兴，结果就不能演了，让你们非常气愤。然后你们随便看你们怎么样能激他，把他激火了，跟你们嚷嚷。你看，在这个过程中我再说一遍，在这个过程中不是男1把这个学生装给脱了吗？前面你们跟安的那种，只是一种仪式，是个仪式性的来讲青年自己心里的话，你们还是戏中的人，你们听见一些风言风雨的话说不演了，过来问他为什么不演？他那时在谈恋爱呢，他老不回答你们的问题，而且回答你们的问题回答非常简单，非常草率。你们看到《一致》被禁演了，那是你们的心血，你们就特别气愤，老等他，他老谈恋爱，还等他，他还谈恋爱。而且他对这事可能是半推半就的状态，所以你们就等了半天就急了。

（《狂飙》排练记录）

【安伸出手

【寿昌踌躇着

寿　昌：(像是自语)……阳光刚好从树枝的缝隙间筛下，圈圈块块洒在路面上。她就穿过那一地参差的光影，向我走来。

【画外：曲声渐弱

【寿昌伸出手

寿　昌：我叫寿昌，你好。

安：你好，往后我叫你汉。

寿　昌：……喜欢莎乐美什么？

安：颜色……

寿　昌：就是那么点颜色。

安：对，莎乐美的颜色，红色的莎乐美。……认识红色吗？

【寿昌不知道她要说什么。迟疑着

安：重新介绍一下，我，俄国留学生，我叫安。

【寿昌再次迟疑了

寿　昌：……相识也许只是碰巧……

安：却可以肆无忌惮地亲密，并迅速蔓延着情感，使他无法控制。为自己的快感喊叫。

寿　昌：安！太长了，太长时间，我等你太长时间了！

男　1：老师，《一致》为什么不演了？

【寿昌心不在焉地递过公文

寿　昌：安，认识你之前，我是多么迷茫。

安：迷茫才能激励我们去探索，去前进……

男　2：老师，那我们演什么？

寿　昌：演恋爱小戏。

【后区，学生们有些骚动

寿　昌：安，我想通过戏剧把欧美近百年的各种思想渗透到各行各业中去。

安：苏俄的革命思想才应该渗透到各行各业的最底层。列宁同志说过：资产阶级民主革命在一个落后的国家可以由共产党代表的无产阶级来领导。有了这样的领导，我们才可以尽情去探索国家的未来，使千千万万的青年变成有新精力和为意识形态理想献身的积极分子。汉，你懂这种革命吗？

寿　昌：我不懂政治，只喜欢艺术。

【男 1 脱掉学生装，将衣服摔在地上

【寿昌回身望向学生

男　1：老师，《一致》禁演，你是不是怕了！

男　2：老师，你要是软弱、怕了，使剧社脱离民众。我！决定离社。

男　5：老师！ 1926 年 3 月 18 日北京学生非武装抗议日本侵略时被军警开枪打死、打伤四十七人，鲁迅先生写纪念文章说：她，刘和珍君，那时是欣然前往的，自然请愿而已。但竟在执政府前中弹了，从背部入，斜穿心肺，已是致命伤，但是没有便死。同去的张静淑君想扶起她，也被击中，弹从左肩入，穿胸偏右出，但她还能坐起来，一个兵在她头部及胸部猛击两棍，她倒下了。老师，如果你软弱。我！决定离社。

男　3：1921 年 7 月。一支年轻的组织，从精神污染严重的上海走出。他们朝气蓬勃，充满活力。人数虽少，但忠于事业，喜欢开路当先。1926 年到 1927 年，北伐由广州打到长江。这支年轻的组织从当地军阀手中夺取了上海政权，以迎接革命军到来，1927 年 4 月，蒋介石停止革命，扼杀了他们领导的工人运动，杀死了上千人，几乎把他们全部消灭。但是，年轻的，充满热血和勇气的共产党组织没有惧怕！老师，如果你软弱，我！决定离社。

男　4：奉化不会出大政治家，蒋介石是伪政府，我不惧怕伪政府，如果你怕了，我决定离社！

寿　昌：凡是不会思考只会愤怒，凡是直奔主题不讲方法的人，你们都令我憎恶。走吧，走！(激动) 本老师不靠官府，不靠资本家，自己！穷尽一生也要摸索出一条属于自己的道路！

安：……道路只有一条，走向民间，不惧强权！革命者提出文学艺术是传播思想，组织社会，改良人生的工具。只有偏激的行动，才能开启中国社会的新曙光。

众学生：只有狂呼乱喊才能使中国人彻底解放。

安：不，只有新思想才能使中国有进步的希望。激进、浮躁、振聋发聩是"五四"的特质。望你们有筛选地继承，把新思想武装进头脑，并把它传播出去，走向民间，做工农大众的戏剧。

寿　昌：……像无数开天辟地的神话一样，我看到了另一个世界。无关合理也无须论证。

【灯光将众学生隐去

【舞台上，只有寿昌和安静静相望

安：汉，认识红色吗？

寿　昌：……

【安取出小刀在自己的手臂上划了一下

【寿昌赶忙抚住她的手臂

安：我工作特殊，请你保守秘密。

【寿昌兴奋地抱住安

寿　昌：……我红色的莎乐美！

【寿昌抱起安

寿　昌：安。我喜欢守密。

【寿昌抱着安跑起来

寿　昌：我懦弱的心灵，会因为填充了秘密而增添勇气。使

你就说红色的莎乐美就行了。这太直接了。她每次问你要不要红色，你就迟疑，因为你不想要红色，你想要的是那么点颜色。她把你引向红色，把你引成红色的了。她就为了让你认识红色，红色是这样的。你觉得，哎哟我的天呀，这女的太牛了，从此就偏了，从此国歌就诞生了。因为我们必须尊重，确实他写的国歌，他没点东西真刺激他的转变，国歌是这么样的革命浪漫主义诞生的一个国歌。大家都觉得我写的这一转变力度不够，说田汉这转变的革命力度不够。我想你们还没看我排戏呢，你们要看我排就知道了。但你们俩要争气，他一定会转的，他转得非常地有道理。(《狂飙》排练记录)

我懂得勇敢！我仿佛遇着迅雷，运命不再不可抗拒。

【维中缓缓走出

【寿昌放下安，站在维中与安中间

【画外：闷雷隐隐作响并夹杂着雨声，隐约有“船歌”的曲调叠人

维　中：爱上一个不知道自己有什么好处的人，这样的人也不会觉得爱他的人有什么好处，只会把眼睛望向他认为的所谓优秀的人，永远的，望下去。

寿　昌：维中。我只是找到了我要找的颜色……

安：汉，我不喜欢过日子，不喜欢所谓的名分。也不想结婚。我愿意“轻装前进”，原谅我。

寿　昌：安……

安：放心，维中，我不会拆散你们的。

维　中：谢谢，优秀的红色莎乐美。

寿　昌：莎乐美……

安：莎乐美在战斗中，你要的颜色会随着中国革命红得耀眼！

【画外：远处的炮声与雨声交汇

维　中：听，日本侵略上海的炮声。

寿　昌：我要投入战斗，让红色焕发出光彩。

安：愿“十九路军”浴血奋战，死守上海。

维　中：南京政府不信任“十九路军”。

寿　昌：那就打倒这样的政府。

维　中：你会被抓起来的。

寿　昌：那样，我的信仰会更加崇高。

安：如果你牺牲了？

寿　昌：用我的鲜血铺出我们国家新的未来！

【画外：远处的炮声与雷雨声

寿　昌：起来！不愿做奴隶的人们，把我们的血肉筑成我们新的长城，中华民族到了最危险的时候，每个人都

安娥从你一开始进入，“根除年轻人……”很亲切。什么叫宣传者，什么叫革命家，是煽动，那个煽动还得，我是这么煽动的，他就是这么走。年轻人不跟安娥走，她提出一个问题马上就答，说得真诚点。其实当时革命也是一种潮流，年轻人实际是不是被这利用，就是被那利用了。就是利用这种热情。看剧本的时候，觉得年轻人这阵说的这段词写得特棒，就是根除青年热情的最好办法是什么。窒息他们的正义感，迅速窒息，迅速管用，是吧。迅速窒息，迅速管用。因为前边台词里说过，自己的事业成成败败，还是没有人理解我，最后终于有人理解了。其实安实在是挺大胆的。安那点绝对是进攻，就那一段词，那就是往上递话。这两人就是一见钟情。一见钟情是速度特快的。所以，你找着路了，由一个女人开启的思想。在你来说，真是太美的一件事了。如果一个男的给你讲革命，也还行，但不太浪漫。你这人左右为难，又喜欢多情浪漫，又喜欢干事特别棒的。就现在的安，是你一生遇到的最灿烂的一件事，就这么美的一事，就由一女的，而且是你喜欢的那种女人告诉你的。我觉得安娥的出现是田汉一生中最亮的一部分，因为他没路了，前面的戏也给禁演了。然后他有独立癖，老想自己干事，大家都比较卡他，爱情婚姻都不幸福，这时候这女的出现了。（《狂飙》排练记录）

被迫发出最后的吼声！

维　中：(合)黑发奓贴在脑后，衬得年轻的脸上水亮清明。这是无法碰触的光源，热烈、奇妙、澎湃、亢奋。

寿　昌：在我冲杀的心里，奔腾着踏蹬的骏马，催我快速向前！

维　中：(合)在这冲杀的心里，可否还留有一道缝隙……

维　中：来慰藉稍纵即逝的爱情！

寿　昌：我不愿往事重逢。我喜欢爱恋梦中！

【画外：密集的雨声忽缓忽急渐渐隐去

【灯光隐去维中与安

【寿昌兴奋着，慢慢平复着自己

【画外：微弱的钟声敲打

【寿昌逐渐安静下来

寿　昌：……国难当头，艺术家没有特权。国难当头的时候，任何人都没有特权。只是一个个普通人，用自己的身躯支撑住自己的家门。……1935 年 2 月 19 日，接我去监狱的车开到了家门口。

【舞台左区，灯光亮起

【娘上

娘：寿昌……

寿　昌：娘！

娘：抓你走那会儿，娘看着呢，娘知道你还会回来的！

寿　昌：娘，您看我那一眼，我记了一辈子……

【音乐起

【舞台右区推出一道屏风

【屏风上书：十二场话剧《关汉卿》，作者田汉，1958 年首演于北京

《关汉卿》片段

【关汉卿（寿昌饰）朱帘秀（安饰）

【舞台上出现安饰演的朱帘秀

【朱帘秀跪在地上，汉卿立于身后

朱帘秀：手执饯行杯，咫尺天南地北。眼搁着别离泪，道声保重将息！

关汉卿：这是最后一面吧。

朱帘秀：（受感染地）是吧。

关汉卿：四姐。你……不害怕吗？

朱帘秀：……我害怕。

【汉卿抱住朱帘秀

关汉卿：为了我的剧本，竟累你到这种地步。

朱帘秀：我说过，你敢写我就敢演。说这句话的时候，就打算有今天的。

关汉卿：这天来得真快……

朱帘秀：我现在真是不知道在过日子，还是在台上。在台上，死是美的，是假装的，所以不会胆怯。可是你刚才告诉我要死的事儿，我想当着戏里面的假，可又不能不惧怕现世里的真。我心里乱。大爷，你给我力量！

关汉卿：会的，四姐。我与你共赴幽冥。

朱帘秀：玉可碎而不可改其白，

关汉卿：竹可焚而不可毁其节。

朱帘秀：这是关大爷的心胸……你写《窦娥冤》……

关汉卿：你敢演《窦娥冤》，又何尝不是这样的心胸。

朱帘秀：那天叫你走，怎么不走？晚上又来看戏，你就这样喜欢看戏吗？

关汉卿：我不能让你一个人承担毁谤官府的罪名。

我塑造的这个田汉，是一个失语者，对他没有任何评价，而且觉得他很枯燥。看他那么厚道，看他特诚实，除了给人一种真诚感，就是枯燥。其实这个人能行，你看他写的戏曲，写得最棒的是《白蛇传》。建国以后写的。他写道：想当年与许郎在雨中相见，也曾路过此桥，于今桥未曾断，素珍我却已柔肠寸断，西子湖仍旧是当时模样，看断桥桥未断，却寸断我柔肠，雨水情山海誓，说许仙他全然不想，不由人咬银牙，埋怨许郎，最后词儿就到什么青波门转，风波都完了。最后一句猛回头避雨处风景依然。其实这哥们是一情种，沧桑百转之后，猛回头避雨处风景依然，风景依然，就特别有味道。而且我为什么用《白蛇传》做最后一段，就是因为后面那段，我找了半天才找到的能写出他对共产党的感情，对国家呀，把他一生都写了。我把真情对你讲，你妻不是凡间女，他不是一上来就说我是个和尚吗，妻本是峨嵋一蛇仙，同凡人为天才，只为思凡把山下，与青妹来到西湖边，风雨途中识郎面，国家缥缈吗，识了共产党嘛，当时的共产党特别朝气的，我爱你深情眷眷、风度翩翩；我爱你常把娘亲念，把国家念；我爱你自食其力，受人怜，然后端阳酒后，抗日了；我为你仙山盗草受尽颠连，这段好多人都明白，尤其搞文字工作，知识分子觉得寓意特深，然后说，纵然是异类，我待你情非浅……一直觉得自己是很明白，异类，待你情非浅，悲剧。

（《狂飙》排练记录）

朱帘秀：你是一代作者，替杂剧开了一条路。我死不能算什么，你却正应该好好活着。

关汉卿：四姐，心意我领了，我死不足惜，五十岁的人了，你不是可惜了？我年轻的四姐……

朱帘秀：就得死。跟关大爷这样的人一道死。我还有什么不足呢！生前不能一起，就让我们死在一块吧，大爷！

【二人相拥相簇

关汉卿：……昨晚，我写了个【双飞蝶】的曲子，给我念吧。

【朱帘秀接过去

关汉卿：潦草了，看得清吗？

朱帘秀：看得清。风云变山河色，珠帘卷人愁绝，汉卿啊！

关汉卿：念我汉卿，读诗书，破万册，写杂剧，过半百，都只为一曲《窦娥冤》，俺与你双沥苌弘血；差胜孤月自圆缺，孤灯自明灭；坐时节共对半窗云，行时节相应一身铁；

朱帘秀：各有这气比长虹壮，哪有那泪似寒波咽！

【朱帘秀难过地望着关汉卿

关汉卿：提什么黄泉无店宿忠魂。

朱帘秀：争说道青山有幸埋芳洁。

关汉卿：俺与你发不同青心同热；

朱帘秀：生不同床死同穴；待来年遍地杜鹃花，

关汉卿：看风前汉卿四姐双飞蝶……相永好。不言别……

【俩人无奈却又热烈地相望着

【灯光将朱帘秀隐去

——《关汉卿》片段完

【屏风悄然撤去
【寿昌茫然着，渐渐脱离了戏中关汉卿的状态，游离于角色之外
【寿昌脱去戏服，恢复无领中式上衣，黑裤，布鞋
【画外：寺院的钟声敲响
【光线朦胧地照着寿昌
【寿昌，样子悠闲，表情恬淡
【画外：钟声止住

寿　昌：小时候我身体不太好，娘觉得孩子不好养，就叫我做了和尚。好像九岁那年，我去表妹家玩，看见她那双眼睛……（笑）……就一步跨进了红尘。红尘滚荡，世事无常。1968 年 12 月 10 号，我要走了，走在“文化革命”的进程中，走进被专政者的行列里。要走了……

【寿昌显然有些疲惫了
【画外：弱的钟声敲打

寿　昌：噢，我为电影《风云儿女》作的歌词，不小心洒上了茶水。第二段有些看不清，（笑）写歌词忌讳开头儿用动词。起，起来。后面的力量要大，不然承载不住前面的动词。随手写的……

【舞台左区灯光亮起
【娘出现在光区

娘：寿昌，又看戏去呀？
寿　昌：是。
娘：看戏写戏，写了这么多戏，娘啊，还是喜欢听老戏文。
寿　昌：娘，那我就给您念段儿我写的京剧《自蛇传》吧。“妻把那真情对你讲，你妻不是凡间女。妻本是峨嵋一蛇仙。只为思凡把山下，……风雨途中识郎面。……端阳酒后，你命悬一线，我为你仙山盗草受尽了颠连……”

【寿昌渐渐倒地

寿　昌：纵然是异类…… 纵然是异类，我……待你情非浅……

【寿昌，慢慢躺倒

【娘与渝、林、维中、安在舞台右后区出现

【年轻人同时在舞台左后区出现

【渝、林、维中、安逐一走上

林：凄凄的，是芦叶婆娑临风，抑或君你在轻声低唤……

维　中：不见君久矣，然君高风动态，实在念中，君要带妾寻一丝光亮吗？还是君要来妾处觅一栖宿？

安：孟子有言：可以死，可以无死，死伤勇。君大勇，妾如敬云山，君大才，妾如望云霓……

渝：愿君视荣华如梦幻，视死辱为常情。勿喜勿悲，听命天然……

众　女：妾愿生生世世。不渝此情……

【年轻人向台前逐一走来

男　1：命运，我们的命运，就是用我们的整个青春为这个时代殉难。

男　2：我们无从选择，无法超越这个时代，就像无法把握生和死一样。

男　3：我们只是拼尽青春去追求，去行动。

男　4：我们要解决愚昧问题，什么是愚？

男　5：就是不自知，不自醒。昧，何为昧？

众　男：就是不明白，不知道。

男　6：启蒙，要启蒙，就是掀开门帘，捅破窗户纸，睁开蒙着的眼睛看世界。

男　7：还要上山去看，站得高，看得远。

男　8：失败，我们注定失败，我们没想做成功的事。成功是需要时间和气候的，我们注定作先驱，无法作元老。

众　男：上世纪初，我们依据自己的材料和拿来的材料，修筑了一艘船，船，扬帆出海了。

男　1：在众多的建船材料中。戏剧是其中一部分……

男　3：在众多造船人中。田汉是其中一员。

【画外："国歌"响起

【全场肃穆起来，不愿做奴隶的人们。把我们的血肉筑成我们新的长城。中华民族到了最危险的时候。每个人被迫着发出最后的吼声。起来，起来，起来！我们万众一心，冒着敌人的炮火，前进，前进，前进！

【剧终

一稿 2000年10月至2001年元月写于北京竹园宾馆

二稿　2001年元月至2月写于北京胡家园

三稿　2001年2月至3月3日写于北京惠新苑

生死场

原　　著　萧　红
编　　剧　田沁鑫
导　　演　田沁鑫
制 作 人　李　东

舞美设计　薛殿杰
灯光设计　周正平　马文光
作　　曲　姜景洪
服装设计　盖　燕
造型设计　李红英

倪大宏　饰二里半
韩童生　饰赵三
任程伟　饰成业
李　琳　饰金枝
赵娟娟　饰王婆
张　英　饰王婆
马书良　饰二爷
谢　琳　饰麻婆
张喜前　饰村民
王复生　饰村民
段　龙　饰村民、二爷手下
姬晨牧　饰村民、二爷手下
赵寰宇　饰翻译官
房　斌　饰小偷、警所官员、兵乙、日本兵
王　新　饰日本兵、兵甲
张　蕾　饰菱芝嫂
李蕴杰　饰五姑姑
常玉红　饰妇人、五姑姑闺女
伊春德　饰菱芝嫂闺女

本剧获文化部文华大奖、文华编剧奖、文华导演奖、中国第六届艺术节大奖、曹禺戏剧文学奖、金狮奖导演奖以及文化部新剧目优秀剧目奖、优秀编剧奖、优秀导演奖、中直院团优秀剧目评比优秀剧目奖、优秀导演奖等多种奖项

序　幕

【舞台后区，纷纷扬扬的雪花飘散，风声隐隐呼啸

【四个农民装束的男人聚拢在火盆边取暖

【他们姿势迥异，神情麻木

男　1：下雪了。

男　4：真冷。

【男 3 的脚被火烫灼，"哎哟"叫着

【众男漠然地望了他一眼，继续烤火

【一束清冷的月光照亮一位跪卧地上的俊俏妇人

【妇人紧了紧衣裳，可怜巴巴地望着烤火的男人

妇　人：哥……

【男 1 望了她一眼，没搭理

妇　人：（无助地）肚子越来越大，小盆变成大盆了，里边的东西跳着脚踹，要出来，哥，咋办？

男　1：（乐了）出来，管我叫爹。

妇　人：出不来呢？

男　1：猪、牛咋出来的？

妇　人：……也有憋死的……

男　1：（绷了脸）使劲儿，憋死也得出来。

【男人们逐渐离开火盆

【男 1 搬动火盆置中间，示意妇人烤火

【妇人这才敢凑近火盆，渐渐地、她的肚腹疼痛起来

妇　人：……哥！这东西要出来……

男　1：（喜悦地）使劲儿！

【妇人哭了起来，男 1 走向妇人："使劲儿！"

【男 1 拖拽妇人双腿，众男也兴奋地帮忙，大家将

序幕开场，雪花飘散，演区昏暗。火盆的红光燃亮时，舞台右前区出现四个烤火取暖的男村民。他们没有姓名，并不交流，诉说着天气的寒冷。妇人出现，也没有姓名，她试着与男人们交流，说着面临分娩的恐惧。男人们对恐惧没有感应，只对血淋淋的生育场面感到兴奋，这是生理反应。当他们簇拥妇人分娩时，依然不感触妇人的痛苦，只念叨着"生，老，病，死，没什么大不了"的生存逻辑。婴儿到世的第一声啼哭响起，他们乐了，还是生理反应。舞台上出现朴拙的"生死场"字样。序幕中没有事件，只有一个事实：生育。生育是与生死连接最为紧密的生理过程。戏的开篇设定生育事实，是为突出《生死场》主题。"万事开头难"。观众在走进剧场之前，没有固定审美方向，只能随创作人员通过舞台给他们设定。"一戏一格"，《生死场》序幕遵循表现美学原则，要求演员严格调度图形，尊重造型语汇，通过"形象魅力与姿态狂热"感染观众，改造观众的主体意识，为全剧风格定调。（《生死场》导演阐述）

妇人推来搡去，妇人挣扎在他们的手臂间

【男人们愉悦地将妇人扛起

【男人们显示出快活的样子

男　1：生老病死，没啥大不了的。生了就让他自个儿长去，长大就长大，长不大就算了。

男　3：老了也没啥，眼花就甭看，耳聋就不听，牙掉了整吞，走不动瘫着。这有啥法儿？谁老谁活该！

男　2：病，人吃五谷烂杂，谁不生病呢？

男　4：死也没啥啥事儿。爹死儿子哭，儿子死妈哭，哥哥死一家子哭，嫂子死娘家人哭

妇　人：活着为啥？

众　男：吃饭穿衣。

妇　人：人死呢？

众　男：（乐了）死了？就完了呗！

【一声婴儿的啼哭响亮起来

【舞台某处显现出古朴的“生死场”字样

【灯光渐隐

（一）

【“九一八”前夕，僻静的小村显得格外寂静、落寞

【南瓜灯上雕个人脸，笑嘻嘻地迎风摆动

【一阵女人呕吐的声音传来

【灯光照亮金枝

【金枝蹲在土墙边吐着。她抹净嘴，愁容满面地按压肚腹

【成业张望着走上，寻到金枝，用手环住她

【金枝吓了一跳，推开成业。成业扑向金枝，金枝将他推倒。成业抱住金枝的腿，金枝打着他：成业将头探进金枝的小袄里，金枝笑了起来。成业解着金枝的袄扣，金枝打着成业的脸。挣脱他

【成业抓住金枝的腿，将她摔倒，他把金枝拽人怀里

生死的冷酷与嘲弄：第一段落，由成业、金枝偷情，赵三杀地主组成。（《生死场》导演阐述）

成　业：金枝……金枝……

【成业吻着金枝。

【金枝喘息着浮起半个身子，打着成业

金　枝：死。死！咋不死……害死我了，娘知道了，娘一定知道了。

成　业：叫我爹来你家提亲。

金　枝：知道我肚子里有了。

成　业：才干两回，你这肚子咋这不禁使。倒霉。

金　枝：活不成了，咋办？

成　业：啥咋办？生米做熟了饭——你娘只能让你嫁我。

金　枝：娘就打死我！不要脸。娘是不会愿意的。

【金枝打起了成业

随着“生，老，病，死，没啥大不了”的生存逻辑，怀孕的金枝呕吐着出现，她在孕育新的生命。
年轻的成业是冲动的，他有着使不完的劲，他“种瓜必收获”。剧本提供了事实，金枝未婚先孕。成业稀罕金枝是为自己的欲望有的放矢，金枝依赖成业是怕未来羞耻的日子。二人偷情的态度有所不同，一个恐惧得没有办法，一个热情得没有啥招。嘴里只是“娶你”、“娶我”的简单用语，没有对明天的憧憬。只是成业清楚，行事必会生孩子，行事越多孩子越多。这是不计后果的原始冲动，是人类造孽的根源。
（《生死场》导演阐述）

赵三是金枝的父亲，他刚刚亲手杀死了深恨着的地主二爷。这与前面金枝怀孕形成生死反差。戏演到这儿，出现事件。
事件一：赵三杀地主。火光中，杀过人的赵三浑身哆嗦，他的老婆王婆却对他的行为大加赞赏，这是个烈性婆娘。帮着救火的众男人却思想开了小差，琢磨着如何分了二爷的钱财，远走他乡。而赵三则在回想着地主要加租，农民没活路的杀人动因。
（《生死场》导演阐述）

【成业被惹恼，推搡开金枝

成　业：活该愿意不愿意，反正是干了，能咋的？

【金枝哭着，又依赖起成业，她爬向成业，用手环住他高大、壮实的身躯

金　枝：成业，好成业，娶了我吧。哥……娶了我吧，哥。

【金枝吻着成业

【成业抓住金　枝：

成　业：就娶你！我能娶别人？!

【成业拍了拍金枝的肚子

成　业：这算啥？娶你就生儿子，生一院子。

金　枝：（抹了眼泪）能行？

成　业：咋不行？这肚子干啥使的？能闲着？

【成业躁动着，抱起金枝低头就走

成　业：给我生，生一堆小孩子，管我叫爹，热闹闹多乐呵！

【成业扛起金枝

【成业找到一僻静处，放下金枝，解着她的袄扣

成　业：金枝……金枝……

【金枝任成业摇晃着她

金　枝：成业，哥，娶我，娶我……

【二人晃动着随光隐去

【黑暗中，传来烧柴的声响

【舞台上出现火光，火光中两个男人打斗。一个人手握镰刀，另一个人空着两手

【空手人显然占了上风，握刀人全力招架。终于，握刀人割断空手人的喉管

【血点子迸溅出来，握刀人大口喘息

【四个男人与王婆奋力扑火

【握刀人踉跄着离开尸体，被灯光照亮：农民赵

三，五十开外年纪，赤着上身，胸前沾血，手握镰刀，伫立

【火势渐弱下去，众人住了手，围拢尸体议论着："死了？死了。"

【赵三身体打着战，向前移动步子

【王婆大叫着："她爹！你高高的，高高的，她爹！"

【灯光照亮手拎瓦盆儿的王婆，她冲向赵三，丢下瓦盆，用她的大手攥住赵三

王　婆：她爹，你高高的，高高的！她爹。

【赵三动嘴说不出话

王　婆：她爹，死了！整死了！

【赵三依旧发不出声，瘫卧在地

【王婆拍打了赵三的脸，后又拿起水盆泼向赵三，发现没水，返身下去舀水

【几个男人将尸体抬起，向赵三叨叨

男　1：……死了。

众　男：三哥……

男　3：死了……

【赵三哆嗦着发出声响

赵　三：死了……二……二爷，二爷，二爷！

【赵三瞪着双眼，像是看到了啥……

【灯光照亮地主二爷，二爷悠悠转身

【二爷，与赵三年纪相仿，衣着华贵，面貌慈祥，语音温和

二　爷：赵三，不要跟我对着干，对着干地租也得加。这地租加定了。

赵　三：除了河里那点儿鱼，没啥吃食了，您再加租……

二　爷：非加不可。官税、乡税逼得紧，你们不交，我拿啥交去。

赵　三：吃了上顿没下顿，二爷，活不成了……

二　爷：赵三，不听话，可小心你的柴房，放把火，叫你一冬天没柴烧。

【赵三慢慢直起身子，与二爷拉开距离，自己发着狠

赵　三：那我……就，整死你！

【二爷乐了，声音不大，直乐得眼泪直流，掏出大手帕抹着眼睛

【王婆冲向发愣的赵三，将嘴里的水喷向他的脸

【二爷随光消失

【赵三被水喷醒，思绪回到现实中来。赵三看到了眼前自己的婆子

【众男放下尸体，疲乏地蹲在地上

【王婆为赵三披着黑袄，自己却拉扯着一件红袄

赵　三：……婆子。

王　婆：（欢快地）哎！

赵　三：……咋穿件红？

王　婆：整死了二爷，给你添点儿喜。

赵　三：婆子！

王　婆：哎？

赵　三：……我可整死了咱东家！

王　婆：嘿嘿，死了，整死了。

【众男也随着乐起来

男　1：三哥，二爷死了。

赵　三：死了……

【王婆将赵三拉向一边，摸出头上的针，为赵三补起衣袖

男　3：……不加地租了，三哥？

赵　三：不加了……

男　1：咱们去拉二爷家的牛。

男　2：还有粮食，吃顿好的。

男　4：三哥，三嫂，咱开仓放粮，顿顿吃好的。

男　3：二爷的大洋钱，给他分了。

男　2：谁分？

男　3：当然三哥。

赵　三：大伙分。

男　1：能行？

王　婆：咋不行呢？

男　1：三哥整的二爷。该三哥分。

赵　三：叫大伙来整，是为大伙分洋钱。

男　1：听三哥的。（转向赵三，讨好地）三哥整的二爷，该三哥做二爷。

赵　三：屁话！大伙做二爷。

【王婆咬断线头，赵三伸了伸胳膊

赵　三：分完钱，咱就各奔东西。

【众男互相望望

男　1：三哥，我跟着您。

男　3：我，三哥。

男　4：三哥三嫂，还有我。

男　2：……我。

【众男拥到了赵三跟前

赵　三：（有了些许得意）那，咱就得走得远远的。

众　男：嗯哪。

赵　三：（思忖着）找个村儿，置几间大房，置点儿地、牲口啥的。有婆子的带着，没有的。轿子抬一个。

【众男喜悦地望着赵三

【王婆也抿嘴笑着

【赵三站起身

赵　三：来，咱给二爷磕个头。

【众男纷纷跪地

王　婆：（不乐意地）她爹，人都死了，还磨叨啥呀。

赵　三：骚婆子，懂个屁。去，给二爷挂个灯。

王　婆：挂啥灯啊？

赵　三：死人挂灯老规矩。

【王婆憋闷着，收拾瓦盆儿下

【赵三招呼大伙儿，聚向死人

赵　三：二爷，这么多年的东家，大伙给您添了不少烦。可是，活不成了，饿得慌。也是没法子，我赵三就给您治办死了，为了再往前活一段。今天，弟兄几个在我家送您一程。您听听我们的曲儿，想想我们的苦，黄泉路上再骂我们吧。

【赵三招呼大伙，众男嘻笑着

【王婆撇着嘴，升起了一盏南瓜灯

赵　三：生老病死，没啥大不了！

男　1：（唱）生啊！就是老天爷和好了面，一屉顶一屉，发面馒头（就是）来到世上蒸一蒸啊。

男　2：（唱）老啊！死面的饼，老牛的筋，除了阎王爷，谁也嚼不动啊。

男　3：（唱）病啊！就是破身板儿，别死心眼儿，扛不住撂挑子卷铺盖卷儿啊。

男　4：（唱）死吧！就是你翻白了眼儿，蹬直了腿儿，到了阴间啥也别扯，整明白了？

众　男：嗯哪。

赵　三：（唱）知道了？

众　男：（唱）嗯哪！

【众男抬起尸体

【传来一阵鼓掌的声音，众男愣住

【地主二爷，出现在他们面前

二　爷：唱得不错啊。这是……发送谁呀？

众　男：（震惊）……二爷？

【赵三突然腿底乏力，他无法相信眼前的一切。他

杀人本是大事，杀地主更是消灭统治阶级的一大壮举。可舞台上的农民却充满儿戏感的大唱送葬歌曲，直唱到真正的地主二爷出现，空气凝固起来。赵三面对这个鲜活的二爷，意识到自己杀错了人，农民们的思想也在这一刻得以统一，他们早已跪向统治阶级。
（《生死场》导演阐述）

拧着脑袋努力辨认着二爷

【赵三迈动“灌铅”的双腿，走向二爷

【王婆更是震惊，她冲向前，拧着二爷的脸

【二爷一巴掌打向王婆

二　爷：疯了?! 我是二爷。

【王婆瘫卧在地

【赵三这才明白，这个二爷是鲜活的。他拍了自己的脑门。转身向死尸冲去

【王婆也跳起来冲向死尸

【众男将已死的人搬向赵三夫妇，夫妇俩看出了究竟。死人不是二爷

【二人绝望地抬起了头

【一阵东北小调吹奏起来，像是嘲讽他们的行为

【赵三，那样绝望、懊恼地被迫接受了这一事实

赵　三：这死人咋穿件长衫？他咋能穿长衫?!

【灯光恢复时，众男已跪向二爷，只有王婆、赵三呆立

【二爷悠闲地盘腿坐在地上

二　爷：赵三，没等我派人烧柴房，它就自个儿着了。真是对你不听话的报应。是不是啊？

众　男：……是，二爷。

二　爷：死人身上咋有血？是动了刀子吧？

众　男：……是，二爷。

二　爷：这人是谁呀？去，看看。

【众男快速围拢尸体，又摸索了尸体，摸出几枚铜板

男　3：小偷？二爷，是小偷。

二　爷：(乐着)穿长衫的小偷？赵三，你为村子除了祸害。不过……杀人偿命，知道吗？

众　男：……知道，二爷。

王　婆：(指着众人，愤怒起来)王八蛋，全是王八蛋。王

事件二：赵三被抓。杀人者向被杀者讨饶，看似是个玩笑，可赵三这样做了。如果真杀了地主也就不怕了，偏偏不是。被杀者还能给杀他者好果子吃？这真是赵三后怕的事情。他开始讨饶了，态度热烈而积极，使他那为了庆祝杀人胜利而穿件红袄的婆子愤然晕倒，农民暴动最终以闹剧形式草草收场。只有二爷在乐，直乐得眼泪直流，那盏为二爷而挂的彩灯也充满了喜色。活人与死人，死亡与生命向着农民开足了玩笑。(《生死场》导演阐述)

八蛋！

二　爷：赵三，你应该知道。

赵　三：(喃喃地)知道，知道，二爷，我知道。小偷，(找出了理由)可那人是个小偷！我杀的是小偷，二爷，我为村子除了害，不是您说的？

【赵三站立处，悬下两条锁链，将赵三吊挂起来

【王婆“她爹”地叫着够攀赵三

赵　三：(用力嚷着)二爷！您是我的东家，我一个人儿的东家，您高抬手饶我这回，饶命啊。二爷！二爷！饶命。

【王婆简直无法相信这个讨饶的男人竟是赵三，她大吼一声：“赵三！”随即晕倒

二　爷：这婆子咋穿件红？

众　男：……红……

【二爷乐了，声音不大，乐得眼泪直流，用大手帕抹眼睛

【南瓜灯上的笑脸，笑得很开心

【灯光渐隐

好心肠落得个歹下场：赵三杀地主与成业、金枝出逃是平行展开的，出于对剧本结构的考虑，把杀地主放在第一段，出逃安置第二段。二段中间通过回忆勾连出杀地主前夕，成业家人为提亲与金枝家人产生的恩怨。
第二段落，事件一：成业与金枝出逃。一阵犬吠声后，成业拉拽金枝奔走，被赶来追寻的成业爹，跛脚二里半喝住。成业情急之下打昏二里半，才得以逃脱。这段的节奏把握在成业身上，要制造慌张感，切记不是慌乱。通过动作组织，激发观众对逃跑原因的探知欲望。
(《生死场》导演阐述)

(二)

【一阵犬吠声

【成业拉拽金枝慌张行走

金　枝：我家柴房着火了，我得回去……

成　业：回去找死啊！

金　枝：爹娘咋过冬啊？

成　业：俩大活人。冻不死！

金　枝：去哪儿？不寻思寻思？

成　业：寻思啥！

【二里半一瘸一拐地追上

【成业、金枝愣住

成　业：爹。

二里半：谁是你爹?!

金　枝：大叔……

二里半：谁是你大叔?!

成　业：那你是啥？

二里半：甭管是啥，家去。

成　业：不知你是啥，凭啥家去。

【二里半恼火，拉拽成业，被成业用头顶倒

【金枝叫着“大叔”去扶二里半，二里半甩倒金枝。再次冲向成业。父子俩扭在一起僵持着

【二里半举拳打着成业。成业撞倒二里半，二里半没了声响

【成业、金枝着了慌，忙着捶后背、抹前胸地弄醒二里半

成　业：爹！

金　枝：大叔！

【二里半“哼哼”起来

【成业舒了口气，拉金枝向二里半跪倒

成　业：爹，打错了，你就忍了吧。亲事也让你给提黄了，咋整黄的你也自个儿想想。在这儿我俩没法儿做人了，等到了别村儿我俩再抬头做人。平日叫老瞌给你做个伴，它比我亲。我俩养了儿子回来再来孝敬你跟我娘，走了。

【成业磕了头，拉金枝跑下

【二里半“哼哼”着，居然哼出了小调

二里半：你走得远远的！没良心的！

【传来一阵羊叫声，二里半寻着羊

舞台上独留二里半一人，要沉住气，将前面慌张的气氛压下来。他与唯一的财产，一只山羊进行着对话。人类与畜牲交流时，往往觉得安全。二里半正是这样，他把对儿子所有的不满倾吐给这只温顺的畜牲。他回忆着成业如何给他丢了人，又是如何强迫他提亲的经过。回忆，需要演员通过一种设定表情配合灯光介入。"技巧是不露痕迹的技巧"，回忆只是揭示提亲事实，回忆中的事实，不可突兀，应流畅完成。回忆是被二里半的老婆麻婆打断的，打断，需要演员用明确的表情来表示。
（《生死场》导演阐述）

二里半：老瞌，跟来了，没事，没事，没啥事。就是成业跑了，他还打我，我亲生儿子，他不是人揍的。老瞌，你是我儿子，不闯祸，还陪我唠嗑。你不生孩子，一个人儿多逍遥。还是老话儿说得好，"多儿多女多冤家，无儿无女活菩萨"。那成业他说我把他的亲事提黄了，可他咋就不说，他让他爹我丢了多么大的人！

【二里半陷入回忆

【成业与麻婆出现

成　业：（瓮声瓮气地）爹，今儿就给我提亲去。金枝肚子大了……

【二里半不吱声

成　业：我娶定金枝了。听见没，爹！

麻　婆：（大着胆子询问）儿子，真……大了？

成　业：大了。我贼稀罕那小肚子，见着就来劲儿。爹，你叫我跟你急呀！

麻　婆：得，"做熟饭了"。拐子，走，咱提亲去。

【二里半依旧不吱声

麻　婆：我说你这嘴咋比那屁还难放呢？

【山羊叫着远去

【二里半站起寻着羊，向羊说开了话

二里半：老瞌，吃饱了就回来，别乱跑。

【成业急火火地望着二里半，二里半还在嘱咐羊

二里半：别踩人家的地；踩坏了，人家不骂你，他骂我！

【成业抄起身后的镰刀

二里半：（回头）干啥？

成　业：我宰了它。瘪犊子羊！

二里半：（用头比向镰刀）你先把我宰了。

麻　婆：让你提亲，可横啥脖子。呸！

【二里半"啪"地打了自己的脸

二里半：咋还长着脸？咋还有脸！你爹不想招谁惹谁，就怕招谁惹谁！咱家还咋往下活？还咋往下活？肚子大了，图乐啊！她爹能饶你？她爹是啥人？整天哄哄着整二爷的。你说你咋就把他闺女肚子整大了！不要脸，咋就不要个脸呢。败坏我吧。(一巴掌打向成业)就败坏我吧！

麻　婆：干啥你这是?(向成业)儿子，打疼了！

成　业：(捂住脸)打我就有种了，你年轻时就不要脸，先有我后成亲，你咋活的？

【二里半打向成业

成　业：除了打我，你还会啥？

二里半：(举拳过来)我整死你！

【成业架住二里半

成　业：我整死你！

【二里半与成业僵持住

麻　婆：拐子，成业弄大了赵三的闺女，就是说咱成业比赵三胆子大。哎，她爹，是不是这理儿？嘿……

【二里半转向麻婆

二里半：骚婆子，年轻时就骚得我没留个神，咋还不长记性呢！

麻　婆：谁骚，没你我咋骚啊？

成　业：爹！事儿我是干了，你今儿就给我提亲去。她爹要是不同意，你就跟他明说，我把他姑娘独自给整大了，让她爹自己看着办！算个啥事儿啊！

二里半：败坏我吧，都败坏我吧！

【成业一把抄起二里半

二里半：干啥你？

成　业：干啥？提亲呗。娘，搭把手！

【麻婆嬉笑着帮衬成业

【二里半踢蹬着

二里半：败坏我吧，我不去……都败坏我吧！

【一家人闹腾着来到赵三家门口，成业一撒手，二里半滚进赵三家门

【麻婆拽成业走下

二里半：哎哟！

【赵三闻声走出

赵　三：……二里半，咋不敲个门就爬进来了？

二里半：(尴尬着)……你家地滑呗……

赵　三：(乐了)噢，找我有事啊？。【二里半"嘿嘿"地点着头

赵　三：啥事快说？

【二里半为难起来

赵　三：(等了等)没事家走吧。走啊！

【金枝袖手走上

【二里半像是看到了金枝

金　枝：大叔。

【金枝袖手走出家门，撞见麻婆

麻　婆：金枝。

金　枝：婶儿……

【成业走出，与金枝傻笑着

【麻婆看着，喜滋滋地乐着，声儿很大

成　业：娘，你别跟这疙瘩待着，你去看看我爹亲事，你去看我爹亲事提咋样了。

麻　婆：(小声)成业等你呢。

【金枝羞怯地跑下

【麻婆乐着走进赵三家

麻　婆：(大着嗓门儿)他三哥！

【赵三没搭理她，她便紧挨着二里半坐下

麻　婆：他爹，说呀。

二里半：干啥你！

麻　婆：别忘了，“做熟饭”了。

二里半：（低吼）爷们儿说话，娘们儿插啥嘴？滚！

麻　婆：我提个醒。

二里半：滚哪你！

【麻婆不乐意地站起来

麻　婆：三哥，走了。

【麻婆走下

二里半：（尴尬着）咱爷们儿说话，娘们儿插嘴，坷碜。

【赵三不言声

【二里半寻着话题

二里半：你家还挺热……噢，火旺………

赵　三：你来我家就为说这啊。

二里半：不，我……我想说，三哥……三哥……胆子大。

赵　三：二里半，今儿咋了？

二里半：没咋的，我就想……让三哥你搭理。

赵　三：噢，你刚才说啥？啥……胆子大？

二里半：胆子大！

赵　三：我？

二里半：哎！

赵　三：我，咋了？

二里半：胆子大。就是……（用手比划着形容）武二郎，胆子大！

赵　三：打死老虎那个？

二里半：嗯哪。

赵　三：噢。他胆子大……

二里半：老虎个儿多大啊？还吃人。那人把吃他的老虎打死，那人胆子够多大？

赵　三：这跟我有啥瓜葛？

二里半：有，三哥。你是……武二郎，比老虎胆子大！

赵　三：我比老虎胆子大？

二里半：大！

赵　三：老虎有这么高吧?(用手比划着)胆子得有这么大?(比划成一个圈)人才这么大，胆子……也就这么大。(比划小一圈)

二里半：老虎胆子不长。可人胆子能长。老虎不说话，它傻；人不一样，能想事，会说话。人想胆子多大，就能多大。

赵　三：(乐了)不能够。

【成业拉金枝向屋里听着

二里半：(急切地)能够，三哥，你比方说我。我腿儿不直，和婆子先有种后成亲，全村不待见。可我有时候就想，我要腿儿直又清白，那我胆子得多大？特大！我眼里就没啥事了。想着，心里就忽悠起来；越忽悠，胆子越大；越忽悠，胆子越大；大得冲破了房顶，比房顶还高，忽悠忽悠的……

【成业急得学起了羊叫

赵　三：忽悠完了呢？

【二里半听到成业的叫声

二里半：完了。

赵　三：完了？

二里半：啊不，大，大了。

【成业继续叫

【王婆走上

王　婆：拐子来了。那死羊咋的了？

【金枝想阻拦成业，被成业按住不能动弹

赵　三：二里半，那完了呢？

二里半：就，成……武二郎了。

赵　三：武二郎……

二里半：……武二郎。

【成业继续叫

赵　三：武二郎。可杀了不少人……

二里半：敢情！能打死老虎，杀人算啥。

【成业还在叫

赵　三：你那死羊今儿咋了？

二里半：甭管它，三哥……其实我今天来，我是想说……

赵　三：胆子大？

二里半：胆子大……

王　婆：我家赵三胆子大。

【成业忍无可忍，大吼："爹！"拽着金枝冲进屋里

成　业：胆子大的在这儿哪！三大爷，三大娘。我爹是来提亲的，他不提，我提！我知道你家死看不上我家，可我已经把金枝"做熟饭"了，你们只能让她嫁我，不然你们的老脸没地搁。胆子大的爷跟娘，就让金枝嫁我吧。

【金枝昏了过去，大人们都愣住

成　业：金枝。金枝！

【赵三缓过神来，一拳打向成业

【二里半缓过神来，也一拳打向成业

成　业：你们都打我吧。我娶定金枝了。答不答应？

赵　三：不答应！

成　业：不答应。我就带金枝走！答不答应？

赵　三：不答应！

【成业抱起金枝

成　业：走了。

【成业抱金枝跑下

王　婆：金枝，金枝！(随着跑下)

【赵三郁闷着，猛回头向二里半

赵　三：二里半，胆子大，你胆子大呀你！

二里半：我胆子不大，我胆子不大……

当二里半听说赵三被抓时，不禁怀疑这事是由于自己提亲惹出的麻烦。于是，忙拉麻婆躲避。这里需要两位演员制造一些慌乱气氛。当手电光照亮慌乱中的二人，二人动作定格。出现第二段落顺时进行中的第一个事实：日本人来了。之后，便是一团和气地让日本人到家请他们吃饭。中国观众对艺术作品中出现的日本人向来有所警惕，观众会感觉到危机，要通过这顿饭削弱他们的危机意识，饭要吃得极有趣味。饭饱，日本人歇乏。二里半又叙想起倒霉的提亲经过。他恼怒着，正当他无端悔恨时，麻婆已被两名日军强奸。事件二：麻婆之死。这件事要组织得突然，打了二里半一个措手不及，也令观众震惊。

这件事的发生符合国人的思维方式，总担心晾衣服的竿子倒下砸伤自己，却不管供他睡觉的房子正要坍塌。这是要让观众明白的道理，前面削弱的危机在这里反弹，力量会是很大的。出事后，日本人不躲不闪地走掉了，二里半愤怒起来，好心眼如何落得了歹下场？他没有追出去打日本人，而是打了受罪而苦难的，已经死去的，自己的女人一个响亮的嘴巴。

（《生死场》导演阐述）

【二里半哆嗦着

二里半：成业！

【二里半“逃离”赵三，回到现时中，他恼火而羞臊着

【赵三随光消失

二里半：（打了自己的脸）丢人哪，丢人！说尽了好话攀不上枝。成业你就跑吧，没良心的。

【传来麻婆的喊声：“拐子，拐子。”

【麻婆气喘吁吁地冲到二里半面前

麻　婆：可了不得了。赵三让人逮走了！

二里半：……赵三？你说啥？

麻　婆：咱提亲不成，赵三家柴房就着了，赵三就杀了人，赵三就逮走了。

二里半：啥玩意儿，说半天，是不是二爷？

麻　婆：是小偷。是二爷让人逮的他。

二里半：……小偷？

麻　婆：那小偷还穿件长衫。嘿……

二里半：哎！

麻　婆：咋了？

二里半：不会是为咱吧？

麻　婆：咱咋了？

二里半：你非叫我去提亲，赵三就生气了呗，生气就杀人了。赵三不糊涂，除了二爷，别人他咋能随便整？

【麻婆愣住

二里半：别回家了。

麻　婆：咋的？

二里半：王婆子肯定来拼命，咱俩赶紧找个庙躲躲，等王婆子气消了咱俩再回来。

【二里半拉扯麻婆走

麻　婆：咱家成业呢？

二里半：跑了。

【麻婆站住，“哼哼”地哭起来

麻　婆：咋的了？这是……

二里半：你干啥？跑就跑了呗，不跑丢人呢！

麻　婆：成业啊……

【二人慌张中，被一束手电光照亮

【一名日军翻译官及两名日本兵出现

翻译官：老乡，老乡。

【舞台上人们停顿住

【字幕出现：日本兵来了，先遣小分队进了村

【字幕光隐

二里半：啥事儿啊？

翻译官：日满亲善，我们亲善来了。

二里半：……亲啥？

翻译官：满洲国，知道吗？

二里半：……大皇帝？

翻译官：对，满洲国皇帝陛下派我们来亲善，保护你们。

二里半：……那啥……有啥事啊？

翻译官：老乡，来了几个人，先到你们村儿看看。走了一天路，没吃东西，到你家讨个吃食，再喝点儿水。

二里半：（好像明白了啥）中，中！（向日本人行鞠躬礼）

【麻婆抹着泪也点头随着。

翻译官：（介绍身后的日本兵）大日本皇军。

【二里半向日本兵鞠躬

二里半：高兴，高兴……

【日本兵也向二里半敬礼

【二里半及麻婆惶恐着，二里半看看年轻的翻译官，询问——

二里半：贵姓？

翻译官：免贵，翻译官。

二里半：（听到了官字，他就不想明白其他了）来吧，家去吧。

【二里半领着一行人往自己家屋走

二里半：（向麻婆）咱家有啥食儿吃？

麻　婆：粥。

二里半：待会儿给他们盛上。

麻　婆：不躲王婆子？

二里半：躲啥王婆子啊，亲善的都来家了，那王婆子还不得吓着啊？

【麻婆乐了

【山羊叫着，二里半向羊说话

二里半：老瞌。天不绝人。

【二里半领日军进了自己家的屋

麻　婆：东家加租，农家没吃食，就有老棒子粥，忍了吧。

翻译官：成。吃什么都成。（向日军说日语）

麻　婆：嘴咋了？

翻译官：日本人。

二里半：哪村儿的？

翻译官：（乐了）反正不是你们村。

二里半：（尴尬着）婆子，盛去。

【麻婆也傻笑着下

二里半：坐，坐。

【翻译官向日军说日语，日军盘腿坐在地上，翻译官也坐在地上

二里半：炕上坐。炕上坐……

翻译官：纪律。

二里半：（迷惑着）……待多久啊？

翻译官：不长。

二里半：噢，多住两天儿，多住两天儿。

【麻婆拿瓦盆儿及三个大碗上。给日军盛粥

【日军们连喝了三碗，翻译官打起嗝，麻婆及二里半笑了起来

【一名日军凑近瓦盆儿看，又抬头看麻婆

【山羊叫起来

麻　婆：看我干啥？没吃饱？没了，不信自个儿看看去。

【日军看翻译，翻译无法翻

麻　婆：（收拾碗）要是成业在，我可舍不得给你们喝。

二里半：是没了，她不骗人，不信，你们跟她瞧瞧去。

麻　婆：是没了，不信自个儿瞧瞧去啊。（招呼）来，来呀。

【日军随麻婆下

【翻译官还在打嗝，二里半给了他后背一鞋底，翻译官止住打嗝，二里半笑了

二里半：治打嗝，看好点儿没？

翻译官：（张着嘴）……好了。

【二里半憨笑着

【山羊又叫起来，二里半忙向它说话

二里半：老瞌，你也饿了？去，自个儿找点儿食儿去。（转向翻译官）家来客啦。我的羊，比我儿子亲，我儿子跑了，刚跑的。要知道你们来家，村里人看了，就不敢欺负我了，我提亲就容易多了——噢，给我儿子提……

【翻译官打起了瞌睡

二里半：（同情地）累坏了。（自言自语起来）哎，成业，亲善的兵来家了，缘分哪！你小子就没这个命。赵三更没这个命，逮走了？活该！提亲那会儿，你是咋瞧不起我的？凭啥瞧不起我！我说尽了好话攀你的枝……要知道来亲善的兵来家了。我还攀你的枝干啥？我不攀，绝不攀。

【二里半望着睡觉的翻译官

二里半：你们也是。早来两天呀，啥事就都没了，早来两天儿，没准我这胆子还真大了。我还怕他赵三?(转念想)来了好，多住两天儿吧。(又寻思)早来啊，早来啊……

【麻婆衣衫不整地走上，两名日军随上

【麻婆趴在炕上喘息

麻　婆：……他爹……

【二里半回头望她，麻婆突然大吼起来

麻　婆：他们，俩人儿……操我一个！

【翻译官被惊醒

【麻婆冲向一个日军，猛打起他

【二里半愣住

【日军向另一名日军求救，这名日军慌乱着一刺刀扎向麻婆，麻婆大睁着双眼转头看向二里半，倒头死去

【二里半完全愣住

【日军向麻婆行礼，后向赵三行礼，说着日语

翻译官：谢谢你的粮食和婆子。(又打起了嗝)他们说，是……你婆子，招呼他们进去的。

【二里半依旧愣着

【翻译官打着嗝与日军走下

【二里半所有的愤怒涨满心中，愣磕着走向麻婆，俯身看她

【二里半愤怒着，愤怒着，愤怒得抬手打了自己这已死的婆娘一个响亮的耳光

【灯光渐隐

【一盏南瓜灯悠悠地行走过舞台

（三）

【地方警所

【灯光照亮被关押的赵三

【曲声渐隐

【赵三卧地坐着，神情颓废而目光怨怒，口中叨叨有声

赵　三：王八蛋。全是王八蛋！王八蛋！要整二爷时，你们都咋说的，都咋说的！

【赵三怨恨杀人前的聚会

【灯光照亮四个农民

男　2：杀人偿命，不蹲大狱啊？

男　3：二爷烧柴房，连他一块烧了。警所来人查，模模糊糊地，能看清啥？

男　1：不等警所来人，杀完二爷，就走远远的。

众　男：对，走远远的。

赵　三：王八蛋！

男　1：我帮您整二爷。

男　3：还有我。

男　4：我。

男　2：……我。

男　1：柴房只要有动静，左近地邻都听得见，我们准来。三哥，你是我们大家伙的三哥。你胆子大。

众　男：胆子大。

男　1：给我们带福分。

众　男：福分。

男　1：弟兄们给您拜一个。

死与活的颠倒：第三段落，由赵三被赎，王婆自杀，成业被抓军组成。

赵三。这个受尽命运捉弄的农民，被关押在地方警所的监狱里。他万念俱灰，只是对那些鼓励他杀二爷的穷哥们耿耿于怀。这是农民的特点，遇事往回想。回忆中，曾经向二爷讨过饶的男人们呼叫得很是热烈。与第一段落中跪地求饶的模样要形成反差。回忆结束时，他们笑了，男演员们要组织一种笑容让观众明白，这是赵三想象中对他的嘲笑。

正当赵三在怨恨中绝望时，地主二爷出现。事件一：赵三被赎。命运是什么？怎会有变不尽的无穷戏法？人被折磨得死活颠倒。黑白不分。不过是那“翻云覆雨”的大手活动筋骨而已。五块大洋，一条人命。这命贱哪！此时的赵三心理却充满感激，他将在以后的日子里。为这个恩人二爷尽职尽忠。

（《生死场》导演阐述）

男　3：为了三哥当二爷。

男　1：二爷，胆子大的哥，弟兄们给您拜了。

赵　三：王八蛋，全是王八蛋。

【众人随光消失

赵　三：坑我吧，你们都坑我吧。晦气，晦气……

【一阵敲击洋钱的响动声

【一名警所官员随二爷走上

官　员：再加个钱吧，二爷……

二　爷：就这个价。收，就放人。不收，我就走了。

官　员：二爷。六块？

二　爷：五块。

官　员：您还在乎这一块钱。

二　爷：五块。

官　员：好歹一条人命啊……

二　爷：五块。

【一阵静默

官　员：（咳了咳）他是……您手下的长工？

二　爷：好长工。干活利落。

官　员：您待他不错呀。

二　爷：他杀的是小偷，为村子除了害。地户们看着我呢，赎了他，春天的活好干了。

官　员：您心眼儿是真好，您再加个钱吧。

二　爷：这人就值这个价儿。

官　员：……好，过两天儿您领人吧。

【二爷站着没动

官　员：您要见见赵三？

二　爷：方便吗？

官　员：方便，二爷请。

赵　三：（喃喃地）坑我吧，都坑我吧……

官　员：赵三儿，你们东家看你来了。二爷，您请便，有事您吩咐。

【官员下

二　爷：赵三。

赵　三：……长官。

二　爷：还好吧？赵三。

赵　三：长官打人，咋能好。

二　爷：赵三，是我。

赵　三：……是，长官。

二　爷：不认得了，我是二爷。

赵　三：……二爷？

二　爷：哎，我来看看你。

赵　三：……二爷！

二　爷：赵三，我给警所使了钱，过两天儿你就可以回家了。

赵　三：……回家？

【赵三像是明白了什么

赵　三：二爷，您是二爷！您近点儿，我看看您……

【二爷走近赵三，赵三端详二爷，后动手打开了自己

赵　三：我还兴这辈子见不着天儿了，二爷……对不住您！

二　爷：你杀了小偷，为村子除了害，是对得住我的。

赵　三：哎，对不住您……（磕头）

二　爷：绑你那会儿，我性子急。消了气想想，"地东地户"哪有看着过去的。

赵　三：二爷……（磕头）

二　爷：好了。我，这就走了。

赵　三：二——爷！（磕头）

【二爷走了几步，又停住

二　爷：不过，今年地租得加，左近地邻不都加了价嘛，"地东地户"年头多了，就……少加点儿。

赵　三：加，加！这事儿咋还兴商量呢？春天的活儿保管您不用操心。

【二爷笑起来，向赵三作了个揖，悠悠走去

赵　三：（充满感激地）恩德呵！

【赵三深深磕头，渐渐地，他欢快起来。

赵　三：婆子，她娘！二爷拿了钱，二爷拿了钱哪！赎了，赎了。二爷是咱的恩人！

【赵三家，王婆跪卧地上，望着一盏油灯发呆

王　婆：我没见过这样的男人，起初是块铁，后来咋是堆泥了呢？

赵　三：二爷赎了咱。

王　婆：咋是泥了……

赵　三：赎了咱，就回家了……也不知金枝回来没？二里半家成业还真敢往金枝头上扣屎盆子！

王　婆：成业不是泥，可咋就坏了金枝？金枝，你要生了孩子，娘替你扛那些"舌头"，娘啥事不敢挺脯子。可你怕了，跑了……你爹也撅眼子朝天服了软儿……

赵　三：命没了，就啥都没了。可这命又回来了，回来了，就得过日子，这日子里有她娘、金枝，还有……二爷。你说二爷这人，明明是我对不起他，可他咋就有这肚量呢？要是那天杀的真是二爷，不就杀了个不错的?! 人哪，干事不能凭火气。火气要不得。回去要买东西谢谢二爷。

王　婆：二爷咋就没整死呢？咋他倒成了铁？

赵　三：人不能没良心……

王　婆：跑了，没脸了；绑了，没命了。柴房、粮食、钱没了，这日子咋过？

赵　三：人不能没良心……

就在赵三被赎时，他的老婆，王婆却走了死路。事件二：王婆自杀。舞台上赵三与王婆在不同时空里向观众诉说，一个想着以后的生活，一个寻着眼前的死路。王婆有着刚烈的性子，她的寻死，不为表面意义上，赵三的被抓与金枝的逃跑；而是为着亲人们像她理想的那样硬朗朗地挺着脊梁面对灾难。赵三的讨饶，金枝受辱后的逃跑，使她的理想彻底破灭。王婆是全剧中唯一一个有些思想的人，但她是个女人，她只知道男人倒了，就像大树倒了。当赵三哼起欢快的小调时，王婆已咽净药粉服了毒。"唯一一个有些思想的人"的死亡也是如此的随意与轻弱。
（《生死场》导演阐述）

王　婆：不能过。就不过了。

【王婆被悲哀笼罩着，嚎啕地哭起来。

赵　三：二里半，晦气东西，回去得给我服软，还有那帮王八蛋们，都得给我服软。

【赵三欢快地哼起了小调

【王婆从怀里掏出一个纸包，胡乱地往嘴里倒着药粉，她服了毒

【王婆喘息着，奇异地大睁了双眼

【赵三的小调还在哼着

【灯光渐收

【“娘，娘！”灯光照亮喊娘的金枝

【成业用手环住她

成　业：咋了？金枝。

金　枝：我，看见娘哭了，娘说：“生了孩子，娘帮你带。回家吧。”

成　业：做梦了。

金　枝：我看见了。（嘤嘤哭起来）

成　业：（有些憋气）咋这个出息。

金　枝：火不知咋灭的？爹娘咋样了？你爹娘咋样了？咱俩一走，咱两家就成仇人了。

【成业不作声

金　枝：没钱，也没带衣裳，睡在人家菜窖里，这是逃荒啊。肚子越来越大……

成　业：娘们儿家就会磨唠！找到活儿，还能睡人家菜窖啊？等有了钱，买衣裳，置房子，生儿子，能饿着！

金　枝：不要娘了？

成　业：先不要了。

金　枝：娘要哭疯了呢？

成业与金枝要幸运得多，他俩出逃在外，却也构成了一个事实：争吵。金枝由于梦见了王婆决定回家，成业不允，二人口角。这段戏是在冰冷的菜窖里展开，年轻的生命虽然鲜活，却是如临地狱的苟且偷生。二人的性格在争吵中呈现，金枝丢却依赖渐显倔强，成业失掉冲动流露怯懦。发展中出现一次插叙，其间有王婆对金枝的召唤，有婆子们对成业的蔑视。插叙结束，二人的思想更加无法统一。
（《生死场》导演阐述）

成　业：咋会。

金　枝：娘跟爹以前，有过男人，有过儿子，那儿子参加胡子被人打死了。娘有时一个人掉眼泪。娘说，就我一个亲人了。成业，咱回家吧。

成　业：回去丢人哪！你肚子里有了东西。远近地邻都清楚，那些骚婆子嘴里能有好？咕叨长、咕叨短的能闲着？我从小就被人戳点。不想再听戳点！

【一阵簸豆子的声响

【金枝想起从前几个婆子的议论及母亲对她的态度

【灯光照亮手拿活计的菱芝嫂、簸豆子的五姑姑。王婆则在拾掇鱼

菱芝嫂：金枝，去河沿刨鱼，差不多就回来，河沿可不是好人去的地方。受寒事小，坏了名声，可丢不起人。

五姑姑：姑娘家可得当心。二里半的婆子就在河沿坏的事。

菱芝嫂：这事全村儿都知道，那傻婆子肚子越闹越大才害了怕！婆家也嫁不出去，没法做了二里半的老婆，她娘为这事差点儿没羞死。

【王婆住手听着

五姑姑：成业就是河沿怀上的，挺大的小子让人戳戳点点。

【金枝与成业对望着

菱芝嫂：可不，上辈没留神，小辈跟着遭殃。成业要是看上哪家姑娘，那姑娘家也不会同意。准嫌丢人。

五姑姑：不留神就会遭殃，遭了殃就说不清了……

【王婆忍无可忍，用鱼锉打了鱼肚子

【两个婆子顿时收住了嘴

王　婆：（指桑骂槐）金枝！发傻装愣哪？加件衣服，想得痨病变死鬼啊！

【王婆用眼瞪着金枝

金　枝：娘……

王　婆：去，披件袄。

金　枝：娘！（抓紧了身边的小袄）娘……（哭起来）

成　业：你咋就知道哭！就知道叫娘？

【王婆随光消失

金　枝：（抹了眼泪）成业，我知道你心里委屈。可娘是个扛事的人，只要娘不戳点，别人就不敢戳点。

成　业：你爹呢？

金　枝：我爹……

成　业：我提亲，你爹那眼珠子朝上翻那样儿。咋的，我是王八犊子呵？我爹说破了嘴皮子攀望你爹，还有我娘，转尽了心眼子也说不整句人话。可他俩还不是铁了心攀你家的枝儿？啥亲家？我看是怨家。你爹就死活看不上我家。还有你，也是个倒运的命，才干两回肚子就大了。你说你咋就不知留个神呢！骚婆子，找了你。我这辈子不得安生。骚婆子，都是你败坏的我！咋就不经使？咋就大了？咋就能败坏了我？

【金枝望着这个怨怒的男人，心冰冷起来，想着眼泪的无用。于是。她夹起小袄向外走

成　业：不兴回去！

【成业拉拽金枝

金　枝：（挣脱着）肚子大了，爹娘也不要了，你是啥人？啥人？不是人，不是个人！放手，放手！

【金枝被成业摔倒

金　枝：我回去定了，放手，我回去定了！

【成业发急，咬了金枝一口，金枝叫起来

成　业：（又恼恨起自己）金枝，我不好，我嘴欠！别走，金枝！

【成业用金枝的手打自己，金枝木讷着

【窖顶传来议论声："闹哄哄一晚上了，一男一女。老总。"

就在这当口，出现事件三：成业被抓军。两名自发军士兵如破天而降，逼临菜窖，不容分说将成业连绑带按手印地抓入了"人民革命军"，等成业转过神儿来，命运已由一纸兵契决定。这是时局动荡制造的荒诞。这段戏要靠演员们默契的配合完成，按手印，要让观众看清楚：一纸兵契，要让成业瞧明白。成业只能向金枝求救，金枝却被这突发事件震慑得没了心理依据。她似乎还在使着倔强的性子，又似乎无能想出拯救的招数。表现这种复杂心情的最佳方式，就是不做处理。金枝只是站着，直站到成业被抓走而远去。

坚强是靠摧残而获生。金枝木讷着，她将挺着能够繁育生命的肚子，重新走向耻辱。她活着，只为前方有个身影在召唤，那是愿用身体为她挡风遮雨的娘！送葬的曲子憋闷着响动起来，灯光从金枝身上消失，照在送王婆下葬的挂灯上，生死无过，只是折磨着活人。

（《生死场》导演阐述）

【问："那男的啥样？"答："挺壮实的小子。"

【两个宪兵提着马灯出现，成业、金枝已无处躲藏

兵　甲：绑了。

【兵乙来绑成业

成　业：（挣扎着）老总，我没犯啥事，凭啥绑我？

兵　乙：劲儿还挺大。

【兵甲帮兵乙共同绑成业

兵　甲：我们是自发军，请你加军，管吃喝、管粮饷。

【兵乙拿出兵契，搬着成业的手按了手印

成　业：老总，这是我婆子。她肚里怀了我的种，我加军，她可咋活？老总！

兵　乙：不是野种，就回娘家。

成　业：不能回，她不能回娘家。金枝，说句话，说话呀！

兵　甲：瞧你把这娘们儿稀罕的，你小子没啥出息。看到了吧，这张纸是军法，触犯军法给你小子治罪。走！

【二人架、拽成业下

成　业：（喊叫）你咋不说话啊！骚婆子等我回来弄死你！弄死你……

【曲儿呜咽地奏响

【金枝向前走几步，张了张嘴，她转过身来，木讷地发起呆

【光隐

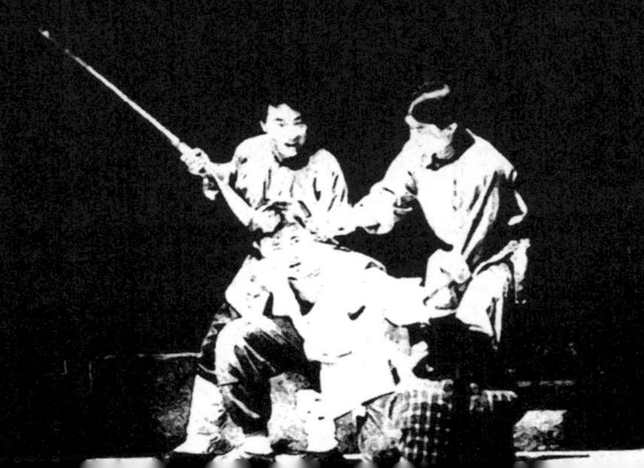

（四）

【送葬的乐曲响着

【菱芝嫂与五姑姑升起一盏南瓜灯

【一个男人铺放草席，其余几个架着王婆，将她放在草席上

【二里半随着众人，喃喃着

二里半：没了，都没了……

菱芝嫂：二里半，躲我远点儿，晦气。

五姑姑：王婆为赵三死，这我知道啊，他那婆子……整不懂。

菱芝嫂：俩兵弄死的。

五姑姑：死都不得好死。

菱芝嫂：我看是那婆子自己招的。

【二里半愤怒地向菱芝嫂走来

菱芝嫂：干啥？你要干啥？

【男1过来一拳打向二里半。

男　1：说屈你了？俩人弄死的，不是她招的咋的？

二里半：日本人！

男　1：日本人也是人，能随便就弄死你婆子？呸！

死的挣扎：第四段落比较复杂，由送葬，赵三、金枝回家，王婆复活组成。
送葬的曲声响过，众人忙着为王婆下葬做准备。二里半夹杂其间，似乎要在婆子死亡这件事上，与赵三找点共鸣，被众人一通羞辱。没有人同情麻婆的被杀，却全体敬重着自杀的王婆。二里半是冤屈的，他明白了自己无法同那个虽然进了大狱却清白而又胆大的赵三相比。

（《生死场》导演阐述）

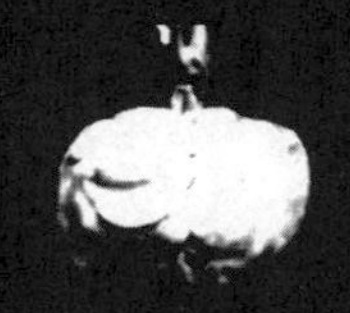

而此时赵三正在舞台另一端磕着头，千恩万谢着二爷的救赎。这个反常场面的出现是为揭示与强调尴尬人偏对尴尬事的可怜处境。随后，赵三喝了二爷赐给的酒，就晕头昏脑地出现在了众人面前，大伙不禁疑惑了，这个犯了杀头罪的人如何跃到他们的眼前？大家显然忘记了将王婆的死讯告诉赵三，而是急切地怀疑起赵三出来的动因。赵三抱着他认为是睡觉的王婆倾诉了被赎经过，众人才恍然大悟，却又马上转移了兴趣，盘算起了赎金的价值。还是没人提到王婆，死亡在这群人面前是那么不足道论。这是贫苦人民创造的悲剧奇景，是思维意识方面的失误。
（《生死场》导演阐述）

五姑姑：算了，算了，人都死了。你去庙里烧烧香去去晦气。

菱芝嫂：晦气。一家子晦气。

五姑姑：算了。算了。

二里半：（卧在一旁）晦气，晦气！三哥，你婆子死得烈性。我婆子死得臊性。里外里不如你啊！我不清白，成业不清白，就连婆子死也不清白。造啥孽了？三哥，你在大狱里好吗？你清白，到死都清白。胆子大，到死都胆子大啊！

【灯光照亮正跪在地向二爷磕头的赵三

赵　三：谢谢您大恩大德！

二　爷：回家吧，赵三。

赵　三：您是大恩人。没您我能回家？

二　爷：回去吧。

赵　三：不急，二爷。我……真是不知道说啥报答。我，有件皮袄，没穿几回，折合点钱，我家还有头牛，明天上市去卖，也算我念着您点儿心思……

二　爷：不用了。

赵　三：……二爷！

二　爷：……牛牵过来就是了，在我这儿喂壮实了，春天干活儿你好用。别的……就算了，我也没花几个钱。

赵　三：您……别跟我客气……

二　爷：回去吧。

赵　三：哎！

【赵三起身，却像是老了几岁。慢直着腰

二　爷：赵三，回去团聚、团聚，我这儿有坛子酒，你自己拿吧。

【二爷走下，留下一瓶酒

赵　三：（心情郁闷起来）没您我咋去团聚？您还给我酒

喝。您真是……

【赵三说不清心里的滋味，嗓子居然哽咽起来

【赵三小心地拿起了酒，打开瓶盖喝了一口，他找了个角落，喝起闷酒

【发送王婆的人蹲在地上，唱起了送葬的曲儿

男　1：(唱)生啊！就是老天爷和好了面，一屉顶一屉，发面馒头(就是)来到世上蒸一蒸啊。

男　2：(唱)老啊！死面的饼，老牛的筋，除了阎王爷，谁也嚼不动啊。

【菱芝嫂抽抽搭搭地哭起来，后索性卧地大哭。五姑姑被传染了般，也哭起来！

男　3：(唱)病啊！就是破身板，别死心眼儿，扛不住撂挑子卷铺盖卷儿啊。

五姑姑：死人了……

菱芝嫂：她王姐你咋就撒手不要我们了……

男　4：(唱)死吧！就是你翻白了眼儿，蹬直了腿儿，到了阴间啥也别扯啊。

五姑姑：赵三进了狱，王姐就没了盼头……

菱芝嫂：金枝这丫头不争气呀，见着男人骨头就发软，金枝你就跑吧，你可葬送了你娘一条命啊！

五姑姑：赵三杀了人，金枝又丢了人，前胸后背都没了，那王姐没法儿活呀！

菱芝嫂：命啊……

五姑姑：没有男人的日子，我可过过，我那死鬼就死得早，撇下我一个睡凉炕睡到了今儿，王姐，我就跟你去吧。

菱芝嫂：亲生的丫头跟人跑了。我也是没好命，要了俩丫头，往后不是这个下场啊。丫头们早晚得跟人跑，我的命啊！

【男人们早已不耐烦起来

男　1：别哭了！死人死了，活人得计算着咋过！

男　2：菜价低了，钱都毛慌了，粮食也不值钱了。

男　3：布贵，盐也贵，我看快连盐也吃不起了。

男　4：地租还要加，还要不要人活？

男　3：没法儿活，也活不好，二里半家成业还敢私姘金枝，有钱可以，没钱也敢姘？没见过。

男　1：二里半这瘸骡子腿儿，欠打！

【男 1 过去踢打二里半，众男也帮衬着踢踢打打

五姑姑：王姐死得好啊，一了百了啊……

菱芝嫂：一了百了……

【二里半倒在地上不吱声，众男觉得也没太大折腾，住了手

【婆子们渐渐哭够了

五姑姑：睡凉炕啊……

菱芝嫂：我的命啊……

【赵三摇摇晃晃地走出来

赵　三：不安生……这辈子不安生……牛，二爷。

【赵三瘫卧在地

【二里半发现赵三，张了张嘴，爬起来，用手捅了周围的人

【众人发现赵三，呆傻着，似乎没反应过来。倒是赵三自在

赵　三：嘿……都在这儿……接我呢？

【众人渐渐反应了过来，站起身叫着：“三哥！”

赵　三：呸！谁……是，你们三哥？

男　1：三哥，你，你这是咋出来的？

赵　三：不……告诉你。

【众人望着赵三，觉得不太对劲儿

男　3：(快嘴)别是逃出来的吧？

【众人更觉赵三不对劲儿

男　1　(大着胆子)三哥，你是咋……出来的？

赵　三：不告诉你们，王八蛋，都……是王八蛋！

【众人面面相觑

五姑姑：他三哥，你可不兴，那个，那个……逃……

菱芝嫂：(急切地)三哥，你要是逃出来的，可得回去，让二爷看见。罪加一等！

赵　三：二爷？好人！二爷……

男　1：三哥喝多了。 ‘

【众人像看怪物一样地看着赵三，与他拉开距离

赵　三：二爷说了……春天……好好干活，都好好干活。

五姑姑：三哥不是疯了吧？

菱芝嫂：可了不得……

男　3：(向众人)得给他弄回去，让二爷知道，罪加一等。

【二里半听了众人的话，觉得万分对不住赵三，从人后走出

赵　三：二里半……

【赵三摇晃着贴近二里半，吹了二里半脸几口酒气

赵　三：我闺女，你儿子，我坷碜你！我跟你……没完，嘿……(转向众人)二里半就干重活，累死他。(转向二里半)干活，累死你！给我跪下，服个软，跪下！

【二里半向后躲着，赵三追索

【二里半被躺着的王婆绊倒

【赵三发现王婆

赵　三：嘿……你在这儿哪，婆子……

【众人望着赵三与王婆，同情着

赵　三：嘿……你喝酒了？不在家睡。我……二爷拿钱赎了咱，咱家的牛就让二爷牵去，不心疼，二爷拿了钱哪！醒醒，咋了？死猪样。

【赵三拍打王婆的脸

【男 1 阻止住哭着的婆娘

男　1：嘘，听，三哥说是二爷拿钱赎的他。

男　2：不能够，二爷加租，二爷会拿这钱？

男　1：三哥。您说啥？二爷拿钱赎的？

赵　三：（不理他）牛给二爷不心疼，二爷的情，咱这辈子还不清，这辈子不安生啊！

【赵三趴在王婆身上哭起来

男　1：（转向众人）是二爷拿钱赎的三哥。

男　2：二爷加租了，二爷能拿这钱？

男　3：二爷咋会拿？

男　4：整不懂？

男　1：三哥说的要是真话，那二爷得拿多少钱呢？

男　3：嗯，少不了，咋说也得这个数。（伸出一个手指）

男　1：咋也得三块大洋。

男　4：二爷他肯花这钱？

男　1：一条人命啊，咋也得这价。

【众人盘算起来

男　3：一块大洋钱能牵家两头牛……

男　1：三块大洋钱得牵家六头牛……

菱芝嫂：十吊钱能换十二个小鸡仔，一块钱得换多少小鸡仔？那还不得一院子……

男　1：二爷真有钱……

男　4：二爷他还救了人。

【二里半望着赵三

二里半：二爷他为啥赎赵三？

五姑姑：三哥值这么多钱了，王姐要是活着不得撂着脚儿乐啊，王姐，你的命好苦啊！

【众人这才纷纷转向赵三

赵　三：（拍打王婆脸）醒醒，死猪样，别睡。

菱芝嫂：(急切地) 他三哥，那哪是睡觉。人死了！

【赵三愣住，看着王婆又看着周围的人，他不认识了眼前的一切。他把王婆放下，腿底打着晃儿走到众人对面，他要看清这是什么地方，却又看到躺倒的王婆

赵　三：……躺着，躺着……

菱芝嫂：糊涂了？人死了，服了毒！

赵　三：服毒？为啥服毒……

【赵三向前几步，站住。他身子晃悠起来

赵　三：你就坑我！

【赵三跌撞着向地上的王婆冲去，被众人架拽住，他歪头吐了起来

五姑姑：没疯。还醒事儿。

【赵三吐过之后，向前爬着将众人甩在身后，他直瞪着双眼，似乎要看穿什么

【赵三回想起杀二爷前夕

【灯光照亮王婆

王　婆：她爹……

赵　三：嗯？

【王婆正在擦拭一支老洋炮枪

赵　三：啥？哪鼓捣来的？

王　婆：(自顾自地) 老洋炮。整点儿火药放在这小口里。找根棍儿鼓捣、鼓捣，鼓捣满了搂这小钩子。(站起来把枪递给他) 枪整人利落。

赵　三：我问这玩意儿哪来的？

【王婆挨赵三坐下，用袖子擦枪

王　婆：秋末，二爷他们嚷着逮胡子，那胡子就藏在咱家地里。他拿枪对着我，我看他瘦得就剩俩眼珠子，就给了他个馒头，他教我鼓捣这玩意儿咋出响。后

当那个被命运揉搓的几近麻木的老赵三，明确了王婆已死的事实时，他已经不会哭闹，只是再次展现了他思维基因方面的弱点——回忆。演员在设定表情时，灯光配合王婆出现。王婆曾表情刚毅地要赵三用老洋炮枪杀二爷，赵三当时也欢天喜地地夸耀未来的杀人壮举。这段戏需要演员通过动作组织，调度设置及节奏配合隐喻做爱经过。
激情的盲目憧憬过后，健康的王婆乐着消失在赵三的记忆中。赵三害怕了，王婆的死因是在他讨饶时注下的，他的婆子他最懂。这个死人怎么能这样轻易地把他卑下的行迹简单地带入坟墓？不能够！他赶紧去寻找其他动因，直找到金枝丢人这一事实时，才算有所解脱，心思得到一些平衡，他咧嘴哭了，灯光复原。
(《生死场》导演阐述)

来，二爷他们嚷着逮他，他就跑了。

赵　三：枪给你了？

王　婆：他说要是活着回来，就来取。

赵　三：你就收了？

王　婆：嗯哪。

赵　三：你胆子大啊！

王　婆：我想你打个猎啥的兴许有用。

赵　三：胡子的枪你敢要，你让二爷看见。

王　婆：二爷看不见。

赵　三：他咋看不见？

王　婆：看不见。

赵　三：这么大个家伙他咋看不见？

王　婆：他都不知道咱有这家伙儿。他咋看得见？

赵　三：他要是看见了呢？

王　婆：整死他。

【赵三被自己婆娘说出来的话震慑住

王　婆：枪整人利落。

【王婆将枪递给赵三，赵三低头鼓捣枪，乐起来。他突然用枪把子打了王婆一下

王　婆：咋的？

【赵三又打了她一下，王婆跑着

赵　三：骚婆子，用你给我指点？(打王婆)镰刀整人就不利落了？照样利落，听到了？

【王婆用眼瞪他。赵三突然亲了王婆一口

【王婆用头顶倒赵三。赵三拽着她的衣领兜了半圈，后将她抱起、放下地，折腾了一会，最后，撕开她的衣领，转脚踏住她的腰，将王婆提拽起

赵　三：婆子！(喘息着)

王　婆：她爹！(喘息着)

赵　三：我赵三是不是块材料？

王　婆：是材料，好爹！

赵　三：赵三干的事不是大事？

王　婆：大事，她爹。

赵　三：多大？

王　婆：天那么大。

赵　三：是多大？

王　婆：天大的事！

赵　三：我赵三是不是赵三？

王　婆：不，是树高高的，是河长长的…… 啊不，是江，大大的江！

赵　三：松花江。

王　婆：松花江！

【江水声“哗哗”响起

【赵三拿起镰刀向王婆跟着他的脚步

赵　三：二爷他是个大财主。

王　婆：他就知道欺负咱穷人。

赵　三：二爷他要加地租。

王　婆：不让咱穷人过日子。

【二人聚合一起

赵　三：不让他加租。

王　婆：不让他加租。

赵　三：不能加！

王　婆：不能加！

【音乐停止

王　婆：她爹……

【王婆"咳"地一声背起了赵三

赵　三：婆子！

王　婆：她爹！

赵　三：我不是孬种！

王　婆：不是，她爹。

赵　三：我高高的。

王　婆：高高的，她爹。

赵　三：高高的。高高的……

【王婆支撑不住，赵三跌落在地，二人喘息着

【王婆笑了，笑得很爽朗，随光消失

【回到现实中。赵三喘息着瞪起双眼："婆子！"

赵　三：服毒……为啥服毒？她给我枪要我整二爷，我整了小偷她叫我高高的，我抓进了大狱，她就服了毒？她早先男人死了，她也没事……是为金枝跑了？她早先儿子死了，她也没事……那是为啥？婆子哎。你可为啥？

【赵三嗓子哽咽了几下，拧着脑袋琢磨出道道

赵　三：那天，要是真杀了二爷，也就没事儿了。可偏偏不是，二爷能给我好果子吃?! 绑我那会儿我讨了饶……我，我那不是讨饶，我是是想说清楚原委。她大吼一声："赵三！"那两眼灯笼似地瞪着我。性子烈啊……

【赵三害了怕，收住口，不想这事是自己的责任

赵　三：不能够，不能够！是因为我杀错了人，白搭了一条命，她活着就没了盼头？对，对。还有金枝，金枝在全村丢了人，她在全村丢了人。对！

【赵三推卸了责任，也就把问题解释明白了，他吼起来

赵　三：婆子哎！

【灯光复又亮起，众人蹲在地上

【不知什么时候，金枝已站在王婆跟前

【二里半叫了声："金枝。"

五姑姑：他三哥，金枝回来了！

【赵三抬头望向金枝，金枝也木讷地望向赵三

菱芝嫂：金枝，你可葬送了你娘一条命啊！

【赵三起身向金枝急走几步，后停住。他望了金枝好一会儿

赵　三：坑我吧，你们都坑我吧！

【二里半难过地蹲下身来，只剩赵三、金枝呆立

【突然，从王婆那发出了"哼哼"的声音，身子也随着动了动

【金枝喊了声："娘！"跑过去跪在王婆面前。赵三也跑过去观望，渐渐地，他害怕起来。他猛地推开金枝喊着

赵　三：大伙都别动！

【赵三找到了一根长棍，他快速骑到王婆身上。用力压开了王婆的肚子

【众人赶忙跑过去拉拽赵三

赵　三：她瞪着俩眼珠子，你们没瞧见吗？她要跳尸！

【众人恐惧地撒手，赵三复又压开了王婆

赵　三：（边压边说）她要是站起来，抱着谁就不撒手：不撒手抱着谁，谁就跟她一块死！来，一块儿压！

金　枝：娘，爹要害死你！

赵　三：拽着她，别让她过来。

【男1、男2帮衬赵三，男3、男4拉拽金枝

赵　三：她菱芝妹子。把酒拿来！

【菱芝嫂颤抖着把酒递给赵三，赵三喝净了酒，又压开了王婆

【众人"咳、咳"地用着劲儿

金枝，这个饱受委屈却不敢怨怒的年轻女人出现在送葬人前。她的母亲已不会声响，她的指望也不明白地丢失。赵三望到女儿的回归，也只是缺乏词汇组织地吼骂了两句，思绪便混朦起来，两个人只会尽情地站着。

就在这时，父女二人不能预料的事件发生：王婆复活。从王婆那发出了"哼哼"的声音判断，她还没完全断气。可赵三却恐惧起来，随后忙着组织起动作，他找了根长棍偕同众人集体压开了王婆的肚子，不是为人还有一口气，是为民间传说中一种叫做"跳尸"的说法而动作，他认为压制王婆的气息是制止"跳尸"的最好办法。这种行为要令观众震惊，因为他们懂得王婆是一息尚存。而舞台上的人们正在专心致志地协调动作，努力压着王婆，直压到她立起半身，吐了黑血，方才住手。这场面令人痛苦，说不清是愚昧使他们人为制造着死亡，还是长期磨难造成的麻木令他们忘却了恐惧，总之，这群人在不自知地迫害生命。但是，生命力是个顽强的东西，挣扎过程往往逾越常情。

（《生死场）导演阐述）

金　枝：娘，娘！(叫得凄厉)。

【王婆突然立起半个身子，向赵三吐着

【众人惊愕

男　1：吐黑血了，三哥！

【王婆一扭头复又躺倒

【赵三住了手，喘息着

赵　三：完了，这回完了……

【男3、男4松开金枝，金枝跪卧地上呆呆地喊着："娘……"

赵　三：……收拾……埋了。

【众人将王婆卷进草席，扛起就走

赵　三：(边走边说)她娘，二爷的酒你也没喝上。你就不再等我两天儿？金枝回来了，还不知道干没干丢人的事？好赖是全须全尾儿回来了，咱一家好好的，就你命短……

【众人突然停住

男　1：哎，有动静……

【众人感觉着，后撂下席退向两旁

【席子打开，王婆扭动身子侧头吐着

【金枝瞪眼冲到母亲面前喊着："娘！"

【赵三及众人惊愕地望着王婆

【王婆蠕动着抬起上身

王　婆：金枝……

金　枝：娘……

王　婆：你跟来了，这是地府吗？

金　枝：不是，娘，是咱村儿。娘！我活着……

王　婆：活着……

金　枝：娘！你是活了吗？你别吓我！

【王婆摸索着席子，又看看金枝，后抬头望向周围人。望着站在突出位置的赵三

王　婆：赵三，你死了？

赵　三：(向王婆走着)她娘，你别吓我，你这是活了？

王　婆：你死了？(呆望赵三)

赵　三：……二爷拿钱赎了咱！(解释着)我不是进了大狱？

【王婆点点头

赵　三：是二爷拿钱赎了咱，二爷还给酒让咱团聚。你服了毒，这要埋你哪！

【菱芝嫂、五姑姑亲切地呼唤："王姐。"

五姑姑：要埋你，你就自己坐起来了，你这是没死！

王　婆：……没死，活了？

【王婆转向金枝

王　婆：金枝！

金　枝：娘！

【王婆"哼"了一声，捂脸哭了

金　枝：娘！(磕头)我对不住您！我，肚里怀了成业的东西，没脸了，跑了。那天晚上我看见娘了，就回来了。娘！(转向二里半)大叔，成业被抓了军，自发

就在人们下葬王婆时，她复活了，被压迫出的那口黑血带走了药的毒性救了她，她看到了赵三、金枝和熟悉的村落，想死却没成。金枝看到母亲复活产生了勇气，跪向众人诉说了未婚先孕的事情。赵三愤怒了，命运怎么就单把他折腾坏了？刹那间所有的委屈和羞耻全都没了去处，他举棍打向金枝。此时。王婆内心却渐渐踊跃出欣慰，她仿佛寻回了原来的理想，因为她的女儿硬硬朗朗，成了未来生活中的大树。既然没死成那就不死了。金枝，为她重新面对苦寒人世淤积了勇气。
(《生死场)导演阐述)

军。

【二里半向后躲着，赵三完全愣住，王婆却异常慈爱地望着金枝

【赵三甩开众人，抄起木棍

赵　三：我打死你这骚丫头！

【赵三举棍打向金枝，被众人架住

【金枝并不躲闪

赵　三：你还要活呀，我打死你！

王　婆：赵三。

【王婆跪起来，两个女人对面跪着

【“大三弦”震颇起来

王　婆：……不是泥……娘的丫头金枝不是泥！你俩的孩子，娘给带。

金　枝：娘！

【金枝向母亲磕头，又转向众人磕头，金枝跪向众人

金　枝：村儿里的老少爷们儿、婶子大娘！我金枝和成业相好，我肚里怀了成业的东西，可我想娘就回来了。老少爷们儿、婶子大娘。您几位放高手别戳点我别戳点我肚里的东西！我磕头了！

王　婆：金枝。

金　枝：娘。

赵　三：坑我吧，你们就坑了我吧！

【赵三扭转着身子，横斜在众人当中

【音乐凄楚起来

众　人：三哥，人活着就好……

【这群人静止住，只是口中喃喃有声。

众　人：活着就好……

【两个女人依旧地跪着

【渐渐地，后方天上出现火红的日头，日头火辣辣

照着这群人

众　人：活着就好……

【灯光渐收

【南瓜灯飘摇摇地落下

【音乐渐停

（五）

【蟋蟀声响起

【二爷家院内

【灯光照亮摇扇的二爷，二爷悠闲地跷着一条腿，为二里半读信

【二里半蹲在一旁，侧耳听着

二　爷：……我加的军叫自发军，长官待我还好。可长官就是长官，上马得用人抬，纪律也紧。纪律就是规矩。一次，我只多睡了一会儿，就被长官打了十个枪把子…

【二里半听说儿子挨打，不由得立起了身

二　爷：（没睬他，继续念信）最近，日本来了，长官叫他们鬼子。

二　爷：长官们整夜说话，说打鬼子。

二　爷：这信是我托人写的，为了你们放心。等我挣了大钱就回来，顺便把这信给金枝说说，回来就娶她。跟村里人都说说，金枝是我的人，不兴戳点她。成业。

【二爷合上信

二里半：（发觉没了动静）完了？

二　爷：把信拿走。

生的苦难

第五段落，由二爷之死，金枝生产，赵三摔死婴孩组成。

成业来信了，可全村只有二爷一人识字，于是，二里半请求二爷为他转述。念过信，二里半由于说话不周得罪了二爷，二爷将他轰了出去。二里半郁闷起来，就在他为自己懊恼时，日本人第二次进了村。

事件一：二爷之死。这段戏通过院内、院外两个不同环境展现。院内，二爷不满日本人白吃白住的要求，率先“抗日”，遭到日军枪杀。院外，二里半闻声，以为是鞭炮，赞美着有钱人的逍遥。院内院外，两种情境，演员要注意分寸把握，让观众自然感受这种荒诞气氛。随后，二里半继续烦恼着自己，连同成业及能生出一堆“小成业”的女人们一并痛恨起来。

（《生死场》导演阐述）

二里半：(接信) 谢谢二爷。

二　爷：(顺嘴问着) 金枝快生了吧？

二里半：嗯哪。

二　爷：你们哪，做事不动个脑子。大姑娘家怀了私孩子，要是在南边，大人孩子都没命：在北边，在我这儿，你们还能逍遥自在……日本要打来了，恐怕就没我仁义了。

【二里半愣愣地发傻

二　爷：二里半，想啥呢？

二里半：是，二爷。我在想，我跟赵三这仇是到了儿也解不开了。二爷，您说我该咋办？

二　爷：……滚 !(二爷站起来)

【二里半愣住

二　爷：不识抬举。去，从后门滚出去，别踏脏了我的门槛。

二里半：你咋了？

【二爷摇扇，溜达起来

【二里半朝与二爷相反的方向走着，他委屈着

二里半：你叫我滚，赵三也坷碜我，全村都不待敬我。(低头看信) 加了军，加军有啥好？是能让金枝肚子回去？还是能让你爹我不丢人！

【二里半倚靠在墙角蹲下

【几句日语喧哗声

【两个农民跑上，站在二爷身边

【翻译官同两名日本兵走上

翻译官：老乡，老乡……

二　爷：谁是老乡，我是这村东家。

【舞台上人们停顿住

【字幕出现 ：日本小分队第二次进村

【字幕光渐收

翻译官：东家，我们是日满亲善的队伍，第二次来你们村儿。走了一天路，没吃东西，想到你这儿讨点吃食，再喝点儿水顺便……（向周围望望）你这儿房子挺宽敞，那就在这儿住两天。

二　爷：带钱了吗？

翻译官：人不多，吃不了你多少。

二　爷：白吃？

翻译官：对。

二　爷：住也是白住了？

翻译官：对。

二　爷：（对手下）轰出去。

翻译官：对亲善的队伍怠慢，可别怪我们不客气。

【翻译官对日军说日语，日军举枪

二　爷：想动武？日本子吧。三乡五里打听打听，谁敢在这儿白吃白住，出去。（见日本兵没有放下枪的意思。向手下）把刀举起来。

【手下举起镰刀，双方对峙着

二　爷：举高高的！

【手下的镰刀举高，日军的枪也举高

二　爷：把枪给我敛过来，上！

【手下举刀向前，日军放枪，手下倒地

【翻译官甚为得意，二爷却愣住

【二里半站了起来，捂住耳朵

二里半：又不过节你可放啥炮？有钱人逍遥啊！

【二爷冲向翻译官，揪住他的衣领，翻译官挣扎着向二爷开枪

【二爷死去

二里半：又一个，有钱人逍遥啊，真逍遥……

【翻译官与两名日本兵将尸体陆续搬下

夏天到来，女人们就真如二里半所恨般频繁生养起来。这段戏，要求演员找准生育姿势，动作只作为辅助，不可过多。还是多运用台词技巧，传达漠视生命的情绪，避免观众产生生理反应。两组生育场面引出事件二：金枝生产。从怀孕起，金枝内心就充满恐惧，直到孩子临盆，都无法摆脱这种情绪。她感到无奈、孤独与耻辱，她想到门口的母猪，正和她一样在缺乏关爱的境况中，孤绝无助地进行着生育活动，她无力反抗这种动物般的生理折磨。她的母亲——王婆，对于女人生育早已司空见惯。此时，正思念着被送进屠场的老牛，她辛酸牲口的死亡，同时也哀叹人命的短暂。这段描写基本沿用小说原词，演员的台词要尽量接近散文气质，力求动人。
二里半为着信的事情，还是来到赵三家门口，只是依然磨叨自己的痛苦。赵三为着女儿的生产，也不断抱怨着命运的不公，男人们的情绪异常低沉。
(《生死场》导演阐述)

【山羊“咩咩”叫了起来。

二里半：老瞌，你吃了？吃饱了？哎，饱饱的！别饿着，饿着了你就会瘦，瘦了就不招人待敬。就是在那羊堆里，那壮实的羊不是也得欺负你呀！吃，吃壮壮的跟他们干，用犄角顶他们！老瞌，你清白，给我争口气，啊？

【山羊不做声，二里半等着山羊的反应

二里半：咋啦？你怕了？

【山羊“哼哼”地像在乐

二里半：哎，不怕，不怕老瞌，咱不怕。腿不直咋的！和婆子先有种后成亲咋的！成业和金枝先“做熟了饭”又咋的，能咋的！嘿……

【二里半乐了会儿，揉搓开了手中的信，渐渐地为难起来

二里半：可这信咋跟金枝说？二爷说，在南边，没成亲怀了私孩子，大人孩子都没命！幸亏在二爷这，幸亏还有二爷在……这话我刚才咋没说？二爷一定想听这句话！(寻思着)二爷叫我滚，是为我没说这句话，不识抬举，真就不识个抬举！婆子，你死了消停，可你咋把成业这个孽种东西让我消受。早知是个孽障，生时就给他掐死。天暖了，全村都忙着生。生吧，都生孽障！小孽障变成大孽障，大孽障变成老孽障，生吧，生得全村儿大人们都不识抬举，都跟我一样的不识抬举。

【二里半自嘲地走下

二里半：生，生吧，不识抬举，就不识抬举。

【山羊叫着远去

【灯光照亮王婆，金枝

【金枝脚部被两条绳子挂起

【王婆立在金枝两腿之间，吸着一管长烟

金　枝：娘……门口那猪生了吗？

王　婆：还没哪。

金　枝：猪疼吗？

王　婆：……不疼。

金　枝：我咋疼哪？

王　婆：……你能和猪一样啊？

金　枝：一样……猪比人好，猪不疼……

王　婆：咱家的牛死了，咋死的？娘讲给你听，讲完了，你就不疼了……二爷不要了咱家的牛，说那牛老得就快死了，让我牵去屠场卖几个钱。老阳儿高高晒着，树林里一地的光点子，牛渴了，躺在水沟边，我想，这是它最后一次喝水了，没催它。快日午了，可也赶不走，树枝被我打成了两截儿……

【金枝攥住绳子跪转

【王婆与金枝像在受着刑罚

金　枝：暖和的季节，全村都忙着生。大猪带着小猪闹哄哄地跑，可那大猪的肚子还大着，真大……快要碰着地了，奶子有好多，都圆鼓鼓地撑着……

王　婆：老牛老了，没用了。为了一张皮，人变得利害了。

金　枝：猪跑到房后的草堆上生小猪，那胖猪四肢抖着，全身抖着……

王　婆：出了屠场，我拿了三吊钱，想着充一亩地，再买点儿酒，可后面有人喊；牛跑了。我一回头，老牛跟在后面，牛不知道，牛想回家。没法儿我只能向回走，牛又跟进了屠场。我给牛搔着头顶，它卧在了地上，慢慢地睡着了。我掉头出来，跑到道边，听见一阵关门声。到了村口，二爷手下的人把三吊钱都拿去了。

【二人静止住

【二里半和赵三分别走上，各自在诉说

二里半：不识抬举，真就不识抬举！里外里的丢人哪！

赵　三：丢不完的人，丢不完的人！

二里半：我这辈子还能干啥？还能干啥？

赵　三：我这人可咋能好？我可咋能好？金枝就大着肚子到了今儿，我亲生的丫头，我能弄死她呀！

二里半：金枝就大着肚子到了今儿，成业，你就叫你爹我一个人在这替你丢人吧。

赵　三：我能弄死谁呀！婆子？二爷？……想死咋就这难呢？

二里半：丢人丢到了家，咋还直不老挺的活着！咋不得个暴病死了呢？死了，谁戳点都听不见了，睡着了，做梦了……

赵　三：为啥死啊？为二爷，先是仇人后是恩人？为婆子，先是待敬我后是坷碜我？为金枝，先是好闺女后是丢人现眼……为我？为我这窝心脚揣在心坎上，为我想逞能，结果丢了人！为我里里外外做人，不是个人，我咋做人都不能是个人！

【两个男人憋闷着

【王婆燃亮一根火柴，金枝攥住王婆的手

金　枝：娘，别灭那火！

【火熄灭，金枝疼痛起来。

金　枝：娘，这小孩咋不出来！(她滚动着)咋不出来呀！

赵　三：嚎丧啥？骚丫头，咋不憋死你！

金　枝：娘，我要死了，咋不出来呀！

二里半：金枝，成业捎信来说他加了军，挣了钱回来娶你。他说，他还抗了日，他有出息……

赵　三：二里半，滚！

【两个男人相互追寻着

赵　三：二里半，你出来！

金　枝：娘，娘！

【王婆木讷着，她突然转身寻出块破布塞到金枝口中，随手拾起把镰刀吼着

王　婆：金枝！给我忍着，死了也得生！再叫，我就剁了你！

【两个男人憋闷住

【王婆手握镰刀，怒目圆睁

【乐声响起

【金枝手攥绳子，双脚分岔

【灯光转红

【王婆笑了，随光隐去

【金枝挣扎着，大睁双眼，嘴里依旧叼着破布

【灯光复又照亮王婆，她手中抱着个孩子

二里半：……咋不哭，生的是啥？

这时，金枝分娩了。二里半不合时机地隔着院墙向金枝传达了信的内容，赵三闻听，在院内叫骂起二里半。院墙，运用舞台假定性语汇，以王婆、金枝作为分界，两个男演员的追索、怒骂都在假定院墙存在的情况下完成。王婆被激怒了，她指桑骂槐地吼着金枝，赵三的怒火被王婆的吼骂憋闷在胸膛。屋里，金枝生下一个女孩。

事件三：赵三摔死婴孩。孩子的第一声啼哭，彻底摧毁了赵三仅存的一点清白，他已经分辨不出这啼哭是来自上天的责骂，抑或现世中耻辱的揪扯，还是自己对过去行为的痛恨。总之，胸中憋闷的怒火已经喷薄，他冲进屋里，从王婆手中夺过孩子解气般地掷了出去。亲人的自相残害为赵三内心带来些许平复，也为二里半的内心划了个公平等号。小孩哭了两声，便从此没了声响，金枝一年的痛苦没了代价，王婆半生的希望也随赵三的举动彻底落空。灯笼挂起，“生、老、病、死”的歌声随之唱响，唱道着村人尴尬的人生状态，有情又无情，是人又非人，虽生犹死，死亦茫然。没有存在的证实，只有悲凉的苟且余生。繁繁复复的乡土戏剧就这样咿呀唱着。就没有变化了吗？

军车喇叭声，鸡鸣犬吠声连同日本人“叽里呱啦”的语言，覆盖了“生、老、病、死”的歌声。

事件四：日本人全面进村。日本旗卷裹着铺散下来，宣告了乡土戏剧的落幕，新戏开锣唱响。

(《生死场》导演阐述)

【王婆深吸一口烟，吹向婴儿

【婴儿啼哭起来

王　婆：金枝，你生了个丫头。

赵　三：(实在憋屈了) 二里半，滚！

【赵三夺过婴儿，郁闷着，后将婴儿掷出，婴儿啼了两啼，没了声响

二里半：(乐了) 赵三，我不欠你了，咱俩两清了！

【舞台静止住。“生老病死”的歌声响起

【灯光渐熄

(六)

抗日赴死

第六段，是全剧的最后一个段落，是觉醒的最初阶段，是新生。由成业宣传抗日，杀日本兵，日本人逮胡子，全村抗日组成。

事件一：成业宣传抗日。成业当了逃兵，为的是自发军抗日不够英勇，回村又听说娘惨死，决定自发当胡子，宣传打日本。他先动员几个婆子，又招集老少爷们，发现这群人还没意识到日本人的威胁，甚至连国与村，满洲国与中国的概念也十分含混。这使成业大为光火，他转而宣传二里半，并要杀了他的羊祭天，保佑村子打胜仗。这真是要了二里半的命，他痛恨着成业，这个孩子除了给他带来灾难，就没带来过别的。为着山羊，二里半与成业吵闹起来，村人同情起二里半，劝说着他走去。成业愤怒中又有些纳闷，日本人打到家门口，如何还宣传不起来？

(《生死场》导演阐述)

【军车喇叭声，鸡鸣犬吠及日本话夹杂出现

【一面日本旗卷裹着从天幕顶部直直铺散下来

【旗中“黑日头”分外耀眼，成业出现在旗下

成　业：死人了！大敌当前，国难当头！我回来了。

【灯光照亮菱芝嫂、五姑姑及她们的俩闺女

成　业：我不当军了，当那个军丧气，就知道喊撤退。那天晚上，我们吃饭，饭盘子被炸那么大一窟窿，两个兄弟出去看看炸弹打哪儿来的，被小日本狗子打死了。我不干了，我要参加胡子。回来招呼老少爷们儿起来。抗日，救国！

菱芝嫂：你回来就为说这啊，没良心的，你娘死了，你咋不哭哭呢？

成　业：哭有啥用？死都死了。那是露脸的死。比当日本狗子的奴才活着强！

五姑姑：金枝可为你受了不少苦，你回来咋也不说个打算？

成　业：啥打算呢，打完日本子就娶她呗。

女　儿：成业哥，你俩的孩子死了……

成　业：咋死的？

五姑姑：自个儿死的……自个儿死的。

女　儿：那往后你可咋办？

成　业：……没事！等打完小日本子就娶她。那时候再生。她得给我生一院子。

菱芝嫂：你咋总日本、日本的。

成　业：小日本子都来了，你咋不知道急呢？等着杀你啊！

【几个男人走上

成　业：爷们儿！胆子大的爷们儿跟我干，咱们救国，抗日，抗日了！

【众人觉得他有趣，插了话

男　3：抗啥日？

成　业：抗日就是打鬼子，不打就亡国！

男　1：亡国，亡啥国？

成　业：中国。

男　2：咱这是满洲国。

成　业：咱这儿就是中国。是中国的一个地方……中国地儿大了，南边北边，都叫中国。

男　3：咱村儿叫中国？

成　业：村儿就是国，国就是村儿。

男　3：就是说……亡国就是日本子进了咱村儿，救国就是把日本子赶出咱村儿。

成　业：对，你有长进。

男　4：那别的村儿呢？

成　业：别的村也赶。

男　1：赶不走呢？

成　业：就杀。

男　2：杀得了，就咱们？

成　业：就咱们，爹，爹！

【二里半袖着手，慢吞吞地走出

成　业：爹，跟你核计点事儿，借我样东西。

二里半：都没了，还借啥？

成　业：把你的羊借我使使。

二里半：……羊？干啥呀？

成　业：不，用它祭天，保佑咱村打小日本狗子胜仗。

二里半：老天爷吃鸡，不吃羊。

成　业：小日本狗子把鸡都吃的差不多了。再说，鸡哪儿有羊庄重？

二里半：……羊老了，老天爷吃了塞牙，生气咋办？

成　业：那就留着喂小日本狗子吧！

二里半：日本子也嫌它塞牙！

成　业：那就让它老死！爹！我娘都让小日本狗子杀了。

二里半：……都是你个小王八蛋，找了婆子你就跑啊！你要在，你娘能让日本子杀了？我到今儿就老瞌是个伴儿了，你还要杀它，你亏良心！

成　业：……你……这样就是亡国奴！

二里半：亡国奴就亡国奴，你不去杀日本，凭啥杀我的羊？它老实你就欺负它，啊？它老实你就欺负它！

【二里半扑向成业，众人拉劝着他，同情地随二里半下

菱芝嫂：爹娘都不要，还抗啥日！

五姑姑：成业，先哄哄你爹，过两天再抗日。

【众人鸟兽散，成业满腔怒火无处宣泄

成　业：我娘都让小日本狗子给杀了，还过两天儿，今儿就杀到头上！一群犊子玩意儿！

【成业郁闷着

【赵三惊惧着走上

赵　三：二爷让人杀了，日本子杀的！日本子胆子大啊！搁了几天，人都臭了，二爷啊。

赵三嚷嚷着二爷的死讯，打断了成业的想法，两人见面显得很不自在。成业询问了金枝的情况，又马上急切地宣传起赵三，二人边说边走，这里采用戏曲圆场的办法解决。赵三进了家门，成业叫唤了一阵，觉得无趣，蹲在门口等金枝回家。屋里，王婆正在喝闷酒，自从希望落空之后，她对赵三就没了兴趣，任凭他唠叨着村里的变化。这里，回家来的金枝遭到了日本兵的羞辱，她大声疾呼着。

事件二：成业杀死日本兵。成业的激情在金枝呼叫时得以释放，他动作迅猛地割断了日本兵的喉管，赵三与王婆也冲出门来帮衬。赵三有了杀二爷时得来的教训，忙教给成业杀完人就跑的道理，成业正在兴头上哪里肯依。于是乎，舞台上一阵忙碌，金枝未能给成业一个原谅的态度，成业早已被赵三拉跑。日本兵的尸体只能由两个女人埋葬。

（《生死场》导演阐述）

成　业：三大爷。

【赵三愣住

成　业：您老身体好。我不当军了，回来抗日，刚才跟几个爷们儿核计，没人理我。回头你跟金枝说一下，等打完小日本狗子我俩就成亲。你不答应，我俩还跑。

【赵三转身就走，成业紧跟

赵　三：你干啥？

成　业：见金枝。

赵　三：她不在。

【赵三又走，成业还跟

赵　三：你抗日去，抗日去！二爷让日本杀了，去抗日去。

成　业：我待会儿再去。(还跟着)

赵　三：金枝不在，你还跟着我干啥！

成　业：我宣传你。

【灯光照亮喝酒的王婆

成　业：三大爷咱这疙瘩叫中国，亡国就是小日本狗子进了村，救国就是把日本狗子赶出去。不然你死的时候，坟头上就插日本旗子。不是咱中国旗子……

赵　三：滚!(他进了自家的屋)

【王婆呆滞着眼神，独自喝着闷酒

成　业：三大爷，不抗日，你坟头上插的就是日本旗子，不是咱中国旗子……

赵　三：我不要旗子！滚！

成　业：不让我宣传，那我就搁你家门口等金枝，我等金枝。

【成业找了个角落，躺下歇着乏，唱起二人转："不抗日。你坟头插的就是日本旗，左一根，右一根，一根接一根……"

【赵三心里烦闷，他抢了王婆的酒碗，一口气灌下，把碗掷向后方

王　婆：你就这么摔死了那孩子，麻婆子啥也没瞧见，就死了。她啥也没瞧见……

【赵三心里不好受，不在意王婆的态度，只是想说话

赵　三：……成业回来了，他招呼大伙抗日，没人理他，还不如那阵我整二爷的时候。

赵　三：这小子还有种。金枝原本嫁他也不亏……

【王婆并不搭理他

赵　三：二爷死了。那年，我整二爷，是二爷不让过日子，日本整二爷……不认识啊！麻婆子。不认识啊！日本国是啥国？日本人是啥人？

王　婆：日本人是要在咱国住。

赵　三：住？那还不客客气气的，咋不认识就杀人呢？没招没惹的，凭啥？

王　婆：各有一好，他们八成好这个。

【赵三觉这话听来新鲜

【日本人叫喊的声音

【金枝慌张地跑上，一名日本兵尾随，日本兵扑到金枝身上，金枝挣扎着

金　枝：来人哪!

【成业冲过去推倒日本兵

【金枝滚落一旁

【赵三闻声跑来，扭打日本兵，被日本兵用刺刀划破胳膊，他痛苦着

【成业用镰刀狠剁日本兵，割断他的喉管

【王婆跑来，看到已死的日本兵呆住

成　业：金枝！

金　枝：……成业！

王　婆：孩子。快跑。

成　业：跑啥？

赵　三：你杀人了，日本子要你命！

成　业：杀的就是日本子，咋能跑？

王　婆：没人待敬你，你一人闹腾啥响？留得青山在，还怕没柴烧啊，快逃啊！

成　业：金枝……

赵　三：小王八的，你这找死啊！

【赵三拉拽成业跑着

成　业：金枝……

金　枝：逃，成业，快！

【男人们跑走，女人们愣了会儿神

王　婆：金枝，把人埋了，快。

【两个女人将日本兵抬下

【鸡鸣犬吠的声音、军车喇叭的声音、人声，响成一片

【舞台上日本旗倾斜起来，压迫着人们，大家都蹲在地上

【翻译官：神气活现地训着话

翻译官：谁！谁杀死了日本人？谁，谁是胡子？胡子杀了日本兵！我们是捉胡子，没见我们宣传王道吗？王道，就是叫人诚实。满洲国要把害人的胡子扫清！知道胡子不说枪毙！

【“咩，咩”山羊叫

【二里半动了动，犹豫着，他起了起身

翻译官：(发现)老头，你！不要怕，你知道胡子？大胆说。

【二里半指了指羊的方向，又担心日本人捉羊。伸着的手缩回

翻译官：不要怕，你知道胡子？老头，过来，不要怕。

【二里半战战兢兢地走到翻译官面前

【翻译官揪住二里半衣领

翻译官：说！

二里半：你不认识我了？……你在我家呆过……

事件三：日本人逮胡子。日本旗开始倾斜起来，压迫着村民。日本人得知自己人被杀，觉得事态严峻，召集村民搜寻杀人者。日本人率先打了二里半，把他扔进挖好的坑里准备活埋，又将菱芝嫂与五姑姑的两个女儿拉走强奸。菱芝嫂与五姑姑大声呼叫，结果，五姑姑被扔进大坑，菱芝嫂由于反抗日本人的欺凌，被鬼子打死。两个女儿也被日本人迅速弄死扔进了坑里。但是，面对这些杀打事件，村民们始终沉默着。舞台灯光要在杀人的地方做些朦胧处理，造成虚幻效果。村民这边，则要把灯光慢慢开足，制造白热化感觉，强调村民压抑的沉寂和渐渐震惊的心路历程。赵三由于过度紧张咳嗽起来，被日军揪出挨打。金枝站起来阻止，被日军连同赵三一起轰到高处，王婆冲过去拉拽金枝，被日军打昏。翻译官把金枝放在赵三怀里，两个鬼子用刺刀抵住金枝后胸，只要赵三稍有闪失，金枝就会没命。翻译官继续追问村民，赵三的喘息声渐渐浓重起来，由于成业杀日本兵时，赵三的手臂受了重伤，他已经很难支撑，音响加大赵三的喘息声一赵三战栗着，艰难地喊出一句：“杀人了！”声音凄绝，压抑的村人悲愤起来。
(《生死场》导演阐述)

翻译官：（给了二里半一个嘴巴）我呆过的地方多了……没见过你。

二里半：不……不知道……

【日本兵冲过来左右开弓打开了二里半，又敲着他的后脖梗，把他踹倒，扔进已挖好的坑里

【翻译官回头望向众人

【沉默

【翻译官在人群中来回走着

【菱芝嫂的女儿正呆直着身子，愣愣地瞅着那埋人的坑，翻译官发现，就停在她面前

翻译官：你，知道胡子？

【女儿只是干干地张大嘴，一旁的母亲拼命替她摇头

【翻译官突然夹起女儿。她咬一口翻译官的脖颈，挣扎着滚落在地上。一声枪响，她被打死

【菱芝嫂疯了一样冲过去，刺刀扎死了她

【五姑姑的女儿不自主地尖叫起来，于是她也没了命

【五姑姑软一下身子，昏死过去

【日军们把这些身体简单地拽进了坑

【众人沉默

【赵三突然咳嗽起来。他惊惧着

翻译官：你，老头儿，站起来，你知道？

【赵三蹲着没动

【翻译官踹了赵三，赵三滚落出来

翻译官：不知道？

赵　三：不……

【翻译官过来

【赵三不动，日本兵跑过来一枪托打倒赵三，踹了他几脚

【赵三伏在日军脚下，日军将刺刀架在赵三脖颈处

【赵三捂着伤臂，不敢抬头

【翻译官将枪捅进赵三口中

翻译官：不知道，你不知道，啊！

【赵三的喉咙发着声响

【金枝猛然站起

金　枝：别杀他，他是我爹。

翻译官：啊，你知道？姑娘。

王　婆：金枝！

【翻译官踢打着赵三，将他顶到墙角

【翻译官不睬王婆

翻译官：姑娘。过来。

【金枝向前

【翻译官抱过金枝，把她放在赵三怀里

【翻译官示意日本兵将刺刀抵住金枝

【赵三的胳臂颤抖着

翻译官：（转向众人）说！谁杀死的日本人？

【王婆叫着“金枝”冲上去，被日本兵一枪托打昏在地

【沉默中的人们渐渐抬起头

事件四：全村抗日。
就在这时，成业冲入，揪住翻译官做把子，日军不得下手。此时，王婆挣扎醒转，金枝却呼喊起成业，日军开枪打向金枝，王婆奔向自己的女儿，舞台上出现一个长时间停顿。王婆渐渐哭嚎起来："死法不一样啦，打鬼子啊！"成业也接着呐喊："老少爷们，打小鬼子！"鼓声响起，村人被震慑。浓重的悲酸压迫着村人，他们终于冲向日军。鼓乐奏响，日本旗松动着散落，覆盖住舞台，赵三从旗下爬出，他不能想象，一生里会碰上这样的日子，这日子虽令他心酸，却也能重新点燃他的生命之火。激奋的赵三大声呼号，激励着村人，他正向着王婆的理想要求迈进。村人救出二里半与五姑姑，跪向匣子枪集体盟誓。随后，众人将日本人扔进大坑，拿着为自己送死的挂灯踏向日本旗，这群人将为活着而悲壮的慷慨赴死。巨型浮雕断裂在众人身后，缝隙间，绿油油的青纱帐现出。二里半告别了他的老羊，最后一个加进抗日的行列。
（《生死场》导演阐述）

【赵三的喘息声越来越重，渐而低吼起来："杀——人——了！"

【日本人用枪对准众人

【成业突然出现，猛地劫持了翻译官。他嘴里叫着"金枝"。金枝扑向他时，枪响了……金枝倒在血泊里

【苏醒的王婆大叫着女儿的名字，冲向尸体……

王　婆：（悲痛欲绝）死法儿不一样啦！

【鼓声响起

【男1慢慢站起来，男2，男3……众人纷纷站起

【"大三弦"一声声振颤起来

成　业：老少爷们儿！打——鬼——子啊……！

【成业扑向日本军，日军放着枪，众不畏强暴，纷纷涌动，与日军厮杀起来

【赵三从厮杀的众人中爬出

赵　三：闺女……死了！我……我也老了。年轻的爷们儿。你们救国啊！我想看你们把日本旗撕碎，等我埋进坟里，你们可要把中国旗子插在坟顶。我是中国人！我要中国旗子，生是人。死是鬼。不……当……亡国奴。

【村人每人手中提着个南瓜灯

王　婆：有血气的人不当亡国奴，金枝……

成　业：弟兄们！今天是啥日子！知道吗？今天，我们去敢死！就是把我们的脑袋，挂满全村儿的每个树梢都愿意。是不是!?

众　人：是！千刀万剐也愿意！

【乐曲声悲壮起来

成　业：盟誓！

【成业高举匣子枪，众人跪倒

成　业：若是心不诚，天杀我，枪杀我。枪子是有灵有圣有

眼睛的呀！

【二里半、五姑姑也从坑里走出，二人传递着灯

【众人手提南瓜灯，雕塑般伫立着

赵　三：生老病死，没有啥大不了！今天，咱们去救国！为了什么？

众　人：死人了！

赵　三：咋死的？

二里半：鬼子进了村，吃你，用你，打死你……他还不许你不愿意。

赵　三：那还了得？

众　人：了不得！

赵　三：今天咱亲自去送死，为了什么？

众　人：活着！

【悲壮的乐曲昂扬起来

【赵三笑了，众人笑了

【日本旗倒在舞台上

【天幕上裂出一线蓝天和无垠的麦浪，在众人身后跳跃

【二里半一瘸一拐地跟在众人后

二里半：(抹着眼泪)老瞌！我去敢死，你……好好活着！

【音乐凄绝，响彻全场

【剧终

初稿 1998 年 7 月于大连

第二稿 1998 年 8 月于北京

第三稿 1999 年 4 月于北京

断　腕

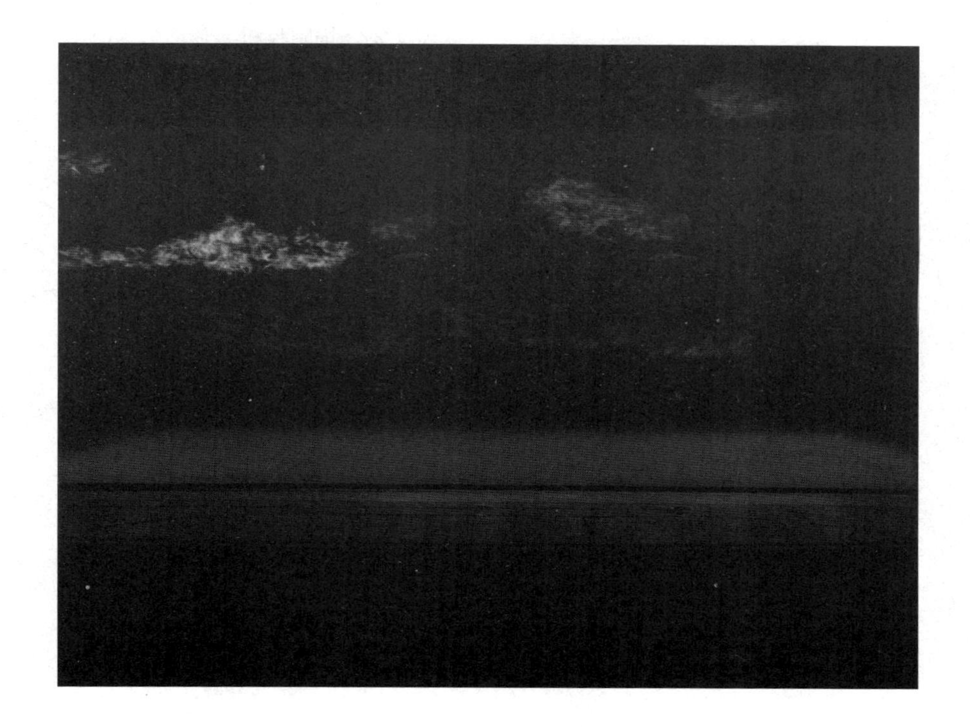

剧本原创　王新纪
剧本改编　田沁鑫
导　　演　田沁鑫

舞美设计　刘杏林
灯光设计　胡耀辉
作　　曲　姜景洪
服装设计　赵　艳
造型设计　王晓红

金　星　饰述律平
周文宏　饰阿保机
段奕宏　饰耶律信
涂松岩　饰耶律阮
李　浩　饰内　侍

【漆黑的舞台角落亮起幽暗的蓝光，现出述律平坐在地下的孤独身影

述律平：天上，飞来飞去的，是鹰吗？
内　侍：太后，您的眼力还是这么好。
述律平：真想出去走走，看看蓝天白云下的草原，看看草原上的太阳。
内　侍：太后，太阳已经下山啦。

【悠扬马头琴曲声响起
【述律平起身，缓缓向前走出。她年轻貌美，头戴
【紫色花环，身穿紫色长袍。袍底镶着白色的皮毛
【前区光起。现出背景蓝天白云
述律平：人都说，我的先祖是狼，我从来不敢相信。可是，我分明听得见，自己心中狼的嚎叫。我喜欢骑马游荡，带着毛毡，睡在帐篷外面。无论阴雨绵绵，还是乌云密布，只要我站在草原上，就能辨清方向。骏马嘶奔，征战的马蹄声已经远去，只有这宁静的草原，在我眼前展开。这是我的草原，草原上年轻的猎手很多，（背后歌声响起）他们怀着娶我的梦想，乘兴而来，又败兴而去。我仍是个待嫁的姑娘。
【述律平唱起歌来，转身向后踱去
【阿保机随歌声从左侧疾步走上
阿保机：乌日根河，像条影影绰绰的银线，沉沉地流向远方。这是我的草原，我要去寻找翅膀，做鹰，俯瞰草原。

《断腕》的舞台相当洗练，相当简洁，却又相当自信和凝重。蓝天、白云、草原，以及象征着与土地、与契丹民族共系命运的两根绳索，组合成一幅任由马背民族自由驰骋的广袤的大地。舞台上不图华丽和浮饰，只求质朴和浑厚。这样的土地上，才能引来能翱翔、搏击天际的“草原之鹰”阿保机，才能盛开一朵清丽绝俗的“草原之花”述律平。

【阿保机仿佛听到少女的歌声。寻找

阿保机：星光下，一人一马，一痕草浪。

阿保机：姑娘，请问白马山在哪？

述律平：在太阳升起的地方。

阿保机：草原辽阔，我怕走错。

述律平：天上最亮的星会为你指明方向。

阿保机：请告诉我怎么走？

述律平：向东方走，不要回头。

阿保机：只要上了路，我就会走到头。

述律平：去那儿干什么？

阿保机：谁要是能在春天的夜晚，攀上山顶，叩拜初升的太阳，就会实现愿望！

述律平：白马山，并非人人可到。

阿保机：我会是第一个。

【响板。二人对望，愣住

阿保机：姑娘，请指教。

述律平：快马跑上半夜，天一亮，就能攀上山顶。

阿保机：多谢姑娘。

【二人擦肩而过

述律平：都问完了，为什么不走？

阿保机：姑娘，你会被露水打湿的。

述律平：我喜欢。

阿保机：会有狼群。

述律平：正好给我做伴。

阿保机：天色已晚，你还是回家吧。

述律平：草原就是我的家。

【阿保机欲靠近

述律平：猎手，站远点，这是我的草原。

阿保机：心底像有惊蛰后的小虫子在缝隙间撩过。

述律平：猎手，我看你心神不定。

阿保机：白马山很远，草原上的路有千条，有很多人都迷失
　　　　在半途，我怎么信你？(将披肩挡在述律平面前)
述律平：其实，你深信不疑。(一把扯下披肩)

【响板二声
【阿保机拉出缰绳。与述律平再次交错而过
阿保机：跟我去白马山。
述律平：不。
阿保机：快马跑上半夜，天一亮，就能攀上山顶。
述律平：不。
阿保机：天上那颗星，会叫你跟我一起去。
【述律平走回，突然亮刀，抵住阿保机喉头
述律平：报上你的姓名。
阿保机：耶律阿保机。
述律平：耶律阿保机，你知道我是谁？
阿保机：你是春夜草原上，一个美丽的姑娘。
述律平：我是草原的主人。
阿保机：我是你的主人。
述律平：从来没有人敢这样大胆。
阿保机：现在，有了。
述律平：你走！
阿保机：不。
述律平：放着生路不走，我看你是死到临头了。
【述律平抽刀劈向阿保机，阿保机灵活地躲闪
阿保机：你是回鹘人的后代？
述律平：回鹘人的先祖，是狼。
【二人比试几番回合之后，相互用刀逼住对方
阿保机：你知道我的祖先？
述律平：你的祖先？
阿保机：是猎手！

金星是个舞蹈家，找到她要演出述律平，她好像没犹豫就答应了。金星性格活泼，乐观排练用功。演话剧是她人生第一次，很用功。因为她前三十年都是用肢体表达在舞台上，这一次是用嗓音和语言，她练台词练的很辛苦。
演出了人艺老演员林连昆在剧场门口跟我说："这个女演员是个角！"

述律平：放肆！

【二人拼刀，述律平不慎滑倒，被阿保机拉住。阿保机攥住述律平的右手再也不肯放开

阿保机：这正是我梦中抚摸的手，正是拨动我心弦的手，是羊脂凝成的么？是白云洗净的么？这双手，多么柔嫩纤细，是天山上雪莲的新芽么？是梅花鹿头上新出的茸角么？是谁造就了这双手，线条多么流畅，姿态多么优雅，手上的纹理多么精致。造就了这样一双手，一定销毁了模型，因为从此世上再也不会有这样美丽的手。世上还能有这样浑圆修长动人心魄的手指么？世上还有这么温暖柔软的手掌吗？一颗心，竟在这小巧的手里融化了。

述律平：是岩石里长出来的吗？多么结实有力，被他抓住，就再也动弹不了。心里的东西，在转醒。

【述律平突然咬阿保机的手

阿保机：你……

述律平：（拾起刀）走你的路，还来得及。（逼向阿保机）

阿保机：把手伸给我，我们一起走。

述律平：（用刀抵住阿保机）你用什么赢我？

阿保机：性命！

【阿保机突然向刀扑去，述律平急忙收刀。马头琴声起

阿保机：多么温柔的手……

述律平：是锋利的刀。

阿保机：锋利的刀会在爱的火焰中溶化，答应我，这双手，永远陪伴在我身旁。

述律平：你为什么去白马山？

阿保机：去寻找翅膀，做鹰！俯瞰草原！

述律平：雄鹰生来会翱翔，你是你自己的翅膀，（望向阿保机的手）红得像血。

阿保机：是鹰眼的颜色。

【二人訇倒，向舞台两侧翻滚

【阿保机起身，拉起缰绳

阿保机：跟着我，就是我的女人了。

述律平：你的女人。

【鼓声起，两人拥抱，双双拉起缰绳。抱起。翻身，述律平滑落。二人做雄鹰展翅状。阿保机再将述律平抱起，向后区走动两步，放下述律平，慢慢隐下

【述律平满台游走寻找

述律平：阿保机？阿保机？

【光渐收

【光起

【耶律信身穿孝袍跪在前区

耶律信：天赞五年，七月初三，您忽生暴病，死在征伐的战车上。父亲。（仆倒在地）就在一年前。您赐我做太子时，还抚着我的肩说，你继位的时候，父亲就不在了，谁能想到，这竟是您最后的赠言。多少残阳如血的黄昏，寒风从大漠深处吹来，我们骑马并行，您指着满天的星斗叮咛我好好读书，却很少谈您征战的辛苦。当我造下藏书阁，藏书万卷时，您的脸上绽出了笑容，那天，您拉着母亲的手对我说，江山由我在马背上打下，由你来治理。然而今天，这一切，竟成了回忆。（以头触地，低声哭泣）

【述律平上，外罩孝袍，手持宝剑。

述律平：那随你一起诞生的辽国，已经崩溃，那个同你相伴的新世界，也如同灰土，辽国，辽国。（跪倒）冥阳一隔，你我就此分开，原本坚实的草原，仿佛变成了一片沼泽。

儿子耶律信由段奕宏扮演。他那时还叫段龙，在中戏上学没毕业。奕宏是个线条硬朗的帅哥，极其用功，我说他用力过猛，只会使大劲！但是他用功用到我都不好意思跟他较劲的程度。他那倔样倒接近耶律信，和母亲述律平对群臣“殉葬”问题强烈分歧和争执，最终造成述律平切断自己的手腕平息群臣叛乱。他一看母亲因为自己残疾了，就亡命后唐，终生没有再见母亲，客死他乡。

耶律信：随着您的离去，草原在下陷。

述律平：越陷越深。

【耶律信起身

耶律信：母亲，孩儿出巡在外，得到消息扬鞭催马，还是来迟了。孩儿不孝没能见到父亲最后一面，母亲，父亲死的时候很安详，父亲说什么了没有？

述律平：握刀的手，至死都没有松开。

耶律信：母亲，你要做什么？请把刀给我。

述律平：拿出你的刀来，陪我试试力气。

耶律信：母亲你要做什么？你这是怎么了？母亲，母亲。

【述律平抽刀劈空，耶律信摔倒

【歌声起。阿保机从后区缓步走过

阿保机：姑娘。

【述律平寻找声音来处

阿保机：你会被露水打湿的。

述律平：阿保机，过来啊。

阿保机：会有狼群。

述律平：伸出你的手，拉住我。

阿保机：天色已晚，你还是回家吧。

述律平：握住我的手，使劲握，你的力气哪去了？

【述律平摔倒。阿保机隐下

耶律信：母亲，您在自言自语，您在跟谁讲话。

述律平：孩子……

耶律信：是我啊。母亲，您可不能出差错，有我在，有我在您身边。

述律平：你回来了？

耶律信：我回来了，母亲。

述律平：一路上，你看到些什么？

耶律信：帐外，有很多车马。

述律平：很多车马？

耶律信：将军们，正准备吊唁父亲。

述律平：(缓缓起身)风暴就要来了。

耶律信：风暴？

述律平：那些将军正准备密谋篡权。

耶律信：密谋篡权？

述律平：我已经闻到了血的腥味儿。

耶律信：母亲，您在流血？

述律平：是鹰眼的颜色。

耶律信：刀上总是沾着血，把刀扔了。母亲，他们只是来吊唁父亲，您不要过于悲伤，把刀放下吧。

述律平：契丹，就是在刀下长大的。

耶律信：可您现在已经拥有了整个的草原，母亲，青草是柔和的。

述律平：青草不能杀牛宰羊。

耶律信：为什么要杀牛宰羊呢？契丹青草鲜嫩，牛羊肥壮，我回来，就是为了要您抚平悲伤，振作精神。您还记得小时候，您总是带我清晨放牧。我在河边玩儿，您会说，小心，小心。我摔伤了，您会用手绢给我包伤口。那次我们骑马，没有马鞍，马背真滑，磕得我腿都青了……

【阿保机再上，与述律平交错而过

耶律信：草原是自由的摇篮，那上面有亲情，有快乐。母亲。

阿保机：姑娘，去寻找翅膀，做鹰！

述律平：你父亲生时的快乐不多，可他的精神却像鹰，在契丹草原上飞。

耶律信：鹰，总是盘旋在天上，虽然高贵，却很少贴近草原。

阿保机：做鹰，俯瞰草原。

述律平：鹰会俯瞰草原。

【述律平与阿保机走到一起，双鹰展翅造型

耶律信：羊的奔跑，也能占领草原，虽不高贵，却能温顺祥和，有朋友和大地，和踏实的自由。

阿保机：你是你自己的翅膀，你是鹰！

述律平：羊，却永远飞不上天，（走向耶律信）一切在地上爬行的东西，是要被鞭子赶到牧场上去的，当年阿保机使我懂得了什么是一过的人生。你父亲的心血，泼洒进契丹每一寸土地，契丹，是我活下去的惟一信念，这信念可以让我摒弃琐碎的幸福和渺小的快乐，活得有气度些。孩子，你是鹰的后代。

耶律信：我只是草原的儿子，母亲。

述律平：你是辽国的太子，撑起你的责任。

耶律信：我会撑起我的责任，还记得当年父亲看我藏书万卷的喜悦，我每天孜孜苦读。我要用仁爱治天下。

述律平：你读的那些汉人书籍，散乱在草原上。当年，部落间谋夺江山，内乱延绵了整整五年。（中断）

耶律信：您这样，是不会快乐的，真的不会快乐的，您需要放松下来，好么母亲？我给您唱首父亲当年教我的牧歌吧。

【耶律信唱起牧歌。走向台右侧，坐下

【乐声起

【述律平和阿保机二人起舞，仿佛双鹰翱翔

【阿保机和述律平先后抽刀。乐声激昂

【乐声停止，阿保机隐下，述律平转身抢步向前

述律平：你父亲尸骨未寒，江山是我的责任。

耶律信：母亲……

述律平：他的血，我的泪浇筑了契丹延绵的山脉，草原。（横刀向前）你看，无垠辽阔的契丹，由阿保机与我共同开创，他走得匆忙。死亡是没有灵魂的敌人，我愤怒，但无处泄愤，我冤屈，但永无申冤之日。如果有一万个理由要我跟他去，活着的理由只

有一条，巩固契丹的江山，以此维护他最高也是最后的尊严。

耶律信：她的脸上没有怜爱、温厚和一丁点儿恻隐之情，我说错了什么，使她成为这个样子。

述律平：帐外，百名将军和他们的夫人正在蠢蠢欲动。

耶律信：他们要干什么？

述律平：谋夺你父亲的江山。

耶律信：没有人愿意破坏草原的和谐安宁。

述律平：你喜欢内乱的惨景？

耶律信：不！

述律平：拿出你的刀来，制止他们！

耶律信：母亲，青草是柔和的。

述律平：你看够了。那血火中飞腾的不死鸟，不是为情所困的弱子。站起来，我们上朝。

【响板起，越来越快

【述律平走向台右

【耶律信起身

【乐声起

耶律信：我想回到书房，闻闻墨香，读读诗书。

【述律平，拉起缰绳

述律平：他的血，我的泪，映得这万里草原，生机勃勃。

耶律信：母亲，我还想要与那匹红色小马驹，在乌日根河边与您玩耍嬉戏。

述律平：我的英雄，没有援军，没有期待，谁来完成你未竟的事业？

耶律信：我的草原。

述律平：我的草原。

【乐声止

【内侍搬宝座上，施礼，退下

【响板起

【述律平坐于宝座之上。耶律信立于侧后

述律平：众位夫人，你们可知……（中断）

【响板起，二人争斗。述律平制住耶律信

述律平：众位大臣，我会为阿保机的江山而活着，但是我要用我的手，陪伴灵柩，以示忠心。

【述律平推开耶律信

耶律信：母后……

【响板声中，述律平抽刀断腕

【笛声起（中断）

【幽暗的舞台

述律平：天上飞来飞去的，是鹰吗？

内　侍：太后，您的眼力还是这么好。

述律平：真想出去走走，看看蓝天白云下的草原，看看草原上的太阳。

内　侍：太后，太阳已经下山了。

述律平：扶我起来。

内　侍：外边儿冷。

【悠扬马头琴声起

【述律平起身，向前缓步走出，紫袍裹身，发色斑驳，左手背于身后

述律平：寒来暑去，云起云飞，命运就像个任性的孩子，醉心无规则的游戏，芸芸众生，谁能逃脱他的拨弄。忽输忽赢，乍悲乍喜，一代又一代。我的孙儿已经长大，他驻守在外，我们已多年不见。那是个多么好的孩子。小狗一样地在我身边打转儿，一步三颠地跑来，用他的小手摸我的脸。（幕后歌声掠过。）没变的，只有这大漠长天，茫茫草原，还有天上不老的鹰。无论是阴雨绵绵还是乌云密布，我总是能辨清方向。

【歌声起

述律平：他来了。星光下，一人一马，一痕草浪。

【耶律阮身穿红袍健步上

耶律阮：请问，白马山在哪儿？

述律平：在太阳升起的地方。

耶律阮：草原辽阔，我怕走错。

述律平：天上最亮的星会为你指明方向。

耶律阮：白马山很远，草原上的路有千条，很多人都迷失在半途，我怎么信你。

述律平：这是我的草原。

【二人转身相对

耶律阮：奶奶。

述律平：是我。

【二人慢慢走近，突然转身背向

耶律阮：小时候，我只会哭，哭着要爸爸。

述律平：我只为孤苦伶仃的幼主唱着歌。

耶律阮：父亲，被她逼迫，亡命后唐，客死他乡，当我知道这一切时，我开始恨她。

述律平：他是那么小，一步三颠地跑来，就是为了用他的小手摸我的脸。

【二人渐渐远离

耶律阮：我们多年未见，此次归来，就是要夺回本应属于我的草原。

述律平：他睁着大大的眼睛，小狗一样在我身边打转儿。

耶律阮：草原，大漠，是哺育雄鹰的摇篮，我已经长大了。

述律平：孩子。为什么去白马山？

耶律阮：寻找打败你的力量。

述律平：打败我很简单。你不用跑那么远去寻找。

耶律阮：奶奶，你总是挡在白马山前，只有打败你，才能称雄整个草原，做鹰！

涂松岩扮演述律平的孙儿耶律阮，这个孙儿从小跟奶奶长大，长大后随军到远处的草原训练军事，听长辈谈到父亲耶律倍和奶奶之间的矛盾，也知道父亲要是不远走就是皇帝的说法。所以，他年轻的心开始躁动，热血涌动，无法节制的沸腾。他组织兵马，准备攻打一直执掌辽国大权的太后——自己的奶奶述律平。涂松岩高个儿，形象健康。也在中戏上学。爱琢磨表演问题，已经知道要设计角色性格和角色调度。

述律平：雄鹰生就天然。所向披靡。你志向还小，人，也年轻。
耶律阮：可你已经老了，奶奶。
述律平：(缓缓坐下)还没有死。
耶律阮：(端坐)乌日根河岸驻扎雄兵十万，只要我挥动令旗，金戈铁马就会踏镫而来，奶奶，您不堪一战。
述律平：你那些将士的亲人却在我这里，还有你的妻妾儿女。你的将士踏入乌日根河，她们的人头就会落地，我跟你不妨一战。
耶律阮：你当年为国断腕，我今日全力效仿，莫说妻儿，就是牺牲性命，也在所不惜。
述律平：我当年断腕是为了平息毁国灭家的叛乱，使百姓免受战乱之苦。你今日却为一己私利，效仿？只怕你学得不像。
【乐声起，述律平抬头望天，慢慢起身
述律平：看到天上的鹰吗？他为了外侵的野兽，守护着草原。看，他在望着我们。怎么。你怕看它？
耶律阮：不，我只是恨你，你使我失去了父亲。
【述律平走向耶律阮，耶律阮背身。述律平扼腕痛心
耶律阮：父亲，我要夺回属于我们父子的草原。
述律平：(笑)
耶律阮：您笑什么？
述律平：笑你的胆量太小。
耶律阮：一个想称雄草原的人，不会胆小。
述律平：称雄草原？
耶律阮：对。契丹……(中断)
【耶律阮端坐在宝座上
耶律阮：他是你第一个男人。
述律平：也是最后一个。
耶律阮：人们会记住阿保机，记住契丹，记住我这个皇帝，可谁会记住您？

述律平：我愿意。

耶律阮：奶奶。（语声沉重）奶奶，我今天坐在这个位置上，是您的眷顾和赐予，可是我不想生活在您的庇护之下，太后。

述律平：悉听尊便。

耶律阮：朕，顾尊亲之道，送太皇太后迁往祖州，颐养天年，有事随时禀报，无诏不得出行。

【乐声起

【述律平鞠躬退下

【前区光渐收

【前区光亮

【述律平满头白发，步履蹒跚

内　侍：太后。外边儿冷。

内　侍：太后。

述律平：只看一眼，看一眼，我的草原。

内　侍：皇帝有令。无诏不得出行。

述律平：不会走远，就在这儿。

【内侍扶述律平上。述律平长发全白

内　侍：给您搬个座儿吧。

述律平：不，不，这样挺好，挺好。（趴在地上）我的草原……其实人生惟一不会落空的等，是等那必然到来的死。但是我似乎忘了这一点，在等别的什么。（转身问内侍）皇帝还没有来么？

内　侍：您今天大寿，皇帝不会不来的。

述律平：死到临头还执迷不悟。我怕是等不及了。

内　侍：太后。外边儿冷。

述律平：不，不，我不觉得。（半晌）真静啊。国事，军情，朝拜，轰轰烈烈，轰轰烈烈地就葬送了我的儿子。那是个好孩子。想起他，就是他哭着的样子。黑发遮着他的脸，怎么也看不清，只看见大滴大滴的泪珠，亮晶晶的，像串水晶珠。他使我失去了一只手，他舍弃了王位……

内　侍：太后，都是过去的事啦。

述律平：不，他恨我。其实他不该恨我，我不该使他恨我。

内　侍：太后……

述律平：当时我很脆弱，只是没让他看出来……后来，好像很辉煌。

内　侍：辉煌……

述律平：金戈铁马，烽烟缭绕。我的羊群在无垠的草原上随意游荡，辽国的牧歌，沿着乌日根河顺流而下。

内　侍：太后，人都说，您是个了不起的女人。

述律平：是吗？我是吗？记不清了。像梦。我曾经有过那只美丽的手吗？我曾经有过那招人爱惹人疼的儿子吗？(唱起牧歌)

【幕后和声起

述律平：是皇帝吗？

内　侍：是风，只有风。

【内侍缓缓走下

【阿保机，从后区唱上

阿保机：姑娘，请问白马山在哪儿？

【笛声起

述律平：在太阳升起的地方。

阿保机：草原辽阔，我怕走错。

述律平：天上最亮的星会为你指明方向。

阿保机：多谢姑娘。

【阿保机向远处走去，耶律平寻找

阿保机：姑娘，你会被露水打湿的。

述律平：我喜欢。

阿保机：会有狼群。

述律平：正好给我作伴。

阿保机：天色已晚，你还是回家吧。

述律平：回家，我要回家。

阿保机：要回家了，姑娘。

【述律平匍匐，寻找

述律平：皇帝还没有来么？没有风，没有风，只有这宁静的草原，静得像熟睡的婴儿。天亮了。

【述律平在地下翻滚着自己的身体（中断）

【耶律阮上

耶律阮：太后，您听得见我说话吗？

阿保机：好久不见了。

述律平：我知道你会来的。

述律平：奶奶，您听得见我说话么？

述律平：让你久等了。

阿保机：我不急。

耶律阮：我心里着急，怕见不到你。

述律平：要离开草原了，我有点怕。

阿保机：别怕，姑娘，有我在你身边。

耶律阮：别怕，奶奶，我给您祝寿来了。

述律平：我们去哪儿？

阿保机：带你实现愿望。

耶律阮：奶奶，我的寿礼是，要带您实现您的愿望。

述律平：什么愿望？

阿保机：去白马山！

阿保机：去白马山！

述律平：我想去。

【三人缓缓起身。

阿保机：我向你问路，姑娘。

耶律阮：我向您问过路……（中断）

【剧终

第三稿1999年4月于北京

舞台上在塑造述律平的过程中，除了哲理诗化了的语言，还张扬了表演者形体语言的优势，外化了主人公心灵世界激扬不息的浪花。述律平身上的舞蹈化的动作，不只是为了诗化，也是为了强化舞台的力度和人物的生命力。至于演出开首和结尾浓烈的悲戚、凄凉的氛围：悠悠的灯火，苍凉的马头琴声，枯枯荣荣的草垛。与其说是述律平生命涅槃的回响，不如说是一个历史时代轮回的印痕。

我不大重视资料的收集，剧本都找不到了。现在的剧本是从录像带里听写下来的，有不少中断的地方，不够完整。但是，这可能是真实的，真实的呈现。